Sanne Hipp

Session Erde

Lesbischer Liebesroman

FSC
www.fsc.org
MIX
Papier aus verantwortungsvollen Quellen
Paper from responsible sources
FSC® C105338

Bibliografische Information der Deutschen Nationalbibliothek:
Die Deutsche Nationalbibliothek verzeichnet diese Publikation in der Deutschen Nationalbibliografie; detaillierte bibliografische Daten sind im Internet über http://dnb.dnb.de abrufbar.

Illustration: Guter Punkt GmbH & Co. KG, München
unter Verwendung von Motiven von istock
Lektorat: ***Elsa Rieger,*** *Wien*
Renate Schauer, *Büro für Journalismus,*
Öffentlichkeitsarbeit & Kommunikation,
www.journalismus-und-mehr.com
www.memo-reporting-service.com

Herstellung und Verlag: BoD – Books on Demand, Norderstedt

ISBN: 978-3-7431-0251-4

Für Theresa

Kapitel 1

Nichts wie raus.

Vera wusste, es gab Kollegen, die acht Therapiestunden pro Tag absolvieren konnten. Acht Sitzungen! Veras maximales Tagespensum waren sechs, ehe ihre Konzentration sie verließ, ihre Empathie. Ihre Geduld sowieso. In letzter Zeit.

Nur mit Mühe hatte sie die heutigen sechs Sitzungen hinter sich gebracht. Jetzt wollte sie nur noch eines: an die frische Luft.

Die Wanduhr im Therapiezimmer zeigte halb vier. Noch keine Zeit, um Feierabend zu machen. Gewöhnlich erledigte sie ihre schriftlichen Arbeiten bis mindestens sieben Uhr abends. Das heute würde eine Ausnahme bleiben. Vera schnappte sich die Outdoorjacke, schlüpfte in ihre Wanderschuhe. Nicht einmal die geschlossene Wolkendecke und der einsetzende Nieselregen konnten sie jetzt davon abhalten, wandern zu gehen.

Ihr Handy summte. Eine SMS von ihrer Tochter. *Hi, Mum. Lust auf skypen?* Vera war überrascht. Skype? Marie hatte wohl wieder die Möglichkeit, ins Internet zu kommen. Beruhigend! Trotzdem konnte sie ihr jetzt nicht antworten. Eilig steckte Vera das Handy in die Tasche und zog die Haustür hinter sich zu.

Jedes Mal aufs Neue fiel der Stress von ihr ab, sobald die Stiefel festgezurrt waren und ihre Füße Halt fanden in dem ledernen Bett der Schuhe. Mit ausholenden Schritten marschierte sie los, spürte, wie ihre unteren Extremitäten warm wurden, Kontakt mit dem Asphalt aufnahmen. Es erdete Vera schlichtweg. Alles in ihr kam wieder ins Lot, alles Angestaute floss davon. Warum es so war, konnte sie nicht sagen. Die Gründe spielten auch keine Rolle. Es war einfach so.

Schließlich war sie keine Analytikerin, sondern Verhaltenstherapeutin, da fragte man nicht zu sehr nach dem Warum.

Vera überquerte die Lenne, ging über den geschotterten Weg bergauf. An der roten Bank bog sie ab, folgte dem Wanderweg. Es waren noch zwei Kilometer bis zum Aussichtsturm des Wilzenberges.

Ihr Handy summte, als sie nach dem Emporsteigen der neunundneunzig Stufen ihren Atem zur Ruhe kommen ließ, und ihr Blick über die noch farblose Landschaft schweifte. Kalter Wind pfiff durch Jacke und Hose. Sie griff in die Tasche. Das Handy fühlte sich warm an in der

Hand. Sein zorniges Vibrieren unterstrich die Vehemenz, mit der Marie sie zu erreichen versuchte.

Hi, Mum. Skypen wir?, las Vera nach zweimaligem Tippen auf ihr Display. Es gab nicht auf, das Kind. Ein Lächeln schlich sich in Veras Gesicht, als sie sich ihrer Tochter erbarmte und eine kurze Antwort eintippte.

Bin gerade wandern. Melde mich, sobald ich zuhause bin, okay?

Freu mich ☺, kam Sekunden später zurück.

Nachdenklich verstaute Vera das Handy. Mum war die übliche Bezeichnung, die Marie für sie verwendete. Obwohl … beim letzten Telefonat hatte sie sie anders bezeichnet. Was war das nur gewesen? Es gelang ihr nicht, sich zu erinnern.

Einige Zeit widerstand Vera noch dem kalten Wind, sah sich satt an der Landschaft, die zu ihren Füßen lag. Berge, Bäume, Sträucher, kahl und leblos, stellenweise versunken in klammem Nebel. Alles hier wartete auf Wärme, auf die Rückkehr ins Leben. Sie seufzte. Es würde ihr erstes Frühjahr im Sauerland sein. Sie konnte es kaum erwarten. Entschlossen wandte sie sich ab, stieg die Stufen hinunter und entschied sich für einen unbefestigten Pfad als Rückweg.

Der Geruch von frischer Erde drang ihr in die Nase, als die Profile der Stiefel tiefe Abdrücke im morastigen Untergrund hinterließen. Und mit jedem Schritt flohen die destruktiven Gedanken aus ihrem Kopf, stellten sich Ruhe und Hoffnung ein und gaben ihr die Gewissheit zurück, dass ihre Arbeit durchaus Sinn machte und dadurch die Welt ein kleines bisschen besser werden könnte.

Trotz der fortgeschrittenen Tageszeit riss die Wolkendecke auf, legte hier und da tiefblaue Flecken frei. Sie verbanden sich zu einem immer schöner werdenden Himmel, was Vera in Staunen versetzte. Zaghafte Sonnenstrahlen durchdrangen kurz vor Tagesende die dumpfe Feuchtigkeit des Waldes. Jetzt war es nicht mehr weit. Es brach heraus, das neue Leben. Bald. Aus jeder Knospe, aus dem Boden unter ihren Füßen. Aus ihr.

Sie hatte sich nach dem Landleben gesehnt. Hier, in der Heimat ihrer Großeltern.

Vera näherte sich der Häuserzeile am Ortsrand. Die Häuser waren weiß verputzt mit schwarzem Fachwerk und schieferfarbenem Dach. Naturschiefer, wie bei den meisten Gebäuden dieser Stadt, die nicht mehr als sechstausend Einwohner zählte. Sie bot Vera alles, was sie zum Leben brauchte. Zumindest fast alles.

Ein Glückskind, wer hier eine Arbeit fand. Ihr war es gelungen. Die Kassenärztliche Vereinigung Nordrhein-Westfalen hatte im Hochsauerlandkreis einen Platz für eine psychotherapeutische Praxis zu vergeben. Natürlich hatte sie sich sofort beworben. Und sie hatte Glück. Bereits sechs Wochen später bekam sie die Zusage zur Übernahme eines vollen Kassensitzes, schon ab dem nächsten Quartal.

Aus lauter Euphorie hatte Vera eine Flasche Sekt geöffnet, die sie zur Hälfte wegschütten musste, weil sich niemand zum Mitfeiern fand. Ihre beiden Kinder wohnten nicht mehr bei ihr, die Kollegen hatten abends keine Zeit, die Nachbarn waren nicht zuhause. Nun denn! Sie stieß mit sich selbst an und freute sich darauf, nun ins Sauerland umzusiedeln. Bereits im Vorjahr hatte sie dort das Fachwerkhäuschen ihrer Großeltern in Wilzenhausen gekauft oder besser gesagt, sie hatte ihre Miterben ausbezahlt. Es geschah damals aus einem unerklärlichen Bauchgefühl heraus. Vera verband glückliche Kindheitserinnerungen mit diesem Haus, unbeschwerte Stunden. Sie wollte es niemand anderem überlassen. Nun würde dieses Haus ihr neues Heim werden. Ohne lange zu überlegen, hatte sie ihre gesamten Ersparnisse in seine Renovierung gesteckt. Es bekam ein neues Schieferdach, eine neue Heizanlage, Trennwände wurden eingerissen, Außenwände gedämmt, verputzt, gestrichen. Sogar die Malereien der Balken ließ sie erneuern, nicht überstreichen. So hatte es nichts von seinem ursprünglichen Charme eingebüßt.

Erwartungsvoll öffnete Vera ihre hölzerne Gartentür. Das rostige Scharnier quietschte. Es gefiel ihr. Es klang wie ein schüchterner Gruß. Vera hatte sich vorgenommen, die Tür erst zu schmieren, wenn sie sie nicht mehr willkommen hieße. Ein Weg aus Natursteinplatten führte zur Haustür.

Sie verweilte einen Augenblick. Da hing es, ihr erst gestern angebrachtes Schild. Die Firma hatte verspätet geliefert. Bereits zur Praxiseröffnung hätte es dort hängen sollen. Der Ärger darüber hinderte Vera jedoch nicht daran, sich darüber zu freuen. Es hatte Stil und war von einer schlichten Unaufdringlichkeit. Auf durchsichtigem Glas stand da mit anthrazitfarbener Schrift:

Dipl.- Psychologin Vera Schütte
Psychologische Psychotherapeutin
Sprechstunde nach Vereinbarung

Ein dezenter Hinweis auf die Praxis, die sich im Erdgeschoss befand. Vera war wirklich zufrieden mit dieser Glas-Lösung, wollte sie doch so wenig wie möglich von dem Putz und dem Fachwerk der Häuserfront verdecken.

Sie öffnete die Tür und folgte einem fest eingeschliffenen Ritual: Dreckige Wanderstiefel ausziehen, auf eine gusseiserne Abtropfvorrichtung stellen, Jacke an den Äußersten der fünf Haken hängen, Treppe emporsteigen. Ins obere Stockwerk, in dem sich ihre private Wohnung befand. Hölzerne Stufen aus nachgedunkeltem Eichenholz. Nicht ganz so dunkel wie das freigelegte Gebälk, das ihr Wohnzimmer von der Küche trennte.

Weitere Stufen führten ins Dachgeschoss, wo es noch zwei Zimmer und ein Bad gab. Vera hatte diese Etage für Gäste vorgesehen und natürlich speziell für ihre beiden Kinder, falls sie sich zu einem Urlaub einfinden sollten. Sie hatten es angekündigt, nach dem Semester, nach der großen Reise.

Vera ging ins Badezimmer. Auch dies war ein festes Ritual, wenn sie nach Hause kam. Auf die Toilette, Hände waschen. Erst dann war sie daheim. Sie ging in die Küche, setzte Wasser auf, freute sich auf einen Tee.

Mit einer großen Tasse dampfendem Darjeeling schlurfte sie in den warmen Filzpantoffeln ins Wohnzimmer, machte sie es sich auf dem Sofa gemütlich, steckte sich ein Kissen in den Rücken und nahm voller Vorfreude den Laptop auf ihre Schenkel. Dieses Gespräch könnte länger dauern.

Kaum hatte sie Skype geöffnet, erklang auch schon das Signal. Sie klickte auf das Symbol »Hörer abnehmen« und Maries Gesicht erschien.

»Mutschi, Mutschi, wie geht es dir?« Ungeduldig grinste sie ihr entgegen.

Das war es gewesen, was ihr nicht eingefallen war: *Mutschi*! Warum klingt es so anders als Mum? Es klang nach verschrobener, alter Mutter. Oder kam nur ihr das so vor?

»Mir geht's blendend, bin gerade erst heimgekommen. Ich sehe, die Zivilisation hat dich wieder und du bist wohlauf! Das beruhigt mich ungemein. Wie geht es dir, mein Schatz?« Bevor Veras Frage in Kanada ankam, hörte sie Maries Stimme.

»Gefällt es dir immer noch, dein Sauerland?« Ihre Tochter machte eine Pause, wohl um den nächsten Satz besser wirken zu lassen. »Kanada ist echt der Hammer!«

Mit kurzen Fragen hatte Vera wohl mehr Chancen, zu ihr durchzudringen. Vera wiederholte: »Wie geht es dir, mein Schatz!«

»Super! Hier ist es wunderschön!«

»Wie spät habt ihr jetzt?«

»Vormittags elf Uhr.«

»Musst du nichts arbeiten? Ich dachte, du machst nun *work und travel* und die Abenteuer sind vorbei.«

Marie kicherte. »Die Kanutour war so umwerfend schön, Mutschi, das muss ich dir unbedingt erzählen, wenn ich dich besuche. Und Bilder habe ich gemacht! Tausende von Bildern!«

Ich freu mich schon darauf. Vera lächelte nur.

»Wir fahren gleich einkaufen. Mit dem Motorboot. Ich habe jetzt noch etwas Zeit, da dachte ich, ich melde mich mal bei dir.«

»Was für eine gute Idee!«

»Heute Nachmittag fangen wir an, die Scheune zu streichen.« Maries grundständige Ausbildung zur Maler- und Lackiererin machte sie zu einer begehrten Kandidatin bei der *work und travel* Börse. »Hier sind alle so furchtbar gut drauf. Das kannst du mit Deutschland gar nicht vergleichen.«

Das glaubte Vera gerne, vielleicht mit einer Ausnahme. »Im Sauerland sind auch alle ganz entspannt.«

»Ja, ja. Ein kleines Dorf inmitten von Deutschland widersetzt sich dem auferlegten Stress und lebt in Ruhe und Harmonie … Wie heißt es noch mal? Wo wohnst du jetzt?

»In Wilzenhausen. Und es hat Stadtstatus, bitteschön.«

»Klingt das goldig. Meine Mum flüchtet sich nach Wilzenhausen!« Marie lachte ausgiebig, dann wurde sie ernst. »Ich kann kaum erwarten, es zu sehen. Sobald es geht, komm ich dich besuchen, Mutschi.«

»Mach das. Es ist sehr gemütlich geworden. Möchtest du es gleich sehen?« Vera grinste, ihr Blick verließ Marie, glitt in die Ferne. »Es ist wunderschön geworden, Liebes«, seufzte sie provokant. Sie wusste genau, dass es für ihre Tochter ein Wermutstropfen auf der Kanutour gewesen war, keine Internetverbindung gehabt zu haben. Es war ihr deshalb leider nicht mehr möglich gewesen, die abschließenden Renovierungsarbeiten zu verfolgen.

»Zeig endlich her!«, raunzte Marie.

Nun hob Vera den Laptop vom Schoß, setzte sich in Bewegung und ließ die Webkamera über die ausgesuchten Möbel streifen. Antike Einzelstücke kombiniert mit Massivholz-

Maßanfertigungen des Bücherregals und der Schrankwand, den handgewobenen groben Teppich im Wohnzimmer, der Bank vor dem Holzofen. Allein diese war ein Gedicht. Eine Rarität vom hiesigen Trödelhändler.

Marie stöhnt auf. »Oh, ist das schön!«

Vera zeigte ihr den Flur, die Küche, stieg sogar die Treppe hinab zu ihrem Büro. Dann folgte noch eine Außenaufnahme. Nur knapp, denn viel mehr würde der Funkradius ihres Routers nicht zulassen.

»So was will ich auch!«, hörte sie ihre Tochter sagen.

»Für Studenten gibt's so was nicht«, parierte Vera. *Die sollen mal klein anfangen,* dachte sie für sich. Schließlich war es bei ihr auch ein weiter Weg gewesen. Dieses Jahr würde sie fünfundvierzig Jahre alt werden.

»Schade«, seufzte Marie, dann grinste sie schon wieder. »Ist mein Zimmer oben bezugsfertig? Kann ich es bald in Beschlag nehmen?«

»Komm erst, wenn es mit deinem Studium gut anläuft, und du dir eine Lernstruktur erarbeitet hast«, schlug Vera vor, obwohl sie es kaum aushielt, sie endlich hier zu haben. Übernächsten Monat würde Marie mit ihrem Studium starten. Da warteten andere Herausforderungen auf sie, als ihre Mutter zu besuchen. Marie würde sich schwertun mit Regeln, mit festen Plänen zum Lernen, Vorlesungsplänen, BAföG-Anträgen und allem Bürokratischen, was so ein Studium mit sich brachte. Vera hoffte inständig, dieses neue Haus möge auch für ihre beiden Kinder etwas wie eine Heimat werden, in die sie immer mal wieder zurückkehrten. Eine Wohlfühloase in konsequentem Landhausstil.

»Mein Nachbar hat mir Holz angeliefert, drei Kubikmeter. Der ganze Schuppen ist voll. Zurzeit heize ich nur damit und hab die Ölheizung ausgestellt. Holz ist richtig günstig hier.«

»Bei uns auch. Vancouver und Wilzenhausen scheint sich zu ähneln. Wer weiß, vielleicht gefällt es mir ja richtig gut bei dir.« Wie gönnerhaft Töchter in einem gewissen Alter sein können.

»Einkaufen geh ich gleich auch noch, allerdings ohne Motorboot, und fülle meine Vorräte auf. Es gibt alles vor Ort, was ich brauche. Ein Bäcker, ein Discounter mit einem Grundsortiment an Lebensmitteln und ein Feinkosthändler. Eine Post haben wir auch noch, so eine kleine eben, und sogar …« Vera lacht auf, »einen Tattooladen. Vielleicht lasse ich mir ein hübsches Tattoo stechen.« Sie hatte sich während der letzten Tage ernsthaft darüber Gedanken gemacht. Ein kleines schwarzes Tattoo, wenn es ihr Mut zuließe.

»Aber Mutschi, dafür bist du doch viel zu alt!«

Vera antwortete nicht.

»Das sieht nicht gut aus auf welker Haut.«

Auf welker Haut? Wer har diesem Kind erlaubt, so mit seiner Mutter zu reden?

»Sag mal …«

»Ne, wirklich. Das ist nur was für junge Leute. Du musst einem doch nicht alles nachmachen!«

Jetzt ist aber Schluss!

»Mein liebes Kind, ich mache der Jugend überhaupt nichts nach. Wenn du das Gefühl hast, dich zu wenig von deiner Mutter abgrenzen zu können, liegt das sicher an dem jugendlichen Alter, das ich hatte, als du auf die Welt gekommen bist. Nicht jeder hat das Glück, eine so junge Mutter zu haben. Ich kann nichts dafür, dass dir meine Jeans wie angegossen passen. Und auch, wenn du mir das letzte Mal schon gesagt hast, mein Musikgeschmack sei ja fast gleich wie deiner, dann tut mir das wirklich leid, wenn dich das in eine Identitätskrise führt. Da kann ich dir nicht helfen! Deshalb werde ich nicht ausschließlich Udo Jürgens hören …« Sie redete sich in Rage.

Marie lachte laut am anderen Ende der Welt. »Ach, Mutschi, ich liebe dich auch!«

Veras Ärger fiel augenblicklich in sich zusammen. Resigniert seufzte sie auf und ergab sich Maries Erzählungen, die begeistert von den Menschen auf der Farm plauderte, als hätte es das grundsätzliche Statement ihrer Mutter gerade eben nicht gegeben. Sie beschrieb ausführlich das gute, gesunde und vor allen Dingen üppige Essen. Erwähnte wie nebenbei, dass man in Kanada seinen Hanf üblicherweise im Gewächshaus kultivierte … Vera hörte ihr zu, warf nur ab und zu einen kurzen Kommentar ein. Marie schwatzte noch eine gute Weile, bevor sie seufzte: »Ich muss Schluss machen. Wir gehen jetzt.«

»Mach es gut, mein Schatz! Es freut mich, dass es dir so gut geht. Viel Spaß weiterhin und pass auf dich auf.«

»Klar doch, Mutschi!« Ihre Lippen spitzten sich. »Kuss, Kuss!«

»Ich küsse dich auch, Liebes.« Ein nachsichtiges Lächeln blieb in Veras Gesicht, als sie abschaltete.

Sie trank ihre Tasse mit dem halbwarmen Tee aus und schenkt sich neuen ein. Die Letzte, dann würde sie in ihr Büro ins Erdgeschoss gehen und noch einen Therapieverlängerungsantrag für ihren Patienten mit der komplizierten Mutterbindung schreiben. Was für ein Segen, dachte sie noch, zwei erwachsene Kinder zu haben, die nun ihre eigenen Wege gehen. Sie konnte sich überaus glücklich schätzen.

Kapitel 2

Zwischen den Sitzungen des nächsten Tages überlegte Vera, wie sie am besten einen kollegialen Austausch realisieren könnte. Bei ihren Arbeitsstellen im Krankenhaus und in einer Beratungsstelle mit mehreren Psychologen und Pädagogen war Supervision immer etwas Vorgegebenes. Als Inhaberin einer Einzelpraxis musste sie sich nun selbst darum kümmern. Abgesehen davon brachte es Fortbildungspunkte, wenn man nachweisen konnte, einer Supervisionsgruppe anzugehören. Sie überflog die Anzeigen in der Fachzeitschrift.

*Aufgeschlossene Supervisionsgruppe sucht noch weitere Mitglieder. Gerne Verhaltenstherapeut*in.*

Das würde passen. Als Treffpunkt war Siegen angegeben. Es läge in dem Radius, in dem sie bereit war, Fahrten auf sich zu nehmen. Vera schätzte, mit dem Auto würde sie dorthin eine Stunde brauchen. Es gab eine Telefonnummer, die Vera augenblicklich in ihr Telefon tippte. Ein Freizeichen ertönte, dann ein Ansagetext. Das Übliche. *Der behandelnde Psychologe befindet sich gerade in einer Sitzung. Die Sprechzeiten sind immer nachmittags zwischen zwei und drei Uhr.* Vera legte auf. Er hatte eine sympathische Stimme, ihr Kollege. Nicht sonderlich tief, und er betonte seine Worte so nett.

Es läutete. Ihre nächste Patientin. Vera stand auf und ging zur Tür. Sie öffnete wie immer persönlich, begrüßte sie freundlich und bat sie ins Therapiezimmer.

»Sie können hier ablegen«, sagte Vera und deutete im Vorbeigehen auf die Garderobe im Flur.

Die zierliche Frau nahm Platz in einem der drei Schaukelstühle, die um einen kleinen hölzernen Tisch standen. Vera trat zum Schreibtisch, griff nach ihrer Akte, dem Schreibblock und einem Bleistift, setzte sich ihr gegenüber. Außer den Schaukelstühlen befand sich noch eine Ledercouch in dem Zimmer, falls es jemandem schlecht werden sollte. Aber in den drei Wochen ihres Bestehens hatte noch keiner davon Gebrauch gemacht.

Ihre Patientin trug die Haare heute offen, überhaupt sah sie irgendwie lebendiger als beim letzten Treffen aus. Sie fing an zu erzählen, kaum dass sie Platz genommen hatten. Vera sah sie aufmerksam an, hielt wichtige Stichworte fest.

Nach fünfundvierzig Minuten fasste Vera zusammen, und sie überlegten beide eine machbare Hausaufgabe bis zum nächsten Mal. Ihre Patientin machte gute Fortschritte, trotzdem mahnte Vera sie, sich nicht zu viel vorzunehmen.

»Es tut mir richtig gut, bei Ihnen zu sein, Frau Schütte. Was ne klasse Idee von Ihnen, ins Sauerland zu kommen. Jute Leute können wir hier immer jebrauchen. Das wollte ich Ihnen doch zwischendurch mal sagen.«

»Danke, das freut mich.« Veras Lächeln war echt, wenn auch zurückhaltend. Sie begleitete ihre Patientin zur Tür und verabschiedete sie höflich. Ein Blick auf die Uhr zeigte, dass sie jetzt eine Stunde Mittag machen konnte, ehe sie nochmals bei ihrem Kollegen anrufen würde. Sie ging zurück ins Besprechungszimmer, um zu lüften. Es lag ein Hauch von Parfüm im Raum, das nicht ihres war. Es roch angenehm. Trotzdem öffnete sie das Fenster, schloss die Tür hinter sich und begab sich in den oberen Stock um sich etwas zu Mittag zu kochen.

Es war kurz vor zwei, als Vera ihr Geschirr in die Spülmaschine räumte und nach unten eilte. Sie hatte nicht viel Zeit, um zu telefonieren. Gleich würde der Nächste kommen. Glücklicherweise hatte er schon angekündigt, heute nicht ganz pünktlich zu sein.

Geh schon ans Telefon, dachte sie inständig, als sie das Freizeichen hörte.

»Bertram Dümpelmann, Psychologische Praxis. Guten Tag.«

»Hier ist Vera Schütte, guten Tag, Herr Kollege. Ich rufe an wegen der Anzeige bezüglich der Supervisionsgruppe. Kann ich mich da noch anschließen?«

»Aber natürlich.« Ihr Kollege war entzückt. »Das ist die beste Nachricht des heutigen Tages. Wo sind Se denn wech?«

»Bitte?« Vera hatte immer noch Probleme bei manchen einheimischen Formulierungen.

»Wo wohnen Sie denn?«, verbesserte sich ihr Kollege in neutrales Schriftdeutsch.

»Ich bin vor vier Wochen hierher nach Wilzenhausen gezogen ...«

»Wilzenhausen? Das kenne ich gut.« Seine Stimme schraubte sich eine Nuance höher. Vera lächelte darüber. Es hätte sie auch gewundert, wenn er den Ort nicht gekannt hätte.

»Dann kann ich also beim nächsten Treffen dabei sein?«

»Aber natürlich! Nette Leute nehmen wir immer. Du bist doch ... ich darf du sagen, nicht wahr? Du bist lesbisch?«

Was? Vera war sich plötzlich sicher, etwas überlesen zu haben. »Äh ... wäre das die Voraussetzung für eine Aufnahme?«

»Wir sind eine Gruppe schwul-lesbischer Psychologen, das stand ja auch deutlich in der Anzeige.« Kein Hauch eines Vorwurfes, nur aufrichtige Enttäuschung.

Vera ärgerte sich. Zu blöd aber auch. Es hätte bestimmt Spaß gemacht mit ihm und seinen Kollegen. Er klang so unkompliziert.

»Tut mir leid, wahrscheinlich habe ich das überlesen. Habe ich als Hetera keine Chance ...?«

Ihr Kollege schien ihre Frage überhört zu haben. »Wir haben eine dabei, die Frauke, die ist bi. Wir haben es uns damals auch zuerst überlegt, ob das passt, uns dann aber einstimmig dafür entschieden. Wenn du also …«

Vera war schon dabei zu sagen, dass sie damit auch nicht dienen könne, als es ihr plötzlich einfiel. Doch, da gab es einmal eine Frau in ihrer Studienzeit. Bei dieser ausschweifenden Semesterkennenlernparty. Im Nachhinein könnte man sagen, sie war damals etwas abgestürzt. Auf jeden Fall verbrachten sie die Nacht eng aneinander gekuschelt mit ihrer Kommilitonin. Es war nichts Weltbewegendes passiert. Also nicht so richtig. Aber immerhin. Es gab ein weibliches Wesen in ihrem Bett und sie hatten sich eindeutig anders berührt als unter guten Freundinnen üblich.

»Ja«, begann sie vage, »ich hatte einmal …«

»Prima!«, freute sich ihr Kollege. »Dann begrüße ich dich ganz herzlich in unserer Supervisionsgruppe.« Er machte eine andächtige Pause. Dann lachte er: »Ach, ist das aufregend! Noch eine bisexuelle Kollegin!«

Veras Türglocke machte sich bemerkbar.

»Oh. Mein nächster Patient kommt. Ich muss Schluss machen.«

Bertram Dümpelmann nannte ihr noch rasch seine Adresse.

»Wir treffen uns das nächste Mal bei mir. Mittwochabend um sieben. Passt das auch für dich?«

Sie versicherte ihm, dass sie kommen werde.

»Ich freu mich auf dich, Vera. Bis dahin!«

»Bis dann.«

Geräuschvoll pustete sie die Luft aus ihren aufgeblasenen Backen, als sie auflegte. Dann umspielte ein Grinsen ihre Mundwinkel. So schnell kann es gehen mit der Bisexualität. Aber Vera hatte kein schlechtes Gewissen. Warum auch. Laut Kinsey Studie sind sowieso fünfzig Prozent aller Erdenbürger bisexuell.

Sie mahnte sich selbst zu einer neutralen Mimik, als sie ihrem Patienten die Tür öffnete und ihn hereinbat.

Kapitel 3

Am Mittwoch sagte Veras Fünf-Uhr-Patientin wegen einer Erkältung ab. Umso besser. Dann brauchte sie sich nicht so zu beeilen. Für die Fahrt nach Siegen würde sie eine Dreiviertelstunde benötigen. Im Feierabendverkehr könnte es allerdings länger dauern. Und vielleicht fand sie keinen Parkplatz vor dem Haus und musste ein Stück zu Fuß gehen. Vera plante also ein Zeitpuffer von einer Viertelstunde ein. Mist. Sie hatte gar nicht gefragt, ob sie etwas mitbringen sollte. Vor lauter Eile, weil es bereits geklingelt hatte. Bestimmt würde es bei ihrem Kollegen ein paar Schnittchen geben oder irgendetwas zu knabbern. Und wenn nicht? Ihr Magen knurrte. Vera entschied, auf dem Weg einen Stopp an der Bäckerei einzuschieben. Schleunigst stellte sie sich unter die Dusche und zog sich um. Mit noch feuchten Haaren schnappte sie ihre Tasche, nahm den Autoschlüssel und den Hausschlüssel vom Haken. Ein Blick auf die Uhr. Höchste Zeit. Pünktlichkeit war ihr wichtig.

Die Bäckerei war leer. Eine Verkäuferin putzte bereits die Verglasung. Eine zweite reinigte die Bleche im Hintergrund. Als die Frau an der Glasvitrine sie kommen sah, legte sie den Lappen beiseite, wusch sich die Hände und schenkte ihr trotz des fortgeschrittenen Arbeitstages ein freundliches Lächeln.

»Guten Abend! Was darf's denn sein?«

»Hallo«, grüßte Vera zurück. »Ich bin mir noch nicht sicher. Ich wollte meinen Kollegen irgendetwas mitbringen.« Veras Blick huschte über das schon ausgedünnte Angebot.

»Was Herzhaftes?«

»Ja.«

»Dann nehmen Se doch ein paar von den Pizzataschen oder was von der Lauchquiche. Die is auch wirklich gut.«

Vera überlegte kurz. Es war nicht ausgemacht, dass sie etwas mitbrachte. Nachher wäre es vielleicht zu viel.

»Kann man die Pizzataschen einfrieren? Zur Not meine ich, wenn nicht alle wegkommen ...« Vera kam es irgendwie blöd vor, sich darüber Gedanken zu machen.

»Ja. Das können Se gut machen. Hab ich auch schon getan. Einfach auser Truhe nehmen und für fünf Minuten aufbacken ... dann sind die wieder wie frisch.« Ihrer Mimik nach zu urteilen hätte sie jederzeit einen Eid darauf geschworen. »Ich schieb die sowieso jedes Mal in Backofen, bevor ich eine esse, ach, was sach ich, da kann ich leicht zwei verdrücken ... die sind ja echt ein Gedicht!«

Vera lächelte. »Gut. Dann nehme ich fünf.«

Die Verkäuferin griff sich eine Tüte, packte die Pizzataschen ein. Eine blieb einsam auf dem Blech zurück.

»Wissen Se was? Ich pack Ihnen die dazu. Die kauft eh niemand mehr heute.« Sie lachte. Ein angenehm volles Lachen.

Vera betrachtete sie unauffällig. Sie war groß und stabil gebaut. Eine Taille war bei ihr nicht mehr zu erkennen, ihre großen Brüste ruhten auf ihrem vorstehenden Bauch. Sie musste von der Qualität ihrer Backwaren wirklich überzeugt sein.

»Sonst noch was?«

»Danke, nein.«

Ihre Wurstfinger tippten überraschend flink den Betrag ein. »Fünffünfundsiebzig.«

Vera legte das abgezählte Geld auf den dafür vorgesehenen Teller, ignorierte versehentlich die offene Handfläche, die sich ihr entgegenstreckte. Zu spät hatte sie diese bemerkt. Das war ihr nun peinlich. *Sie hält mich hoffentlich nicht für arrogant.*

Mit betont freundlicher Stimme sagte sie: »Vielen Dank, und einen schönen Feierabend.«

»Ihnen auch. Ach ne! Se müssen ja noch arbeiten.« Die Stimme der Verkäuferin hob sich wie bei einer Frage an.

»Nur Supervision.«

»Super … was? Was is dat denn?« Jetzt fiel sie ganz in ihren Sauerländerdialekt, der bisher nur im Ansatz herauszuhören war.

Vera war von der Frage so verblüfft, dass sie es ihr erklärte.

»Wir reflektieren im Kollegenkreis unsere schwierigsten Fälle.« Die Frau weiß doch gar nicht, was du beruflich tust, schalt sie sich im selben Augenblick. Aber das war unnötig. »Ahhhh, jetzt komm ich drauf! Sie sind die Psychiaterin, die neuerdings bei mir umme Ecke wohnt. Und ich hab schon die ganze Zeit überlecht!«

Vera lächelte höflich. »Psychologin«, sagte sie leise.

»Na, dat is ja mal nett. Dann jenießnen Se mal alle Mann de Pizzataschen, dann wird das schon was werden mit der … Superversion.«

Supervision. Macht ja nichts.

»Vielen Dank. Einen schönen Abend, noch«, sagte Vera.

»Gucken Se mal wieder bei uns rein.«

Ja, das würde sie tun, nahm sich Vera vor. Seit sie nach Wilzenhausen gezogen war, hatte sie hier nur ein einziges Mal hier eingekauft. Damals war diese Verkäuferin nicht im Laden gewesen. An sie hätte sich Vera bestimmt erinnern können. Ein Blick auf die Uhr zeigte ihr, dass sie zeitlich in Verzug gekommen war. Hoffentlich war nicht so viel Verkehr auf den Straßen.

»Sei uns willkommen!«, rief der bärtige Mann, der ihr die Tür öffnete. Das musste Bertram sein. Er fasste nach ihren beiden Händen. Sein Gesicht schien nur aus einem Grinsen zu bestehen. »Du bist also Vera.«

Sympathisch, trotz oder gerade wegen seinem Hang zu Theatralik. »Hallo Bertram!« Vera lächelte zaghaft.

»Komm rein!« Seine Hand legte sich auf ihre Schulter, schob sie herzlich voran. Vera betrat einen kurzen Flur, sah im Hintergrund bereits Personen auf Sesseln und Stühlen sitzen, als sie ihre Jacke ablegte und an die Garderobe hängte.

Bertram ging voraus und winkte sie aufgeregt herein. »Leute, das ist Vera!«

Zwei Männer erhoben sich.

»Es freut mich sehr, eine neue Kollegin in unserem Kreis zu begrüßen.« Der Mann, der dies sagte, war groß und breitschultrig, reichte ihr die Hand und stellte sich als Heiner vor. Seine Körperhaltung war nach vorn gebeugt, er trug eine Brille und betrachtete Vera sehr interessiert. Wäre er nicht Psychologe geworden, hätte er einen wunderbaren Lehrer abgegeben.

»Hallo.« Vera nickte ihm lächelnd zu.

»Ich bin Gerd«, sagte der andere, der ihre Hand nahm, als Heiner sie losließ, und sie fast ebenso lange festhielt. Er war so groß wie der Erste, nur schlanker, mit braunen Augen und einem sanften Lächeln. »Schön, dass du da bist.«

»Frauke muss auch jeden Augenblick kommen«, warf Bertram ein. »Ihr nehmt euch was zu trinken, ja?« Damit deutete er auf die Flaschen, die auf dem Sideboard standen: Cola, Wasser, Saft, alkoholfreies Bier. Die Männer entschieden sich alle für Bier. Vera nahm sich eine Cola und lümmelte sich in einen bequemen Ledersesel. Herrlich weich.

»Der ist nicht ohne, was? Das letzte Mal wäre ich fast darin eingeschlafen.« Gerds kurzes Auflachen klang warm und passte wunderbar zu seinen Augen. Er besaß eine Anziehungskraft, auf die Frauen ansprangen. Bertram Dümpelmann hingegen hatte die gutmütige Ausstrahlung eines wohlbeleibten Mönchs. Und er schaffte es, Vera das Gefühl zu vermitteln, dass man ihm hundertprozentig vertrauen konnte.

»Bier macht mich immer so hungrig.« Heiner fasste beherzt in die Schüssel mit den Erdnussflips, die auf dem kleinen Tisch stand.

»Ich bin heute gar nicht zum Essen gekommen.« In Bertrams Stimme schwang Sorge mit. »Es wird das Beste sein, wenn ich uns noch ein paar Schnittchen mache.«

Vera fiel die die Tüte wieder ein, die in ihrem Korb lag. »Ich habe Pizzataschen mitgebracht, falls jemand möchte ...«

»Pizzataschen?«, echote Bertram mit erhöhter Stimme. Vera musste lachen. Wie schnell man Männer doch glücklich machen konnte. Psychologen nicht ausgeschlossen. »Du kannst sie für ein paar Minuten in den Backofen stecken, dann schmecken sie noch besser, habe ich mir sagen lassen.«

Bertram war von dieser Idee begeistert. Vera stand auf, holte die Tüte aus ihrem Korb und reichte sie ihm. Er nahm sie mit einem betont dankbaren Seufzen entgegen. »Ach, du Grundgute!« Er warf ihr eine Kusshand zu auf dem Weg in die Küche, bevor sich Vera wieder zu den beiden anderen gesellte.

»Du bist auch Verhaltenstherapeutin?«, wollte Gerd wissen.

»Ich finde, wir sollten mit der Vorstellung warten, bis alle da sind. Frauke muss jeden Augenblick kommen.« Es war Heiner völlig ernst.

Vera musste ein Grinsen unterdrücken. »Gute Idee«, lenkte sie ein. »Das erspart mir, alles doppelt sagen zu müssen.« Sie tauschte mit Gerd einen kurzen einvernehmlichen Blick, dann fanden ihre Augen zu Heiner zurück. War er wirklich so, wie er ihr vorkam? Er trug sandfarbene Socken in seinen Filzpantoffeln. Passend zu seiner Bügelfaltenhose und seinem weißsandfarben gestreiften Hemd. Er erinnerte sie an den Rektor aus ihrer Grundschulzeit.

»Frauke ist im Anflug!«, klang Bertrams Stimme aus der Küche, bevor noch der Türsummer ertönte. Er hatte sie schon durch das Küchenfenster erspäht und beeilte sich, ihr zu öffnen.

Ein großes Hallo erscholl, die weibliche Stimme fiel Vera angenehm auf. Glockenklar und sofort vertrauenserweckend. »Oh, hier riecht es aber lecker!«

»Hat uns Vera mitgebracht.« Bertram sprach ganz besonders deutlich ihren Namen aus.

Eine kurzhaarige blonde Frau betrat den Raum. Sehr hübsch und selbstbewusst. Sie wandte sich direkt an Vera, hielt sich nicht lange damit auf, ihr die Hand zu schütteln, sondern umarmte sie. »Vera! Wie schön, dass du mich aus meiner Einsamkeit in dieser Herrenrunde erlöst!« Ihr Lachen steckte an. Und Vera verstand auf einmal Bertrams Entgegenkommen. Für diese Frau war man bereit, einiges zu tun.

»Ich freu mich auch, euch gefunden zu haben.«

Es piepste aus der Küche. Die Backofenuhr. Bertram rief: »Essen ist fertig!«

»Kann man dir was helfen?« Frauke begrüßte noch rasch ihre beiden Kollegen, bevor sie in die Küche verschwand, um mit einem Stapel Teller wiederzukommen. Bertram stellte ein Blech mit den heißen Pizzataschen auf den Tisch. Einen Stapel Servietten legte er daneben.

»So. Langt zu. Und Vera, du kannst uns ja nebenher etwas Spannendes aus deinem Leben erzählen.«

Er zwinkerte ihr zu.

»Nun«, Vera wischte sich mit der Serviette über den Mund, »Psychologie studiert habe ich in Essen, war dort drei Jahre in der Klinik für psychosomatische Medizin, habe währenddessen meine verhaltenstherapeutische Ausbildung absolviert. Die letzten Jahre war ich in einer Beratungsstelle mit noch weiteren Psychologen und Sozialpädagogen tätig. Ich habe zwei Kinder von einem Mann, von dem ich seit fünfzehn Jahren geschieden bin. Als mein Sohn wegen seines Studiums ausgezogen ist und meine Tochter sich erst mal auf Weltreise begeben hat, war es für mich Zeit für einen Ortswechsel. Seit vier Wochen bin Bürgerin der Stadt Wilzenhausen.«

»Bist du zurzeit mit einem Mann oder einer Frau liiert?« Es war Gerd, der nachfragte.

»Mit niemandem.«

»Du bist allein?«, fragte Bertram mit dramatisch aufgerissenen Augen. »Seit wann?«

Vera lächelte. Sie überspielte ihre Irritation. Fühlte sie sich überhaupt alleine? Vor drei Monaten waren ihre Kinder noch bei ihr. Zumindest ihre Tochter.

»Nicht, dass du mich für neugierig hältst. Nein!« Bertrams Hände wiesen weit von sich. »Ich frage nur in meiner Eigenschaft als … Paartherapeut. «

Die anderen begannen zu lachen, bevor er das Wort ausgesprochen hatte.

»Seit meiner Scheidung«, sagte Vera ruhig. Nun war es raus. Damit outete sie sich wahrscheinlich als beziehungsunfähig.

»Du bist seit fünfzehn Jahren Single?«, hakte Frauke nach.

»Bin ich. Schockiert euch das?«, fragte Vera in die Runde. Sie hatte das Gefühl, sich für diese Tatsache entschuldigen zu müssen. »Es war immer okay für mich. Ich habe meine Kinder erzogen und gearbeitet.«

Nach der Trennung von ihrem Mann hatte Vera die Nase gestrichen voll von Männern. Aber das musste sie jetzt nicht auch noch erwähnen.

»Eine Frau wie du?« Bertrams Stimme klang gespielt entsetzt. Ein Charmeur wie aus dem Bilderbuch. Es war sicher seine Art von Humor. Trotzdem wusste sie nichts darauf zu sagen.

Heiner bemerkte ihre Betroffenheit und mahnte: »Bertram hör auf damit. Ich glaube Vera hatte ihre guten Gründe dafür.« Seine Gesichtszüge waren nun weniger streng. Jetzt lächelte er sogar. So musste er aussehen, wenn er seine Patienten zu etwas ermutigte. »Aber vielleicht ist der Umzug zu uns ins Sauerland auch ein guter Anlass das irgendwann wieder zu ändern.«

Bertram lenkte entschuldigend ein und nahm seine Bierflasche in die Hand: »Auf Vera! Herzlich willkommen bei uns im Sauerland!«

Alle Kollegen stießen miteinander an. Frauke suchte ihren Blick, schenkte ihr ein bezauberndes Lächeln.

Zwei Stunden später fuhr Vera durch die Dunkelheit nach Haus. Sie seufzte. Eine richtig nette Clique, auf sie die da gestoßen war. Sie hatten sich den ganzen Abend angeregt miteinander unterhalten, dann drängte es sie nach Aufbruch, sonst würde sie morgen nicht aus dem Bett kommen.

Aber der Wunsch, sich bald wieder zu sehen, war bei allen geweckt, sodass sie sich für das kommende Wochenende zum Wandern verabredet hatten. Vera hatten sie beauftragt, die Tour zu planen. Egal wohin. Die anderen waren für alles offen. Einzige Bedingung war eine Möglichkeit zum gemütlichen Rasten und Einkehren auf der Strecke. Und das war im Sauerland relativ leicht zu verwirklichen.

Kapitel 4

Es goss in Strömen. Laut Wetterbericht würde es in Laufe des Tages kaum aufhören. Veras Kollegen hatten das Wandern abgesagt, einer nach dem andern. Bertram war der Erste, der angerufen hatte, Frauke die Letzte. Mit ihr hatte sie eine gute halbe Stunde geredet. Vera ertappte sich dabei, wie sie den Hörer weiterhin in der Hand hielt, nachdem Frauke sich verabschiedet hatte. Plötzlich war ein Tuten in der Leitung zu vernehmen und auf ihrem Display erschien: *Bitte auflegen*. Niemand hatte ihr einen Alternativvorschlag angeboten, alle hatten sich anders verplant. Frauke besuchte ihre Mutter, Bertram ging mit seinem Freund ins Thermalbad. Und sie? Vera hatte sich aufs Wandern gefreut und wusste nun nicht recht, wozu sie Lust hatte.

Es war kühl in ihrem Wohnzimmer. Sie entschloss sich, den Kamin anzuheizen und machte es sich auf ihrer Bank gemütlich, um zu lesen. Doch kaum hatte sie das Buch aufgeschlagen, wusste sie: Das war jetzt nicht das, was sie wollte. Und wenn sie eine Runde joggen ging? Zum Kleidung wechseln hatte sie jedoch keine Lust. Also dann, eben nur walken. Dazu musste sie bloß ihre Turnschuhe anziehen und die Nordic Walking Stöcke aus der Garage zu holen. Eine kurze Runde, das schafft man auch im Dauerregen. Danach könnte sie heiß duschen, sich in

Wohlfühlklamotten kuscheln, in ihr Büro setzen und einen Bericht zu Ende schreiben. Damit wäre die Zeit sinnvoll genützt und sie bräuchte sich im Nachhinein keine Vorwürfe zu machen, etwas Falsches getan zu haben. Zu arbeiten gab es für sie immer etwas.

Mit diesem Gedanken schloss Vera die Haustür hinter sich und machte sich auf den Weg.

Durch den ständigen Nieselregen hatte sich hartnäckiger Bodennebel gebildet. Die Stimmung erschien unwirklich. Vera atmete feuchte gereinigte Luft. Sie war nicht weit gegangen. Ihre Beine wollten heute nicht so wie sonst. Eine nasse trostlose Bank lud nicht zum Ausruhen ein. Sie setzte sich trotzdem, in Vertrauen darauf, dass ihre Regenhose dicht war. Es wurde unangenehm kalt unter ihrem Po. Und doch wollte sie nicht weiter. Vera versuchte sich zu entspannen, schickte ihre Gedanken auf die Reise. Dann tauchte das Gesicht ihres Ex-Mannes unerwartet vor ihren Augen auf. Sie erschrak. War das alles wirklich schon fünfzehn Jahre her? Es war Veras erster und letzter Versuch einer Beziehung auf Lebenszeit gewesen.

Ein leeres Gefühl überkam sie plötzlich. Die Hoffnungslosigkeit, die sie ausgehöhlt hatte, als sie sich zum wiederholten Mal fragte, ob dies eine richtige Ehe sein konnte, die sie da führte.

Das war an einem Sonntagabend. Vera war spät nach Hause gekommen. Die Fortbildung hatte ihr gesamtes Wochenende beansprucht. Großmutter und Vater hatten sich bei der Beaufsichtigung der Kinder abgelöst. Für Vera war es das erste Wochenende ohne ihre Tochter, ohne ihren Sohn gewesen.

»Hallo! Ich bin wieder da!« Es war still in der Wohnung. Vera trat in den Flur. Andreas, ihr Mann, kam ihr entgegen.

»Wird auch Zeit, dass du endlich da bist. Bin sowieso schon zu spät.« Es sah demonstrativ auf seine Armbanduhr. Keine Begrüßung. Keine Umarmung.

»Du musst noch weg? Wo sind die Kinder? Wie war's am Wochenende?« Vera war zu verblüfft, um sich ihrer Enttäuschung über sein Verhalten bewusst zu werden.

»Die letzte Probe mit der Jazz-Band. Du weißt doch, dass wir nächste Woche einen Auftritt haben.« Er griff nach seinem Schlüsselbund. »Ach ja, Marie ist in ihrem Zimmer, Jakob ist bei ihr. Sie hat sich gerade wehgetan.« Jakob war ihr Ältester, fast fünf.

»Wehgetan?« Vera eilte in Richtung Kinderzimmer. Ihr Mann hinterher.

»Sie muss auf die Holzkiste mit den Legobausteinen gefallen sein, hat sich den Arm angeschlagen …«

»Hallo Mama!« Jakob sah sie kaum an. Komisch. Sonst kam er ihr doch immer entgegen! Voll Sorge sah sie nach Marie, die blass und apathisch im Bett lag. Sie nuckelte an einer Milchflasche. Ihr Mann hatte einer Eineinhalbjährigen eine Milchflasche gemacht. Von ihr hätte sie diese nicht mehr bekommen. Marie aß bereits am Tisch mit. Gemüse in Bio-Qualität versteht sich.

Andreas sah ihren fragenden Blick und rechtfertigte sich. »Sie hat so geweint.«

Er hatte den Schraubverschluss nicht richtig zugedreht. Maries Hemdchen am Hals war völlig durchnässt. Der verletzte Arm steckte nicht im Ärmel. Geschwollen und bläulich verfärbt lag er leblos an ihrer Seite.

»Am Anfang hat sie geweint, aber jetzt ist sie wieder friedlich.« Andreas schien zufrieden mit sich zu sein, wandte sich zum Gehen.

»Du gehst nirgendwo hin«, hörte sich Vera sagen mit vor Schreck klopfendem Herzen, »du beaufsichtigst deinen Sohn, während ich zum diensthabenden Kinderarzt fahre. Siehst du denn nicht, dass sie sich schlimm verletzt hat? Das muss man röntgen lassen, vielleicht hat sie sich etwas gebrochen! Wie ist das überhaupt passiert?« Vera zwang sich ruhig zu bleiben. Es war immer dasselbe. Warum hatte sie ständig das Gefühl, das gesamte Wohl der Familie hänge von ihr alleine ab? Nicht nur, dass sie finanziell den größten Teil dazu beitrug. Das machte ihr nichts aus. Nein, es ging um Verantwortung.

»Wie ist das passiert?«, fragte sie nochmals.

»Musst du ihn fragen, Jakob war dabei.« Andreas wies auf seinen Sohn.

»Marie ist vom Stockbett gefallen«, sagte Jakob. Er sah schuldbewusst aus, ihr Fünfjähriger.

»Vom Stockbett? Wie kommt sie da hoch? Du lässt die Kinder unbeaufsichtigt?« Vera sah Andreas vorwurfsvoll an.

»Ich kann doch nicht immer im Kinderzimmer sein! Ich muss ja auch mal etwas arbeiten.«

»Seit wann kann deine Schwester denn die Leiter hochsteigen?« Ihre Stimme klang interessiert, obwohl sie wohl wusste, dass ein Kind mit eineinhalb Jahren dazu noch nicht in der Lage war. Vera setzte sich zu Jakob auf den Boden. Er wühlte weiter in seiner Spielkiste, sah seine Mutter nicht an.

»Das hat sie sich selbst beigebracht«, sagte er. Dann sah er sie unsicher an: »Ich habe ihr gesagt, dass sie das nicht darf, Mama.«

»Du brauchst dich nicht zu verteidigen. Es war nicht deine Schuld, Jakob.« Es war Vera völlig ernst. Zärtlich sah sie ihn an. Ihr Großer. »Und sie war ganz oben in deinem Bett?«, flüsterte sie ungläubig.

»Ja, ganz oben.« So wie er es sagte, war er stolz drauf. Die ganze Geschichte würde sie wohl nie erfahren. »Und dann ist sie heruntergestürzt?«

»Auf einmal lang sie hier drauf und hat ganz doll geweint.« Er zeigte auf seine Holzkiste.

Vera spürte, wie ihr schlecht wurde. Ihr Magen zog sich zusammen. Ihre Tochter war von einer Höhe von zwei Metern auf die Kante einer

Holzkiste gefallen. Das hätte wesentlich anders ausgehen können. Und was hatte Andreas in dieser Zeit getan? Ganz abgesehen davon, dass er die Verantwortung für Marie einem Fünfjährigen überließ.

»Du wirst jetzt hierbleiben«, sagte Vera zu ihrem Mann, ohne ihn anzusehen. Ihre Stimme klang gepresst. Sie zwang sich zur Ruhe.

»Ich soll die Probe absagen?« Andreas konnte es nicht fassen.

»Ja. Du wirst Jakob ins Bett bringen, während ich mit Marie zum Arzt fahre.«

»Kannst du nicht deine Mutter anrufen? Die kann doch auch …«

»Andreas …«, begann Vera. Aber sie wollte nicht mit ihm diskutieren. Sie musste mit Marie schleunigst zu einem Arzt. Vera hatte sich diesen Abend anders vorgestellt. Sie war müde und abgekämpft nach Hause gekommen und hatte sich gesehnt nach … was eigentlich? Nach einem lieben Wort, einer Bemerkung wie: Schön, dass du wieder da bist. Sanfte Landung mit Rückzugsmöglichkeit. Aber hier war nichts sanft. Und nichts, wohin man sich hätte zurückziehen können. Hier wurde sie gebraucht. Immer wieder gebraucht, nur gebraucht. Mechanisch zog sie Marie etwas Trockenes an, ganz langsam und vorsichtig, nahm sie auf den Arm. Das Kind wimmerte.

»Mein armer Schatz.« Vera küsste Marie auf die Stirn, rieb ihre Wange an ihrem kleinen Kopf.

»Mama geht jetzt mit dir zum Doktor. Der muss sich dein Wehweh ansehen, okay?« Vera hielt ihr Kind vorsichtig in den Armen. Maries Köpfchen kuschelte sich in ihre Halsbeuge.

»Jakob mit?«, fragte Marie.

»Nein, der Jakob bleibt hier. Der muss doch ins Bett. Morgen ist wieder Kindergarten.«

»Papa bringt dich ins Bett, mein Schatz«, wandte sich Vera an ihren Großen.

»Kommst du heute Nacht wieder?« Jakob sah sie unsicher an.

»Natürlich. Morgen früh bin ich wieder da. Dann frühstücken wir zusammen und ich bring dich in den Kindergarten, ja?« In die Gruppe eins, zu den Marienkäfern. Wie immer, ganz normal.

Jakob lächelte und nickte.

Vera schnappte sich Schlüssel, Geldbeutel, die Adresse des Kinderarztes, die sie für Oma und ihren Mann sichtbar auf das Büffet gelegt hatte, falls mit den Kindern am Wochenende etwas sein sollte. Sie hätte nicht gedacht, dass sie Sonntagabend mit ihrer Kleinen noch zum Notarzt gehen müsste.

Der diensthabende Kinderarzt empfing sie bei sich zuhause. Er hatte für solche Zwecke in Untersuchungszimmer eingerichtet. Er warf einen knappen Blick auf den Arm.

»Das sieht nach was Chirurgischem aus. Da müssen Sie ins Krankenhaus.« Dann tastete er vorsichtig am Ellenbogengelenk. Marie gab keinen Laut von sich. Der Arm hing kraftlos herab. Sie war sehr blass. »Das ist abgerissen …«, sinnierte er laut.

»Was?«

Er nickte nur, anstatt ihre Frage zu antworten. »Ich schreibe Ihnen eine Überweisung raus. Fahren Sie ins Krankenhaus. Ich ruf schon mal dort an.«

Nach zwei Röntgenbildern sagte der diensthabende Stationsarzt: »Wir werden sofort operieren müssen. Das kann nicht bis morgen warten.« Er erzählte ihr etwas von Wachstumsfuge und abgerissenem Köpfchen des Ellenbogengelenks. Vera verstand nicht alles auf Anhieb. Marie wurde ein Venenzugang gelegt. Der Arzt war müde, fiel ihr auf, aber sympathisch und sehr bemüht. Vera hatte den Eindruck, dass er seine Augen kaum offen halten konnte. Und doch würde er jetzt Marie operieren. Das Bereitschaftsteam stand zur Verfügung. Alle waren schon für den Notfall bereit.

»Hat sie in den letzten zwei Stunden etwas gegessen oder getrunken?« Sein Blick war so freundlich und geduldig. Gerne hätte sie jetzt geheult.

»Etwas Milch. Eine Tasse ungefähr«, blieb Vera möglichst sachlich.

»Dann legen wir eine Magensonde.«

Die Gefahr, dass Marie bei der Narkoseeinleitung erbrach und Mageninhalt in die Lunge gelangen könnte, war zu groß. Eine Schwester nahm Marie mit in den Operationsraum. Vera durfte bei der Narkoseeinleitung nicht dabei sein, musste am roten Strich stehen bleiben und sah verzweifelt ihrem Kind hinterher. Sie konnte ihre Tränen nicht länger unterdrücken. Nie würde es aufhören. Immer würde sie sich Sorgen um ihre Kinder machen müssen. Warum fühlte sich das so schmerzhaft an?

Sie brauchte zehn Minuten, die sie vor dem Eingang zum OP hin-und hergehend verbrachte, um sich zu sammeln. Sie tippte die Nummer ihres Zuhauses in ihr Handy, wunderte sich, dass sie diese Nummer nicht eingespeichert hatte.

»Hallo?«, meldete sich Andreas´ Stimme umgehend.

»Marie ist im OP. Sie müssen sie jetzt operieren, um die Schäden so gering wie möglich zu halten.« Hatte der Arzt wirklich gesagt, der Arm würde unter Umständen kürzer bleiben als der andere? Der Bruch war so unglücklich, dass die Wachstumsfuge stark in Mitleidenschaft gezogen war.

»Ach du Scheiße!«

Er klang ehrlich betroffen. Das überraschte sie nun doch. Gerne hätte sie ihm noch ein paare Dinge gesagt über die Aufgaben, die sie beide als Eltern übernommen haben. Aber Vera war müde.

»Kommst du jetzt heim?«

»Nein, ich warte hier, bis sie aufwacht und mir die Ärzte sagen können, wie die Operation verlaufen ist.«

»Jakob habe ich gerade ins Bett gebracht.« Sie schwiegen beide eine Zeit lang am Telefon. Dann er: »Soll ich kommen?«

»Nein. Willst du Jakob alleine lassen, oder was?«, fragte Vera ungehalten. Sie verabschiedete sich mit knappen Worten, versprach, ihn auf dem Laufenden zu halten. Das war alles. Jetzt brauchte sie ihn nicht mehr. Wofür auch? Nun hieß es nur noch warten, hoffen und bangen. Auf ihn konnte sie dabei nicht zählen. Das würde sie alleine hinkriegen. Wie immer. Ihre Beine versagten ihr plötzlich den Dienst. Sie setzte sich auf einen der Stühle, die in dem kahlen Krankenhausgang an der Wand standen. Sie hatte Durst und ihr Magen knurrte.

Oh Gott, hoffentlich wird alles wieder gut und der Arm bleibt nicht kürzer! Angst überkam sie. Vera verbarg ihr Gesicht in ihren Händen. Reiße dich zusammen, es ist nur ein gebrochener Arm, mahnte ihre innere Stimme. Es hätte auch wesentlich anders ausgehen können.

In jener Nacht hatte Vera zum ersten Mal diese Leere empfunden, die sie in den folgenden Jahren stets begleitet hatte. Parallel dazu die erschütternde Erkenntnis, allein zu sein. Dann zum ersten Mal diese Angst vor der eigenen Schwäche, die Angst zu versagen.

Ein Jahr später war sie geschieden. Das Gefühl, nicht genug zu sein, war ihr geblieben, obwohl sie permanent versucht hatte, diese innere Stimme zu bekämpfen. Sie hatte sich in Arbeit gestürzt, hatte mehr Patienten angenommen als ihre Kollegen, jede freie Minute für ihre Kinder verwendet. Und bis vor Kurzem war sie auch der Meinung gewesen, es geschafft zu haben.

Und nun hatte sie auf einmal Schwierigkeiten, sich auf die Probleme ihrer Patienten zu konzentrieren. Ihr Körper wurde von einem Augenblick zum nächsten unruhig. Das konnte ihr mitten in einer Sitzung passieren. Es fiel ihr immer schwerer, dem Bedürfnis nach Bewegung erst dann nachzugeben, wenn der letzte Patient ihre Praxis verlassen hatte. Etwas in ihr hatte sich verändert.

Etwas, dass sich nun nicht mehr ignorieren ließ.

Und ich bin Psychotherapeutin, dachte Vera betroffen. Sie stand auf. Merkwürdig langsam. Heute würde es keine große Runde mehr werden. Sie wollte nach Hause und entschied sich für den kürzesten Weg zurück.

Am Abend saß Vera in Jogginghose und Oversized-Shirt auf ihrem Sofa. Sie hatte sich gegen Arbeiten entschieden. Bräuchte sie tatsächlich selbst therapeutische Begleitung? Könnte ihr Frauke helfen? Vera nahm sich vor, sie zu fragen. Das nächste Mal, wenn sie sich sehen würden oder vielleicht das übernächste Mal. Wann es sich eben am besten ergeben würde.

Kapitel 5

»Frauke, könnte ich dich mal ganz persönlich als Psychologin sprechen?«

»Wenn es sein muss.« Vera konnte hören, dass sie dabei grinste. »Ich gehe davon aus, ich kann dich privat abrechnen.«

Frauke war in den letzten zwei Wochen zu einer erstaunlich vertrauten Kollegin geworden. Leider beschränkte sich ihr Austausch nur aufs Telefon. Aber beide Psychologinnen hatten einander schon mehrfach zugesichert, sich persönlich zu treffen, sobald es ihre Zeit zuließe.

Seit wann rede ich im Konjunktiv, wenn ich etwas möchte? Vera wunderte sich über sich selbst. Sie hatte Mittagspause und Frauke unter ihrer Privatnummer angerufen.

Frauke lachte »Wer von uns sollte denn die Psychologin bleiben? Ich etwa? Ist was passiert?«

»Nicht akut. Ich bräuchte aber grundsätzlich jemanden, mit dem ich reden könnte. Ich möchte dich aber nicht belästigen …« Ihr Herz pochte gegen ihre Rippen.

»Okay. Wann soll ich kommen?« Fraukes Stimme war ernst geworden.

»Ich komme gerne zu dir, wenn du mal Zeit hast. Das können wir auch offiziell abrechnen. Ich möchte nur nicht, dass die anderen … Lass uns doch einen Termin finden! Irgendwann? Bald! Du kannst ihn mir auch erst bei unserem nächsten Treffen vorschlagen, wenn dir das lieber …« Vera ließ das Ende Satzes in der Luft hängen.

Frauke schwieg einen Augenblick, dann sagte sie: »Ich besuche morgen Abend meine Mutter in Obersorpe. Anschließend komme ich bei dir vorbei und du sagst mir, worum es geht. Sagen wir so um neun? Oder ist dir das zu spät?«

»Nein. Ist es nicht, aber …«

»Wir sondieren erst mal die Lage, okay?«

»Kann ich dir … ich meine …«

»Ja, kannst du«, fiel ihr Frauke wieder ins Wort. »Besorg mir so eine leckere Pizzaschnitte wie bei Bertram zuletzt. Die waren so gut.«

»Frauke …«, fing Vera an, in der Absicht eine offizielle Form der Abrechnung zu besprechen.

»Pizzaschnitte!«, schallte es aus den Hörer. Dann ein leises Lachen. »Bis morgen.« Sie legte auf, bevor Vera die Chance hatte, etwas dagegen einzuwenden.

Nachdenklich blickte sie auf das schwarz gewordene Display ihres Telefons. Sie wusste nicht recht, was sie fühlte. Erleichterung oder Sorge? Nun hatte sie etwas ins Rollen gebracht, was nicht mehr rückgängig zu machen war. Das war gut so. Und doch war ihr nicht wohl dabei.

»Pizzaschnitten sind ausverkauft? Oh!«

Die füllige Verkäuferin von letztem Mal sah so verzweifelt aus, wie Vera sich fühlte.

»Nemn se doch die Lauchquiche.« Ein zaghafter Versuch von ihr.

»Ich bräuchte dringend eine Pizzaschnitte.« In Veras Stimme lag tatsächlich ein Anflug von Verzweiflung. Wie sollte dieses erste Gespräch ablaufen, wenn sie noch nicht einmal in der Lage war, die einfachsten Wünsche ihrer Kollegin zu erfüllen? »Wenigstens eine. Ich bekomme Besuch.«

Die Verkäuferin sah sie mitfühlend an. »Ich hätte zuhause noch vier eingefroren. Könnte ich Ihnen rüberbringen, nach Feierabend.«

Vera begegnete ihrem Blick. Es war ihr wirklich ernst. »Das würden Sie tun?«

»Sag ich doch. In meiner Tiefkühltruhe sind welche von vorgestern. Die waren übrig. Ich komm rüber. Sagen wir so um sieben? Bis dahin bin ich hier fertig.«

»Ich kann auch gerne zu Ihnen …«

»Ne, ne. Dat mach ich jerne.« Sie sprach bewusst in ihrem Dialekt, ihre Augen sahen sie über ihren Brillenrand hinweg an. Eine tolle Brille übrigens. Grasgrün. Sie sah richtig pfiffig aus. Überhaupt eine sehr aparte Frau.

»Ist Ihnen das recht mit sieben Uhr?« Ihr offener Blick sagte Vera, dass sie ihr diesen Gefallen gerne tun würde.

»Ja, das wäre wunderbar.« Vera war aufrichtig erleichtert. Ein guter Start für ihr erstes Sondierungsgespräch. Doch rasch wich die Freude einem mulmigen Gefühl. Sie würde sich ihrer

Kollegin gegenüber öffnen müssen. Das war kaum mehr abzuwenden. Vera konnte sich nicht daran erinnern, sich jemals einer anderen Person so richtig anvertraut zu haben. Es würde Premiere sein. Heute.

Es klingelte, als Vera dabei war, Teewasser aufzugießen. Sie hatte ihrem inneren Unwohlsein nachgegeben, sich lange unter die heiße Dusche gestellt, war in ihre bequemste Jeans und ihren Lieblingspullover geschlüpft und hatte sich nach kurzer Überlegung für einen Melissentee entschieden.

Sie hastete die Stufen hinab, um zu öffnen.

»Hallo. Habs nich janz auf sieben geschafft, tut mir leid.« Die Bäckerei-Angestellte. In Privatkleidung. Und sie hielt eine Tüte in der ausgestreckten Hand. »Bitteschön.« Braune Augen sahen sie wohltuend freundlich an.

»Sie müssen sich nicht entschuldigen. Ich habe Ihnen zu danken. Was schulde ich Ihnen?« Vera wollte schon ihren Geldbeutel holen, da erschien es auf einmal nicht mehr angemessen, einfach nur die Tüte anzunehmen. »Kommen Sie doch rein. Ich habe gerade Tee gemacht. Melisse. Wenn Sie möchten?«

»Oh, gerne. Ein Tässchen Tee nach Feierabend. Da sag ich nicht nein.«

»Ich habe nur nicht lange Zeit. Ich bekomme nachher noch Besuch.«

»Ich weiß, ich weiß. Ich halte Sie nicht lange auf.« Vera war sich sicher, dass sie es auch so meinte.

»Sie müssen ihre Schuhe nicht ausziehen«, sagte sie rasch, als ihre Nachbarin ihre Lederhalbschuhe abstreifte, ohne die Schnürsenkel dabei zu öffnen.

»Zu spät.« Ihr schelmisches Grinsen ließ sie etliche Jahre jünger aussehen, als sie vermutlich war. Sie ließ ihre Schuhe achtlos stehen, wo sie waren, trat auf Strümpfen näher. Ihre schlanken Füße schienen nicht zu ihrem restlichen Körper zu passen.

»Oh, hier arbeiten Sie also?« Ihr neugieriger Blick blieb an der geöffneten Tür des Therapiezimmers hängen.

»Ich zeige es Ihnen gerne, wenn es Sie interessiert.« Vera machte eine einladende Geste. Dabei wurde ihr bewusst, dass sie ihre Nachbarin noch nicht einmal mit Namen kannte. »Übrigens, ich bin Vera Schütte.«

»Ach, herrje!«, erschrak ihre Nachbarin. »Was bin ich für ein unhöflicher Mensch. Komm hier rein, ohne mich … also ne. Entschuldigen Se! Ich bin die Annemarie Knoche von Haus Nummer sieben, nebenan.«

Knoche? Vera stutzte. Erst dann wurde ihr bewusst, dass man sie für unhöflich halten könnte. Doch ihre Nachbarin winkte ab.

»Über meinen Namen amüsieren sich alle. Ausgerechnet ich mit meinen überflüssigen Pfunden.«

Sie sagte es ganz ohne geheucheltes Selbstmitleid. Diese Frau stand zu sich selbst.

»Entschuldigen Sie, aber Knoche ist wirklich ein etwas ausgefallener Name. Selbst für das Sauerland. Oder nicht?«

»Nu, es jibt schon einige Knoches hier. Die meisten sind mit mir verwandt.« Dann sah sie sich staunend um. »Schön ham ses hier. Das ist ja richtig jemütlich. Wissen Se, ich war noch nie bei einer Psychiaterin …«

»Psychologin.«

»Ah, ja. Psychologin. Ich dachte immer, die haben so eine Couch und einen Stuhl. Dat würde mir auch jefallen. Für den Fall, ich bräuchte Se mal, woll?«

Vera lächelte freundlich. »Kommen Sie doch mit nach oben. Der Tee dürfte lange genug gezogen haben.«

Frau Knoche folgte ihr. Vera legte die Tüte auf der Arbeitsfläche der offenen Küche ab. Küche und Wohnzimmer waren eins. Nur die freigelegten Balken teilten die beiden Räume.

»Boah«, staunte Frau Knoche. »Dat hamse aber schön hingekricht. Ich weiß noch, wie es hier ausjesehen hat, bevor Se dat Haus geerbt ham.« Pure Bewunderung schlug Vera entgegen. Sie wunderte sich selbst darüber, wie sehr sie sich über dieses Lob freute.

»Ne, ne! Wat isses schön jeworden!« Je emotionaler Frau Knoche wurde, umso mehr fiel sie in ihren Dialekt, stellte Vera amüsiert fest. Sie stellte zwei Tassen auf den Couchtisch des Wohnzimmers und schenkte Tee ein.

»Nehmen Sie Zucker?« Vera suchte den Blick ihrer Nachbarin, wartete auf eine Antwort. Aber diese schien viel zu sehr damit beschäftigt, die Eindrücke ihres Wohnzimmers zu verarbeiten.

Ja, der Umbau war gelungen. Vera hatte wirkliche Profis damit beauftragt, dieses Fachwerkhaus zu restaurieren. Alles war stimmig und stilvoll. Zusätzlich hatte sie sich mit dem Umzug ins Sauerland von allem Überflüssigen befreit, umgab sich nur noch mit ihren Lieblingsbüchern, Lieblingsbildern, Blumen. Das, was sie eben zum Leben brauchte.

Ihre Nachbarin sah sich immer noch andächtig um. Ob sie sie auch fühlen konnte, fragte sich Vera, diese stimmige Energie in diesem Raum? Sie betrachtete Annemarie Knoche aufmerksam.

»Dat is der Wahnsinn.«

Vera lächelte. »Ich fühle mich auch sehr wohl hier. Mit Zucker? Den Tee?« Sie deutete auf die Tasse.

»Oh, nein. Entschuldigung.« Frau Knoche nahm Platz. »Danke«, sagte sie, als sie die Tasse zu ihrem Mund führte. Ihre rundlichen Finger hatten sehr kurze Nägel. Kurz geschnitten. Nicht abgekaut.

»Der schmeckt jut. Wo hamse denn den her?«

»Den Tee? Aus dem Bioladen hier aus Wilzenhausen. Aber zukünftig möchte ich Melisse selbst anbauen. Ich habe jetzt schließlich einen großen Garten.« Vera freute sich schon darauf. Endlich hatte sie Möglichkeiten, ihre eigenen Kräuter und ihr eigenes Gemüse anzubauen. Das gehörte mit zu ihrem Traum.

»Ach was? Se wollen sich einen Garten anlegen?« Dann schien sie zu überlegen. »Sie scheinen mir ja ganz vernünftig zu sein …«

Veras Mimik entglitt für einen Augenblick.

»Dat war als Kompliment jemeint«, stellte Frau Knoche erschrocken richtig. »Ich wollt nich unhöflich sein. Ich dachte nur, für eine Psychologin sind Sie irgendwie janz normal.«

Vera lächelte. »So offen hat mir das noch niemand gesagt. Halten Sie Psychotherapeuten für etwas verschroben?«

Nun musste ihrer Nachbarin überlegen. »Nein«, schüttelte sie den Kopf, »so war es nicht gemeint. Entschuldigung. Ich dachte nur, Sie sind so wie andere Menschen eben auch.« Das kam beinahe akzentfrei. Wahrscheinlich nahm sie sich oft vor, hochdeutsch zu reden und wenn sie es vergisst, fällt sie ins Sauerländische.

»Danke«, sagte Vera mit Nachdruck. Das Gespräch begann sie zu amüsieren. Sie vergaß für einen Augenblick, dass ihre Kollegin Frauke demnächst bei ihr aufschlagen würde, um über Dinge zu sprechen, die offenbar unverdaut waren. Aber wenigstens erschien sie ihrer Nachbarin völlig normal. Das war doch schon mal was. Ein leises Lachen entwich ihr, bevor sie es unterdrücken konnte.

»Das hätte ich nicht sagen sollen. Tut mir wirklich leid.« Frau Knoche sah nun zerknirscht aus.

»Es ist okay. Wirklich. Keine Sorge.«

»Ich geh dann jetzt und wünsche Ihnen noch einen schönen Abend.« Frau Knoche erhob sich.

Vera nahm es überrascht zur Kenntnis. Warum so überstürzt?

»Ich hatte sowieso nicht die Absicht, Sie so lange aufzuhalten.« Reinstes Hochdeutsch.

»Was schulde ich Ihnen denn?« Vera erhob sich ebenfalls.

»Nichts.«

»Nein, wirklich …«

»Vielleicht trinken wir ja mal ein Bierchen. Aufn Schützenfest oder so.«

»Wann ist das?«

»Na, nächsten Monat. Das steht die Stadt wieder aufn Kopp.«

»Ah!« Jetzt fiel es ihr wieder ein. Natürlich. Der wichtigste Event des Jahres. Wichtiger als die Fronleichnamsprozession, und das sollte was heißen. »Ja, mach ich gerne.« Es bezog sich mehr auf das Biertrinken, als auf das Schützenfest. Bisher kannte sie solche Veranstaltungen nur vom Erzählen. Vera begleitete die Nachbarin zum Ausgang.

»Tschüss dann!«, verabschiedete sich Frau Knoche kurz und knapp.

»Vielen Dank nochmals.« Vera sah hinter ihr her. Mit ihrem Verschwinden stellte sich wieder ein beklemmendes Gefühl ein. Frauke würde bald da sein und sie musste sich noch innerlich darauf vorbereiten.

Es war kaum eine halbe Stunde vergangen, als Vera wieder die Treppe hinunter eilte, um Frauke zu öffnen.

»Grüß dich.« Sie versuchte, so natürlich wie möglich zu klingen. Wahrscheinlich merkte Frauke trotzdem, wie nervös sie war.

»Hi!« Frauke umarmte sie herzlich. »Schön, dass wir uns schon wiedersehen. Ist doch praktisch, eine Mutter in der Nähe wohnen zu haben.«

Woher hat Frauke eigentlich dieses Übermaß an Lebensfreude?, fragte sich Vera. Sie hatte schließlich beide denselben Job. Sie empfand tiefe Dankbarkeit ihrer Kollegin gegenüber, die sich die Mühe machte, sich um diese Zeit noch um ihre Probleme zu kümmern.

»Es war ein mittelgroßer Aufwand, dir eine Pizzaschnitte zu organisieren. Mein privater Lieferservice war eben da und hat mir die letzten gefrorenen Exemplare ausgehändigt«, schlug Vera einen lockeren Plauderton an.

Frauke nahm nach knapper Anerkennung ihres Wohnumfeldes, »bei dir kann man's aber aushalten!«, auf dem Sofa Platz. Nah am Kaminofen, in dem ein Feuer brannte. Vier Pizzaschnitten lagen bereits auf dem kleinen Blech, das Vera nun in eine Öffnung oberhalb der Ofentür schob.

»Ist ja toll«, entfuhr es Frauke. »Du kannst damit auch backen?«

»Ja«, gab Vera zur Bestätigung von sich. »Gestern habe ich mir heiße Maroni darin gemacht. Aber wenn man richtig anheizt, kann man sogar Brot damit backen oder … Pizza.« Vera grinste verlegen. »Wenn man mal keine Fertige kaufen will.«

Fraukes Blick und ihr entgegenkommendes Lächeln machten deutlich, dass sie diesem Projekt nicht abgeneigt wäre.

Vera nickte. »Nächstes Mal gerne. Dann kriegst du was aus dem Kaminofen. Versprochen.«

Sie schenkte Frauke Johannisbeersaft und Wasser ein – ganz nach deren Wunsch. Vera setzte sich Frauke gegenüber in den Sessel. Fraukes Blick ruhte einen kurzen Augenblick auf ihr, dann fragte sie unvermittelt: »Möchtest du gleich anfangen zu erzählen?«

Veras Magen machte jäh einen Satz nach vorn. Das kam plötzlich. Sie holte tief Luft, erinnerte sich daran, dass sie diejenige war, die es gewollt hatte. Sich erneut damit auseinandersetzen, darüber reden. Über eine Zeit, die sie gerne verdrängt hätte. Vielleicht war das schon Hinweis genug, einmal genau hinzusehen. »Ich …«, begann sie ohne jegliche Ahnung, wo sie am besten beginnen sollte, »… möchte mich, ja, ich sollte mich mit einer Kollegin über Dinge unterhalten, die zwar schon mehr als fünfzehn Jahre her sind, aber mich immer noch negativ beeinflussen.«

»Du redest von deiner Ehe mit diesem Mann. Was war er noch mal? Jazz-Musiker?«

»Ja, war er.« Veras Stimme klang kraftlos. Es strengte an, sich erinnern zu müssen.

Frauke lächelte nachsichtig. »Du hast diese Zeit verdrängt? Ist sie dir unangenehm?«

»Nein, natürlich nicht. Aus dieser Verbindung entsprangen zwei Kinder.«

»Irgendwie kann ich mir einen Jazz-Musiker mit dir gar nicht vorstellen. Wie alt warst du damals, als ihr euch kennengelernt habt?«

»Jung. Zu jung. Ich glaube so um die dreiundzwanzig.«

Veras Kollegin nickte, als sei es völlig normal, in diesem Alter noch keine richtigen Entscheidungen treffen zu können. »Erzähl mir davon.«

»Ich war sieben Jahre verheiratet. Es war eine … sagen wir mal lehrreiche Zeit, mit der ich innerlich abgeschlossen habe. Zumindest hatte ich das angenommen. Nachdem meine Kinder angefangen haben zu studieren, bin ich hierhergezogen. Ich habe mich entschlossen, das zu tun, was ich immer tun wollte. Einfach raus aufs Land. Ich könnte von mir durchaus behaupten, dass ich ein glücklicher Mensch bin. Ich habe zwei gesunde, erwachsene Kinder, ein tolles Haus, einen Beruf, den ich liebe, eine Praxis, die gut anläuft …«

Während Vera ins Erzählen kam, sah Frauke sie interessiert an. Die Psychologin in ihr arbeitete. Aber was soll´s? Sie brauchte die Meinung einer Kollegin. Und dazu musste sie sich öffnen. Anders ging es nun mal nicht.

»Ich habe alles, was ich will … und doch kann ich mich immer weniger konzentrieren in letzter Zeit. Mein Körper wird schlagartig so unruhig, dass ich mich bewegen muss. Ich bin noch nie so viel gewandert wie in den letzten Wochen. Ich kann nachts nicht mehr schlafen und vorgestern hatte ich plötzlich eine Szene meiner Ehe so deutlich vor Augen … und ich fühlte dasselbe wie damals. Ein richtiger Flashback! Ich schätze, ich muss die Zeit zurückdrehen und noch mal hinsehen …« Sie las in Fraukes Gesicht, dass diese gerne etwas sagen würde. »Was meinst du?«

»Wir sollten die Pizzaschnitten wieder rausholen.«

»Oje!« Vera sprang auf.

»Sorry, das war jetzt blöd. Ich wollte dich nicht …«

Vera riss die obere Backofentür auf, zog das Blech mithilfe eines Handschuhes heraus und stellte es auf ein Holzbrett in der Mitte des Holztisches. »Gerade noch rechtzeitig. Ich hätte sie völlig vergessen. Bedien dich bitte!«

Frauke war völlig unkompliziert. Mit einer Serviette angelte sie sich ein Backwerk von Blech. »Erzähl weiter.«

»Was möchtest du noch hören?«

»Alles. Frei von der Leber weg.« Frauke biss ab und lehnte sich entspannt zurück.

»Ich … nun, also …« Vera geriet ins Stocken. Die Rolle der Therapeutin war bedeutend einfacher. Frauke wartete. Kaute. Sah sie an.

Und Vera begann mit dem Erlebnis, das sie vorgestern wieder eingeholt hatte. Es blieb nicht bei der einen Schilderung, irgendwann sprudelte es nur so aus ihr heraus. Viele Beispiele ihrer Ehe, die das Versagen ihres Ex-Mannes belegten und ihre eigene Kraftlosigkeit, das zu kompensieren. Vera erzählte ihrer Kollegin von ihren Wünschen und Enttäuschungen während dieser Zeit. Frauke hörte zu.

»Kann ich mir noch eine nehmen?«, fragte sie irgendwann.

»Du kannst alle vier haben.« Vera brachte jetzt nichts herunter. Auch ihr Glas blieb unberührt. Sie war ausschließlich mit reden beschäftigt. Frauke unterbrach sie nur hier und da, um eine Verständnisfrage zu stellen. Irgendwann versiegte Veras Redefluss.

»Ich kann nicht mehr«, sagte Frauke mit einem bedauernden Blick auf die zwei übrigen Pizzataschen. Sie wischte sich mit der Serviette über den Mund. Vera war überzeugt, dass ihrer

Kollegin keine ihrer Gesten, Veränderung der Mimik und ihrer Stimme entgangen waren.

»Und du bringst deine körperliche Unruhe mit deiner Ehe in Verbindung? Es könnte doch auch andere Gründe haben«, warf Frauke ein.

»Ja, könnte es. Hat es aber nicht. Ich fühle gleich wie damals. Ich fühle mich überfordert, habe Angst nicht gut genug zu sein. Ich bin getrieben. Und das ganz plötzlich. «Vera holte tief Luft. »Was sollte ich deiner Meinung nach tun?«

»Hm«, machte Frauke und legte die Serviette auf den Tisch. »Weißt du, was mir an dir auffällt?« Sie sah Vera direkt in die Augen. »Ich hoffe, ich darf dir das so deutlich sagen. Es ist okay, dass wir uns noch nicht so gut kennen und ich dich beinahe noch neutral wahrnehmen kann. Und ich hoffe, das steht jetzt unserer kollegialen Zusammenarbeit und unserer Freundschaft nicht im Wege …«

Vera schüttelte den Kopf. *Egal was du sagst, ich werde dir nichts übel nehmen. Sag schon!*

»Dein Lieblingswort bei deinen Schilderungen scheint Verantwortung zu sein. Du reitest oft darauf herum. Es geht auch ganz klar aus deinen Worten hervor, dass du einen Mann ohne Verantwortungsgefühl geheiratet hast, der sich nicht um Familienbelange gekümmert hat, sondern nur um sich selber kreiste. Mag sein, dass er ein Narzisst war. Da hast du vermutlich recht. Aber weißt du, was nicht passt?«

Auf was wollte ihre Kollegin hinaus?

»Du kannst mir nicht weismachen, eine intelligente Frau wie du hätte das nicht früher gemerkt. Außerdem bist du Therapeutin. Vera, komm zu dir! Du hast vorher gewusst, auf was du dich einlässt. Die Frage ist eine ganz andere. *Warum* hast du das getan?«

Vera blieb die Luft weg.

Frauke wartete einen Moment, gab ihr eine Chance, das Gehörte zu verdauen. Ihre Stimme war eindringlich. »Warum hast du diesen Mann geheiratet, von dem du wusstest, wie er sein würde?«

Wusste ich das wirklich?

»Ihr wart ein Jahr zusammen, bevor ihr geheiratet habt. Ein Narzisst wird man nicht von heute auf morgen. Das war er zu jenem Zeitpunkt schon.«

»Vielleicht war ich so verliebt, dass ich es nicht gemerkt habe?« Es war die einfachste Erklärung. Vera spürte, wie ihr Blutdruck absackte.

Ein dünnes Lächeln erschien in Fraukes Gesicht. Sie glaubte ihr das genauso wenig, wie sie es sich selbst glaubte. Verdammt.

»Ich wollte Kinder. Ich wollte eine richtige Familie haben«, gab Vera einen neuen Lösungsvorschlag vor, als spräche sie über jemanden anderen.

»Was auch immer deine Gründe waren. Du solltest dich in dieser Richtung auf die Suche machen.«

Frauke setzte sich neben sie, nahm ganz selbstverständlich ihre Hand, die jetzt kalt war. Vera schluckte. So viel Nähe. Und das jetzt.

»Aber wir liegen richtig. Nicht wahr?« Frauke legte den Arm um Veras Schulter, zog sie etwas zu sich. Das war zu viel. Vera versteifte sich augenblicklich. Frauke sah sie verblüfft an, rückte ein Stück von ihr ab, ohne den Blick von ihr zu nehmen. Ihre Stimme klang auf einmal sehr vorsichtig. »Denke einfach darüber nach. Okay?«

Vera sagte nichts.

»Okay?«, fragte Frauke noch einmal.

»Ja.« Es klang nicht überzeugt, aber Frauke gab sich damit zufrieden. Sie blieb noch einige Minuten einfach so neben ihr sitzen, dann erhob sie sich.

»Kann ich dich alleine lassen?« Frauke blickte auf ihre Uhr. »Ist schon elf, ich muss morgen früh raus.«

Vera erschrak. »Das tut mir leid. Es ist mich gar nicht aufgefallen …« Augenblicklich überkam sie ein schlechtes Gewissen.

»Der Erste kommt um acht. Das geht. So alt bin ich noch nicht.« Frauke grinste. Dann stand sie auf. »Ich geh dann mal.«

Vera begleitete sie zur Haustür.

»Ich danke dir, Frauke. Komm gut nach Hause.« Sollte sie nicht etwas ganz anderes sagen? Etwas Angemesseneres? Ihre Worte erschienen ihr fad und oberflächlich. Aber sie wusste nicht, was sie stattdessen sagen sollte. Sie war noch wie betäubt. Warum nur war sie nicht selbst darauf gekommen? Warum nahm sie die wertvolle Zeit ihrer Kollegin in Anspruch, um auf etwas völlig Offensichtliches gestoßen zu werden? Gedankenverloren ließ sie Fraukes Umarmung über sich ergehen.

»Hey!«, beschwerte diese sich sofort. »Nimm mich mal richtig in den Arm!«

Vera lachte verlegen und beide Frauen umarmten sich noch einmal.

»Schon besser«, kommentierte Frauke. Dann strich ihre Hand Vera eine Haarsträhne hinters Ohr. Eine fürsorgliche Geste. Gut gemeint. In Vera regte sich ein Impuls zurückzuweichen, aber das wäre unhöflich gewesen. »Weißt du, dass es mich riesig freut, dich in unserer Runde zu haben?«, sagte Frauke. Warum auch immer sie es jetzt so betonen musste.

»Du hattest es anfangs erwähnt.« Veras Blick schweifte durch den offenen Spalt der Haustür in die Weite des Gartens.

»Ich mag dich, Vera.«

Vera sah sie an. Graublaue Augen, die ihr aus einem lächelnden Gesicht entgegenleuchteten. Vereinzelte Sommersprossen. Lebensfreude pur. »Danke, Frauke. Ich danke dir.«

Frauke drückte noch einmal ihre Hand, dann war sie weg, und Vera schloss erschöpft die Tür. Das reicht für heute, entschied sie, als sie die Treppe emporstieg. Das reicht für die ganze Woche. Warum hatte sie morgen eigentlich keinen Urlaub? Sie bräuchte jetzt Zeit zum Nachdenken.

Viel Zeit.

Kapitel 6

Die Stunden des nächsten Tages vergingen schleppend. Die Nacht war viel zu kurz gewesen, sie hatte kaum mehr als drei Stunden geschlafen. Vera ertappte sich in ihren Sitzungen mehrmals dabei, wie sie sehnsüchtig zur Uhr blickte. Alles dehnte sich heute ins Unendliche aus. Gott sei Dank sagte die letzte Patientin ab. Vera schloss sofort die Tür des Therapiezimmers hinter sich und ging nach oben.

Jetzt nur noch schlafen. Sie wusch sich die Hände, begab sich auf direktem Weg in ihr Schlafzimmer und ließ sich seufzend auf ihre Matratze fallen. Eine Kokos-Sisal-Matratze mit Naturlatexkern auf einem Bettrost ohne jeglichen Metallanteil und Holzrahmen mit hölzernen Steckverbindungen. Trotzdem war sie heute Nacht wach gelegen, obwohl sie todmüde war. Es war ein Schock, diese neue Erkenntnis, auf die sie mit Fraukes Hilfe gekommen war. Sie selbst hatte sich in ihr Unglück gestürzt. Sie hatte wohl gewusst, auf welchen Mann sie sich da einließ. Es war eine Wahrheit, die sie fast überforderte. Aber warum hatte sie so gehandelt? Ihr Kopf schmerzte. Vera stöhnte leise auf. Sie wollte nichts mehr sehen und auch nichts hören. Sie schloss die Augen, versuchte, tief und langsam zu atmen. Es war nicht die Zeit, sich Gedanken zu machen. Vera ahnte, dass reines Nachdenken sie nicht weiterbrachte. Sie musste neue Wege gehen, Lösungen ausprobieren. Mist! Das geruhsame Leben, das sie sich hier im Sauerland erhofft hatte, war dabei, sich in Nichts aufzulösen. Veränderung war angesagt. Sie fühlte es genau und es machte ihr Angst.

Das Läuten des Telefons im Flur ließ sie zusammenschrecken. Nein. Nicht jetzt. Sie würde nicht ans Telefon gehen. Vera drehte sich auf die Seite, lauschte dem Anrufbeantworter. Es war ihr Sohn. »Hi, Mum. Wollte mir nur mal wieder melden. Sitzt du immer noch im Büro? Du solltest nicht dauernd so lange arbeiten. Hattest du dir nicht vorgenommen, mehr zu leben? Aber vielleicht bist du ja auch wandern oder so.« Seine Stimme klang sanft und ihr wurde wehmütig ums Herz. »Ich melde mich am Wochenende wieder. Tschüss, ich wünsch dir einen schönen Abend.« Es hatte aufgelegt, bevor Vera ihren inneren Kampf zu Ende geführt hatte, ob sie nicht doch schnell rangehen sollte. Sie war von sich selbst enttäuscht. Ruckartig richtete sie sich auf, setzte sich an den Bettrand. Als die Füße die Holzbohlen berührten, fühlte sie sich besser. Etwas geerdet. Einundzwanzig Jahre war er nun. Wo war die Zeit geblieben?

Sie saß immer noch so da, als das Telefon zum zweiten Mal klingelte.

Der Anrufbeantworter schaltete sich wieder ein.

»Hallo Vera. Ich habe gedacht, ich melde mich mal und frage, wie es dir geht. Ich bin jetzt zu Hause, falls du mich anrufen möchtest. Ich habe Zeit.«

Frauke.

Vera spürte, wie ihr Herzschlag dumpf gegen ihre Rippen pochte. Es war die pure Angst, die sie da fühlte. Vor was? Sie setzte sich eine Frist von zehn Minuten. Dann würde sie zurückrufen. Bis dahin hätte sie das Gefühl aufsteigender Übelkeit wieder in Griff bekommen. Erschöpft ließ sie sich auf die Matratze zurücksinken.

Zwölf Minuten später saß Vera von allen ihren Kissen umgeben auf dem Sofa und tippte Fraukes Nummer ein. »Hi, grüß dich. Nett, dass du angerufen hast«, sagte sie, sobald sie Fraukes Stimme hörte.

»Wie geht's dir? Hast du so lange gearbeitet, heute?«, fragte Frauke. Eine Doppelfrage, die ihr die Chance gab, die erste zu ignorieren.

»Glücklicherweise hat meine letzte Patientin abgesagt. Ich bin sofort ins Bett gefallen. Ich habe heute Nacht nicht sonderlich viel geschlafen.«

»Das denke ich mir. Wie geht es dir?« Ihre Stimme klang besorgt.

»Nun«, Vera wollte ehrlich sein, »ich fühle mich etwas mitgenommen und am liebsten hätte ich jetzt drei Wochen Urlaub auf Hawaii, um in aller Ruhe über mein Leben nachdenken zu können.« Sie versuchte ein Lachen, das ihr nicht recht gelang.

»Ja, das ist wohl kräftezehrend. Da hast du einen Berg zu bewältigen und musst nebenher noch arbeiten. Hast du viele Patienten?«

»Sechs im Durchschnitt. Ich glaube, ich muss ein paar verschieben. Das schaffe ich sonst nicht.«

»Kann ich dir irgendwie helfen?«

»Du willst meine Patienten? Keine Chance!« Jetzt gelang ihr ein Lachen.

»Vera«, mahnte Frauke, »reduziere die Anzahl deiner Sitzungen. Du steckst gerade in einer Lebenskrise.«

»Ja, ich weiß. Ich hatte es sowieso vor. Mir fehlt die Kraft.«

»Weißt du was?«, fragte Frauke in einem veränderten Tonfall und Vera hatte den Eindruck, dass sie nun zu dem Hauptgrund ihres Anrufes kommen würde.

»Hm?«

»Ich habe letzte Nacht viel nachgedacht.«

»Das wäre nicht nötig gewesen.«

»Es war nicht zu ändern. Ich tat es nicht freiwillig, das kannst du mir glauben. Ich würde mich mit dir sehr gerne noch einmal treffen, um etwas auszuprobieren. Könntest du dich auf ein Experiment mit mir einlassen?«

»Was hast du vor?«

»Das sage ich dir, wenn ich bei dir bin. Was meinst du?«

Vera hatte keine Energie für einen Widerspruch. Auch fand sie es rührend, wie sehr sich

Frauke Gedanken um sie machte. Schon alleine wegen der schlaflosen Nacht sagte sie aus lauter schlechtem Gewissen: »Wenn du meinst, dass das was bringt. Meinetwegen.«

»Schön«, Frauke klang verdächtig erleichtert. »Wie wäre es nächsten Donnerstag? Da bin ich wieder in der Nähe.«

Vera überlegte.

Fraukes Lachen gewann gegen ihr Schweigen. »Du brauchst mir nichts anzubieten. Mach dir keinen Stress.«

Vera lächelte. »Wann?«

»Um sieben könnte ich bei dir sein.«

»Gerne. Es ist lieb von dir, Frauke. Ich danke dir.«

»Bis dann!«

»Ja, bis dann«, seufzte Vera, als Frauke bereits aufgelegt hatte. Ihr Kopf schmerzte und ihr Innerstes fühlte sich unnatürlich heiß an. Ich sollte ins Bett, dachte sie. Aber sie würde sowieso nicht schlafen können. Also nahm sie die Fernbedienung und schaltete den Fernseher ein. Sie zappte so lange, bis sie die Nachrichten des Tages vor Augen hatte.

Eine Viertelstunde später war sie eingeschlafen. Sie hörte nicht mehr das Signal, das aus ihrem Laptop kam. Das Anläuten ihrer Tochter, die gerne mit ihr gesprochen hätte.

Gegen drei Uhr suchte Vera ihr Bett auf, um den Rest der Nacht dort wach zu verbringen.

Warum hatte sie ihren Ex-Mann damals geheiratet? Sie hatte gewusst, wie er war. Frauke hatte völlig recht. Warum bloß? Sie stellte sich die Frage sooft, als müsste sich eine Antwort einstellen, wenn sie nur oft genug fragte. Sie wollte Kinder, das war richtig. Aber warum ausgerechnet von ihm?

Hatte sie ihn überhaupt geliebt oder ihn mehr aus Pflichtbewusstsein geheiratet?

Etwas in ihrem Inneren stimmte zu. Ja, so etwas Ähnliches wie Pflichtbewusstsein musste es gewesen sein. Es war keine Entscheidung ihres Herzens gewesen, das wusste sie nun. Es war eine Kopfentscheidung oder etwas, das sie für eine Herzensentscheidung gehalten hatte, jedoch nur ihren überstilisierten Werten entsprach. Deshalb immer die Betonung auf Verantwortung, Zuverlässigkeit. Andere Gefühle hatte sie für ihn doch kaum aufgebracht, wenn sie ehrlich war.

Was habe ich nur getan?

Um sechs stand sie auf. Gott sei Dank war die Nacht vorbei. Die Stunden auf dem Sofa waren genug, um heute ihren Arbeitstag zu bewältigen. Vielleicht sollte sie zukünftig zum Schlafen ins Wohnzimmer umziehen? Das zog sie ernsthaft in Erwägung. Die gemütliche Zeit in ihrem neuen Häuschen war bereits Geschichte. Etwas in ihr versuchte sich an die Oberfläche zu kämpfen. Etwas, das schon lange hätte gesehen und bewältigt werden müssen.

Vera verschob Patienten, plante nicht mehr als vier Gespräche täglich und markierte in ihrem Timer Zeitfenster, an denen sie nichts machte. Gar nichts. Das Wandern reduzierte sie auf kurze Spaziergänge. Zu mehr hatte sie keine Kraft.

Die Tage vergingen mit Arbeit und den nötigsten Pflichten.

»Sie sehen gar nicht gut aus«, stellte ihre Nachbarin irgendwann fest.

»Ich fühl mich auch nicht sonderlich«, hatte Vera geantwortet. Mehr nicht.

Am Abend fand Vera eine Tüte mit Brötchen vor ihrer Haustür. Lauter Vollkornbrötchen. Und eine Vollkorndinkelstange befand sich darunter. Vera musste lachen und fühlte sich gleich besser.

Endlich war es so weit. Donnerstag. Frauke würde vorbeikommen.

Um halb sieben setzte Vera mechanisch Teewasser auf, deckte den Couchtisch, zündete den Kaminofen an. Sie fröstelte. Die Geborgenheit eines wärmenden Feuers schien ihr heute extrem notwendig.

Frauke war pünktlich. Vera drückte auf den Türsummer und hörte, wie die Haustür aufgedrückt wurde. Dann Schritte.

»Hallo!« Eine freudige Begrüßung, die Vera mit weniger lebensfrohem Tonfall erwiderte. Sie umarmten sich flüchtig, dann zog Frauke ihre

Jacke aus, hing sie an die Garderobe. Ihre Schuhe hatte sie schon unten ausgezogen.

»Du kannst dir gerne was überziehen.« Vera deutete auf den am Boden stehenden Weidenkorb, der für Besucher Wollsocken aller Art und Filzpantoffeln beinhaltete. Warum hatte sie ihr das letzte Mal eigentlich keine angeboten? Sie musste ziemlich nervös gewesen sein, wenn sie ihre Gastgeberrolle so schlecht ausgefüllt hatte.

»Ich nehme wieder die Orangenen. Die waren herrlich kuschelig.«

»Du hattest letztes Mal welche an?«

»Klar. Dazu sind sie doch da.« Frauke ging voraus ins Wohnzimmer. »Ich liebe es, wenn dein Ofen an ist. Das ist eine ganz andere Wärme als bei meiner Zentralheizung.«

»Mein Reden.«

Vera beobachtete, wie Frauke auf dem großen Sitzkissen vor dem Ofen Platz nahm und nicht am Tisch. »Trinkst du deinen Tee da unten?«

»Gerne, wenn ich darf. Ich kuschel mich jetzt gerne auf das Kissen. Kommst du neben mich?«

»Wenn du möchtest.« Vera hätte das Sofa bevorzugt. Sie schenkte zwei Tassen Tee ein. »Mit Zucker?«

Frauke verneinte und Vera reichte ihr die Tasse, bevor sie sich neben sie auf das Sitzkissen setzte. Es war nicht groß genug, um Distanz zu Frauke zu wahren, die sie gerne gehabt hätte. Frauke fing an, von Alltäglichem zu plaudern.

Ihrem heutigen Arbeitstag, ihre Mutter, dem Wetter. Dann war ihre Tasse leer und sie kam auf den Punkt.

»Darf ich etwas mit dir ausprobieren?«

Vera warf ihr einen fragenden Blick zu.

»Mir ist da letztes Mal etwas aufgefallen, das ich gerne weiterverfolgen würde. Magst du dich auf ein kleines Experiment einlassen?« Vera zog die Augenbrauen hoch, Frauke wurde daraufhin konkreter. »Eine Halteübung.«

»Was willst du?« Vera betonte jedes ihrer Worte. Und darauf hatte sie nun die ganze Woche hin gefiebert? Wegen einer Halteübung? Sollte sie nun enttäuscht sein oder lieber ärgerlich?

Frauke antwortete nicht auf ihre Frage, sie rutschte lediglich vom Kissen, setzte sich auf den groben Schurwollteppich, grätschte die Beine etwas. »Würdest du dich zu mir setzen und so an mich lehnen, dass meine Arme dich von hinten umschließen können?«

»Was soll das denn bringen?« Vera auf aufgestanden, unter dem Vorwand, ihre Tasse auf dem Tisch abzustellen. Es tat gut, die Füße auf den Boden zu stellen und sich zu bewegen.

»Könntest du dich darauf einlassen?«

»Frauke«, begann Vera, als spräche sie mit einem unverständigen Kind, »ich kann den Sinn deiner Übung nicht erkennen. Es tut mir leid.«

»Du musst dabei keinen Sinn erkennen.«

»Ich habe in meiner ganzen Praxiszeit noch nie so …«

»Mach es doch einfach mir zuliebe«, sagte Frauke. Ihre Hand wies auf den Platz vor ihr. Ihr unverbindliches Lächeln schürte Veras Ablehnung. Sie fragte sich ernsthaft, ob die Zeit ihrer kurzen Bekanntschaft so ein Verhalten bereits zuließ, und entschied sich für ein *Nein*. »Lass gut sein, Frauke.« Ihr Tonfall war abweisend.

Frauke ließ sich nicht irritieren. Nicht einmal das Lächeln verschwand aus ihrem Gesicht. Sie saß einfach da und blickte sie demonstrativ liebevoll an. Vera hätte sie am liebsten gelyncht. Sie überlegte, wie sie dieses Treffen nun beenden konnte, ohne die zukünftige gute Zusammenarbeit zu zerstören.

Frauke sagte wieder: »Mir zuliebe.«

Einen Scheiß würde sie tun! Vera bewegte sich einige Schritte vom Geschehen weg, ließ ihre Kollegin nicht aus den Augen.

Und Frauke beobachtete sie. »Nur fünf Minuten. Danach darfst du aufstehen, wenn du möchtest.«

»Das ist der falsche Ansatz, Frauke. Das macht man mit autistischen Kindern. Du scheinst da irgendetwas durcheinanderzubringen.«

»Ich diskutiere nachher gerne mit dir darüber. Wenn du dich jetzt für einen kurzen Moment dazu herablassen könntest?«

Was auch immer diese Kollegin plötzlich geritten hatte. Sie meinte ernsthaft, diese Spielchen mit ihr machen zu müssen. Es enttäuschte sie. Bis gerade eben hatte sie Frauke noch für sehr kompetent gehalten. Schade, da hatte sie ihre Kollegin wohl überschätzt. Es zeigte sich als Fehler, eine Kollegin mit ihrer Privatangelegenheit zu belästigen. Ein Versuch, der gescheitert war. Nun ging es darum, diese Sache zwischen ihnen ohne Gesichtsverlust zu Ende zu bringen. Wahrscheinlich wäre es das Beste einfach mitzumachen, wollte sie nicht die zarten Bande ihrer kollegialen Zusammenarbeit gefährden. »Was soll ich tun?« Vera bemühte sich um einen neutralen Tonfall.

Frauke deutete immer noch auf den Platz vor sich. »Komm her.«

Zögernd setzte sich Vera ihr gegenüber auf den Teppich. Für einen kurzen Moment blickten sich beide Frauen in die Augen. Frauke hielt ihrem Blick stand, ihre Augen lächelten noch immer. »Nun dreh dich einfach um, setz dich vor mich.« Frauke grätschte die Beine. »Ich verspreche dir, ich mache nichts. Ich bin einfach nur da und du wirst mich spüren in dem Augenblick, wenn du dich anlehnst.«

Vera tat nichts dergleichen. Sie saß Frauke gegenüber und konnte sich nicht dazu überwinden, ihr den Rücken zuzuwenden. Sollte ihre Kollegin doch glauben, was sie wollte, sie würde jetzt abbrechen. Sie fühlte sich unwohl. Entschlossen stand sie auf.

»Ich habe keine Lust dazu.« Ihr Atem ging merkwürdig schwer.

Frauke beobachtete sie weiter. »Ich warte einfach, bis du so weit bist.«.

Jetzt platzte Vera der Kragen. »Verdammt Frauke! Ich bin müde, mein Kopf schmerzt und habe keine Lust auf deine Spielchen!«

»Du hast Angst, Vera.«

»Du spinnst wohl!«

»Dann komm endlich her!« Fraukes Lächeln war verschwunden.

Vera lachte verzweifelt. Hoffnungslos. Diese Frau musste bescheuert sein! Vera ging ein paar Schritte hin und her, um zu überlegen, was sie nun machen sollte. Entschied sich dann aber, das Ganze rasch hinter sich zu bringen. So würde sie sie am schnellsten wieder loshaben. »Okay. Wie du willst.«

Vera nahm ihren Platz ein, wie Frauke es gefordert hatte. Und Frauke tat, was sie versprochen hatte. Sie berührte sie nicht. Wartete. Sie klang beruhigend. »Ich sitz einfach nur da. Ich tu nichts. Du kannst dich anlehnen, wenn du möchtest.« Vera fand ihren Tonfall völlig unangemessen. So übertrieben sanft. Was beabsichtigte sie damit? »Und jetzt?«, fragte sie betont gelangweilt.

»Wenn ich darf, werden meine Arme dich jetzt umschließen.«

Vera sagte nichts, zuckte nur mit den Achseln.

»Darf ich?«

»Mach schon.« Wieder der gelangweilte Tonfall.

Fraukes Arme umschlossen sie. Die Sensoren ihrer Rückenhaut meldeten Sekundenbruchteile später den Kontakt mit Fraukes Brust, mit ihrem Bauch. Sie spürte die Wärme, die von ihrem Körper ausging. Und eine Alarmglocke in ihr begann zu schrillen. Unwillkürlich straffte sich ihr Oberkörper, sie beugte sich vor. Eine kalte Welle jagte ihr über den Rücken. Weg. Nur weg. Vera rutschte nach vorn, brachte Abstand zwischen sie beide. Überrascht von der Heftigkeit ihrer eigenen Reaktion drehte sie sich zu ihrer Kollegin um, deren Blick sie erwartete.

»Wenn du möchtest, üben wir das noch mal«, war alles, was sie dazu sagte.

Doch Vera stand auf, freute sich über die spontane Kraft in ihren Knien und ging zum Sofa hinüber. Sie brauchte einen kurzen Augenblick, um sich zu fassen. Zu verblüfft war sie von sich selbst. Ihr Körper hatte auf Flucht geschaltet, ohne dass ihr Bewusstsein daran beteiligt gewesen wäre. Zu eng, zu nah war ihr diese Frau gekommen, die immer noch da saß und sie mit gleicher Freundlichkeit ansah.

»Okay«, sagte sie, »Ich sehe es ein. Ich bin also kein Typ, der sonderlich viel Nähe aushalten kann. War es das, was du mir demonstrieren wolltest?«

In Fraukes Blick lag keinerlei Triumph. »Ich hatte es vermutet. Du hast wirklich Angst vor Nähe. Und da solltest du ganz genau draufgucken. Mach eine Therapie, Vera. Mit ein paar

Gesprächen ist das nicht erledigt. Ich komme für dich als Therapeutin nicht in Frage, wenn ich es auch gerne übernehmen würde«, sie grinste verschmitzt, »aber ich bin nun mal deine Kollegin.«

»Meinst du, es ist ein so großes Problem, dass es therapiebedürftig ist? Nur weil ich mir Menschen gerne auf Abstand halte?«, fragte Vera kritisch.

Frauke zog die Schultern in die Höhe. »Du hast Angst vor Nähe. Du hast Probleme anderen zu vertrauen. Du kannst deine eigene Schwäche nicht annehmen ... such dir was aus. Aber etwas in der Art wird es sein.« Dann wieder dieser direkte Blick, so ungeschminkt. »Hattest du eigentlich eine glückliche Kindheit?«, fragte sie wie nebenbei. Sie stand auf, setzte sich neben Vera auf das Sofa. In gebührend großem Abstand.

»Ich habe keinen Missbrauch erlebt. Du brauchst gar nicht danach zu fragen.« Vera schüttelte den Kopf. Es gab schon früh keinen Vater mehr, der so etwas hätte tun können. Und die Mutter fiel ein Jahr später auch aus. Sicher hatte sie stellenweise eine unglückliche Kindheit verbracht. Alles Dinge, die sie bereits wusste. Aber warum konnte sie die Nähe zu dieser Kollegin nicht ertragen?

Frauke unterbrach ihre Gedanken. Sie setzte sich wieder auf den Boden. »Kommst du noch einmal zu mir?« Ihre Stimme war bittend. Vera wusste nicht, was sie fühlen sollte. Ein Teil von ihr wollte, ein anderer Teil wollte nicht.

»Vertraust du mir?«, fragte Frauke.

»Ja.«

»Ich werde nichts tun, was dir unangenehm ist.«

Vera gab auf. Sie erhob sich, ging zu ihr, setzte sich und beide Frauen begaben sich zurück in die Ausgangsposition, die sie vor wenigen Minuten innehatten.

»Jetzt lass dich einfach zurückfallen. Ich bin da«, hörte sie die leise Stimme hinter ihr. Sie konnte sogar Fraukes Atem an ihrem Hals spüren. Vielleicht war es gerade dieses sanfte Streichen über ihrer Haut, das sie schließlich dazu veranlasste, es zu tun. Es war so sanft. Es würde ihr nichts geschehen. Sie ließ sich darauf ein, dass ihre Körper sich berührten. Sie fühlte, wie Frauke atmete, wie sich ihr Brustkorb hob und senkte. Frauke war ganz ruhig hinter ihr, wartete ab. So lange, bis auch für Vera die Nähe erträglich war.

»Wie geht es dir?«

»Gut.«

Ein leises Lachen hinter ihr. »Etwas genauere Ausführungen, Frau Psychologin, wenn ich bitten darf.«

»Es ist ungewohnt.«

»Ist dir noch eng um den Brustkorb?«

»Es geht.«

Ein zufriedener Ton hinter ihr. »Hm.«

»Was heißt das?«

»Dass es mich freut. Darf ich meine Arme um dich legen?«

Sie wartete tatsächlich auf Veras zögerliches *Ja,* dann schlossen sich ihre Arme um sie. Vera holte Luft. Da war sie wieder, diese Enge.

»Lieber wieder weg?«, fragte Frauke knapp.

»Ja.«

Frauke nahm ihre Arme wieder weg. Sofort wurde Vera freier zumute. Sie ließ etwas Zeit verstreichen, atmete langsam ein und aus. »Okay. Geht wieder.«

Behutsam schlossen sich Arme um sie. Zart. Es fühlte sich gut an.

»Du kannst dich noch mehr anlehnen. Ich bin nicht aus Pappe.« Und Vera tat es. Entspannte sich langsam. Frauke hielt sie.

»Fünf Minuten«, erinnerte sie Frauke. »Wir probieren es.«

Vera spürte das fremde Herz hinter ihr klopfen. Sie ließ es zu, dass Fraukes Arme sie immer fester umschlossen. Sie roch gut. Ein eigenartiges Gefühl breitete sich in ihr aus. Sie konnte es nicht benennen, es fühlte sich ungewohnt an.

»Wie viele Minuten haben wir schon?«

»Gefühlt eine halbe Minute. Du musst noch etwas durchhalten«, antwortete Frauke. Vera konnte hören, dass sie dabei lächelte.

Vera hielt durch. Nach einiger Zeit wusste sie nicht mehr, was sie sich wünschte. Ob die Zeit schnell vergehen sollte oder vielleicht doch lieber ganz stillstehen? Dann würde sie immer so bleiben können. In Fraukes Armen.

Es wurden mehr als fünf Minuten. Ab und zu wechselten sie wenige Worte miteinander. Erst als Vera sich daran erinnerte, dass es schon spät sein musste, und sie ihre Kollegin endlich aus ihrer Funktion entlassen sollte, sagte sie: »Du musst gehen, Frauke.« Als Frauke sich von ihr löste und Vera auf die Wärme ihres Körpers verzichten musste, empfand sie es als einen herben Verlust.

Ihre Glieder waren steif geworden und beide Frauen benötigten etwas Zeit, um sich zu erheben.

»Mein Fuß ist eingeschlafen«, lachte Frauke, die schon wieder völlig unbeschwert sein konnte.

»Tut mir leid.«

»Hör auf, dich zu entschuldigen«, sprach Frauke in Richtung Holzboden, weil sie ihren Fuß massierte. Sie räumte die Filzpantoffel wieder in den Korb, zog ihre Jacke an, nahm die Tasche über die Schulter. Vera ließ es sich nicht nehmen, sie nach unten zu begleiten. Sie standen sich an der Haustür gegenüber. Diesmal fand Vera die Worte, die sie sagen wollte. »Danke, dass du mich so deutlich darauf gestoßen hast, Frauke. Jetzt habe ich einiges zu verarbeiten. Ich kann dir gar nicht genug danken für dein Engagement, deine Zeit, natürlich auch für dein Durchhaltevermögen. Das war heute nicht ganz leicht für dich.«

Frauke grinste. »Zwischendurch hatte ich schon die Hoffnung aufgegeben, dass du dich darauf einlassen würdest. Ich danke dir, dass du es getan hast. Bei einer Frau, die sich so wenig auf andere verlassen kann wie du, ist das für mich ein riesiges Kompliment.«

»Es war schön mit dir«, gestand Vera. Ihr Blick war auf den Fußboden gerichtet.

»Dann bleib doch einfach dran und such nach einer passenden Therapeutin.« Fraukes Hände umfassten Veras Unterarme, drückten sie leicht. »Und ob du auf alle Menschen panikartig reagierst oder nur auf Frauen, ist eine Frage, mit der du dich dann als Nächstes auseinandersetzen könntest.« Fraukes Lächeln sprach Bände. Veras Gesichtsausdruck gefror schlagartig. Was sollte das nun wieder heißen?

Sie standen sich gegenüber, sahen sich in die Augen. Das Schrillen einer Fahrradklingel riss Vera aus ihren Gedanken.

»Huhu! Guten Abend zusammen!«, rief die Lenkerin eines sportlichen Trekkingbikes, bevor sie auch schon wieder verschwunden war.

»Wer war das denn?«, fragte Frauke erschrocken.

»Keine Ahnung.« Es interessierte Vera nicht, trotzdem empfand sie die belanglose Frage als angenehme Unterbrechung. Da fiel es ihr plötzlich ein. »Wahrscheinlich meine Nachbarin von nebenan. Die Bäckereifachverkäuferin, die dir zuliebe die letzten gefrorenen Pizzataschen frei Haus geliefert hat.«

»Ach was? Die ist ja sportlich drauf, wenn sie um diese Zeit noch eine Runde dreht.« Sie schenkte Vera ein letztes Lächeln. »Na, dann. Tschüss und schlaf gut.«

»Tschüss Frauke und danke für alles.«

Vera sah ihr nach, wie sie zu ihrem Auto ging, das auf der gegenüberliegenden Straßenseite parkte und einstieg. Sie winkte ihr zu und schloss die Haustür, drehte den Schlüssel zweimal um.

Was für ein ereignisreicher Abend! Vera war müde und erschöpft und trotzdem auf eine ungewöhnliche Weise aufgedreht. Sie ließ sich auf ihr Sofa fallen, überlegte, wie sie es schaffen würde, ihre innere Ordnung wiederherzustellen. Wie getrieben stand sie auf, trat sie ans Fenster, sah hinauf zu der Mondsichel, die umgeben war von einem dunstigen Schleier. Hier und da blinkte ein Stern durch die Wolken. Ihr Blick verlor sich in der Ferne.

Jetzt hatte sie noch mehr zum Nachdenken! *Reagiere ich panisch auf die Nähe bei allen Menschen oder nur bei Frauen?* Vera besann sich, mit welchen Personen ihr Intimität keine Probleme machte. Es von dieser Seite anzugehen erschien ihr erfolgversprechender. Also, resümierte sie innerlich: Sie hatte keine Probleme mit Nähe, wenn es um ihre Kinder ging oder die Berührung von ihr selbst initiiert wurde. Da wusste sie genau, was auf sie zukam, und sie hatte die Macht es zu kontrollieren. Nähe zu ihrem Ex-Mann war auch kein Problem gewesen, Sex durchaus machbar. Das klappte. Es war vielleicht nicht sonderlich berauschend gewesen und einen Höhepunkt hatte sie auch nie erwartet. Es war ihr nicht so wichtig. Sex wurde heutzutage sowieso nur künstlich hochstilisiert. In der Werbung, im Fernsehen, in menschlichen Beziehungen. Und überhaupt. Was zählte, war doch hauptsächlich die Tatsache, ob man sich mochte und füreinander verantwortlich sein wollte.

Es hatte sich so gut angefühlt. Die Gewissheit zu haben, jemand ist da. Fraukes Gesicht erschien vor ihren Augen: Klare graublaue Augen, in Form gezupfte Augenbrauen, betonte Wimpern, eine gerade Nase mit einigen Sommersprossen, Lippen, die … ja, die sehr sinnlich geschwungen waren. Eine hübsche Frau. Vera erschrak. Ich sollte zu Bett gehen, mahnte sie sich, als sie einen Blick auf die Uhr warf. Genug Gefühlswirrwarr für heute. Morgen würde wieder ein anstrengender Tag sein. Zusätzlich zu ihren Klienten stand die Monatsabrechnung an. Vera ging ins Bad, zog sich aus und verkroch sich unter ihre vollwaschbare Steppdecke.

Es war schön gewesen, einen Menschen so dicht hinter sich zu spüren. Zu wissen, da ist jemand. Jemand, der stark genug ist, sie zu halten. Ein ungewohntes Gefühl, aber schön. Irgendwann dämmerte Vera weg und fiel in einen unruhigen Schlaf.

Kapitel 7

»Das kann doch nicht sein, dass man mit fünfzig plötzlich anfängt, Frauen erotisch zu finden! Oder?« Ihre Patientin, Frau Grobbel, sah Vera verzweifelt an. »Das hätte ich doch früher schon gemerkt, wenn ich … wenn ich ...« Sie brachte es nicht über die Lippen.

»Doch, das kann schon sein.« Vera war die Ruhe selbst, hielt ihren Kopf leicht schräg, den Blick aufmerksam auf das Gesicht ihrer Patientin gerichtet. Eine wirklich interessante Frage! Kann es sein, dass man als reife Frau plötzlich andere Frauen erotisch findet, ohne dass man es je zuvor in seinem Leben bemerkt hatte? Noch nicht einmal den Hauch einer klitzekleinen lesbischen Neigung?

Frau Grobbel saß ihr auf einem der massivhölzernen Stühle des Bistrotisches gegenüber. Es war bereits die fünfte Stunde, in der sie über ihren trinkenden Mann und seinen Jähzorn sowie von ihren Ängsten, wenn sie sich bei Gedanken ertappte, ihn zu verlassen. Noch nie hatte sie auch nur eine einzige Frage gestellt. Immer nur geredet. Vera hatte aus dem Bauch heraus dem Gefühl der aufsteigenden Langeweile nachgegeben und Frau Grobbel nach ihrem beruflichen Umfeld gefragt. Damit hatte das Gespräch eine sehr überraschende Wendung genommen. Frau Grobbel war auffallend glücklich in ihrem Beruf.

Er war sogar der Ausgleich zu ihrem defizitären Privatleben. Vera hakte sofort nach und brachte in Erfahrung, dass es in deren Büro eine direkte Vorgesetzte gab, die sich ihre Sorgen bereitwillig anhörte. Mehr, als eine Chefin es im Normalfall tun würde, vermutete Vera. Frau Grobbels Stimme war sehr weich geworden und ihr Gesicht hellte sich auf, als sie über ihre Chefin sprach. Das war ja interessant. Vera hatte sich entspannt zurückgelehnt und war allem Weiteren mit größter Aufmerksamkeit gefolgt. Es dauerte nicht lange, bis Frau Grobbel erwähnte, dass sie beide einen ganz besonderen Umgang miteinander pflegten. Also rein platonisch, ereiferte sie sich sofort. »Nicht so, wie Sie denken.«

Wie denke ich denn? Vera lag diese Erwiderung auf der Zunge, sie schluckte sie jedoch herunter, um den Redefluss ihrer Patientin nicht zu stören. »Sicher, es hat tröstende Berührungen gegeben.« Vera erfuhr von zärtlichen Gesten. Bemerkenswert daran war, dass Frau Gobbel sie genauestens schilderte. Ihre tiefe Ergriffenheit davon war sehr präsent. Und jetzt war Vera mit der Frage konfrontiert, ob man solche in die Tiefe gehenden Gefühle zulassen durfte.

»Was würden *Sie* denn tun, wenn Sie plötzlichen merken würden, dass Sie lesbisch sind?«, fragte Frau Grobbel in einem Anflug von Trotz.

Die Formulierung hatte etwas Appellhaftes an sich. Das irritierte Vera. Es war ihr plötzlich zu dicht, zu persönlich. Nun war sie doppelt bemüht, sich voll und ganz auf ihre Patientin zu konzentrieren. Immerhin machte diese gerade einen ersten Entwicklungsschritt. Frau Grobbel konnte es nun aussprechen: lesbisch.

»Es geht nicht darum, was ich tun würde, sondern darum, was Sie für sich tun wollen. Und da kann ich Ihnen keinen Rat geben. Ich kann nur gemeinsam mit Ihnen nach Ihrer Lösung suchen.«

Vera bedauerte für einen Augenblick, dass sie Frau Grobbels Therapeutin war. Als Freundin hätte sie ihr geraten: Verlass doch deinen Mann endlich und brenne mit dieser Frau durch, die du magst, und die eindeutig auch ein Interesse an dir hat! Das waren nicht nur Avancen einer Vorgesetzten, es war ein sehr vorsichtiger und respektvoller Versuch einer alleinstehenden Frau, ihre Mitarbeiterin als Freundin, als Geliebte zu gewinnen. Und bestimmt will diese Frau nicht nur eine Bettgeschichte. Sie will für dich da sein. Ganz. Dann würde dein Leben endlich wieder an Farbe gewinnen, an Zärtlichkeit. Die Ehe ihrer Patientin war seit Jahren tot. Herrgott, welche Signale brauchte sie eigentlich noch?

Vera fühlte, wie sie unprofessionell wurde, und rief sich zur Ordnung.

»Ihre Ehe ist nicht glücklich, wie ich Ihren Schilderungen entnehmen kann.« Fangen wir also von vorne an. Vera seufzte innerlich.

»Ich führe eine beschissene Ehe!«

»Was hat Sie denn bisher davon abgehalten zu gehen? Sie fühlen sich ja nicht erst seit gestern unglücklich in Ihrer Partnerschaft.«

Warst du ein einziges Mal glücklich in deiner Ehe?, fragte eine leise Stimme in Vera.

»Es ist … nun …«

»Die finanzielle Sicherheit?«, half Vera nach, ganz Psychologin. Sie versuchte sich zu konzentrieren.

»Finanziell?« Die Frau schüttelte entschieden den Kopf. »Das ist es nicht. Aber es hat schon mit Sicherheit zu tun.«

Vera verspürte den unbändigen Drang, sie zu provozieren. »Mit dem sozialen Status vielleicht? Möchten Sie den Status der verheirateten Frau nicht mit dem einer lesbischen Geliebten tauschen?«

Die Frau, die ihr gegenübersaß, sah sie erschrocken an. »Lesbische Geliebte? Ich wäre nicht nur eine …« Sie suchte nach Worten.

Vera half ihr gerne dabei. »Ich denke auch, dass es Ihrer Chefin ernst ist und Sie ihre feste Partnerin werden könnten oder ihre Frau. Wie Sie das auch bezeichnen möchten. Die Möglichkeit heutzutage durch das Lebenspartnerschaftsgesetz …« *Warum sage ich das?* Veras Worte verloren sich. War sie gerade selbst dabei, eine Beziehung zwischen zwei Frauen auf einen Sockel zu heben, der bisher einer Ehe vorbehalten war? Einer Hetero-Ehe, versteht sich. War sie dabei, eine Lebenspartnerschaft aufwerten zu wollen, weil sie deren gesellschaftliches Image als defizitär empfand? Defizitär gemessen an dem einer konventionellen Ehe. Aber wenn sie an ihre eigene Ehe dachte … Mit Leichtigkeit könnten zwei sich liebende Frauen so eine Verbindung wie die von ihr einst geführte auf der Gefühlsebene in vielerlei Hinsicht weit übertreffen. An Liebe, an Herzlichkeit, an gegenseitiger liebevoller Annahme … Gegenseitig. Das Wort hallte in ihrem Inneren wider. Vera schloss die Augen.

»Frau Schütte?« Vera wurde bewusst, dass sie von Frau Grobbels Anliegen abgedriftet war.

»Entschuldigen Sie.« Sie setzte eine unverfängliche Miene auf.

»Ich dachte schon, Ihnen würde schlecht.«

»Nein, natürlich nicht.« Vera lächelte ihr beruhigendes Psychologinnenlächeln.

»Es macht Ihnen also nichts aus, wenn ich Ihnen erzählte, dass ich mich erotisch zu einer Frau hingezogen fühle?« Ihr Blick war lauernd wie der eines gejagten Tieres.

»Nein«, sagte Vera sanft. »Im Gegenteil, ich finde es sehr schön.« Kaum hatte sie es ausgesprochen, spürte sie auch schon die Wirkung ihrer eigenen Worte auf sich selbst. Vera erschrak. Es fühlte sich so gut an. Plötzlich atmete sie ganz leicht. *Das darf jetzt nicht wahr sein!* Vera musste alle ihre mentalen Kräfte mobilisieren, um sich wieder auf ihre Patientin zu konzentrieren.

Frau Grobbel schien kein bisschen erleichtert. Vera kam ihr noch mehr entgegen. »Sie haben Angst, von anderen deswegen verachtet zu werden? Sie meinen, Ihre Mitmenschen würden sich von Ihnen abwenden? Schaut her, da kommt Frau Grobbel, die ist jetzt lesbisch … Ist es das, was Sie davon abhält, Ihren Mann zu verlassen?«

Ihre Patientin stieß geräuschvoll die Luft aus den Lungen. Dann nickte sie.

»Würden Ihre Kinder Sie deswegen verachten?«

»Ich weiß es nicht. Meine Tochter sagt mir zwar immer, ich solle ihn endlich verlassen ...«

»Das tut sie?« Vera war überrascht. Sie beobachtete Frau Grobbel gespannt. Was hinderte sie daran, es zu tun? »Sie haben kirchlich geheiratet?« Ein Versuch. Ein Stochern im Heuhaufen.

»Ja, natürlich. Hier in Wilzenhausen. Unsere halbe Stadt war eingeladen. Das war ein großes Fest.« Frau Grobbels Augen leuchteten in Erinnerung daran. Dann beschrieb sie den Tag ihrer Hochzeit. Dass es für ihre Patientin ein Meilenstein in ihrem Leben war, ein heiliges Versprechen, wurde Vera immer klarer.

»Glauben Sie, Gott würde von Ihnen verlangen, bei Ihrem Mann zu bleiben?«

»Ja, natürlich. Ich habe vor dem Altar geschworen, ihm eine treue Ehefrau zu sein, ein Leben lang.«

Vera brauchte Zeit zum Nachdenken. Irritiert warf sie einen Blick auf die Uhr. Die fünfzig Minuten für eine Sitzung waren verstrichen. Zeit für einen Schlusspunkt.

»So ein Eheversprechen ist etwas, was sich beide Beteiligten gegenseitig geben. Könnten Sie sich bis zum nächsten Mal mit der Frage auseinandersetzen, ob Ihr Mann denn sein Eheversprechen so gewissenhaft gehalten hat wie Sie? Er hat Ihnen doch ebenso versprochen, Ihnen beizustehen in guten wie in bösen Tagen? Würden Sie sich bis zum nächsten Mal Gedanken machen, ob es Bereiche in Ihrem ehelichen Leben gibt, bei denen Sie sich alleingelassen vorkommen? Sie können es aufschreiben, wenn Sie möchten.«

»Bis zum nächsten Mal?«

»Ja. Bis zum nächsten Mal.« *Und vielleicht kommst du dann mit einer langen Liste aller seiner nicht eingelösten Versprechen und fühlst endlich einmal gerechten Zorn in dir. Und dann reden wir über die Sache mit Gott und was er uns an Last im Leben aufbürdet, und über das, was wir uns selbst aufbürden.*

Zornig stieß sie die Luft aus.

Als der letzte Patient durch die Tür war, verließ Vera das Haus. Wenigstens eine kleine Runde. Ihre Gedanken mussten sich ordnen. Egal wie müde sie war. Warum hatte sie sich nur so unprofessionell verhalten in ihrer Zwei-Uhr-Sitzung? Es war ihr schwergefallen, die Fassade der Psychotherapeutin aufrechtzuerhalten. Das passierte ihr äußerst selten. Sie war immer noch der Meinung, Frau Grobbel sollte endlich etwas mit ihrer Chefin anfangen, dann würde ihr Leben wieder mehr Farbe bekommen. Erschien Frau Grobbel ihr farblos? Und selbst wenn, es war völlig verständlich! Schließlich hatte sie unter einem gewalttätigen Mann zu leiden, keine Freunde, die ihr beistanden. Zumindest keine echten. Nur solche, die auf sie einredeten, das Kreuz ihrer unglücklichen Ehe geduldig zu tragen. Das Leben hatte sie zu einer jammernden Frau ohne Ausstrahlung gemacht.

Warum beschäftigte sie dieser Fall mehr als die anderen? Weil Frau Grobbel sich endlich scheiden lassen sollte, so wie sie es getan hatte? Weil ihr Mann keine weitere Chance mehr verdiente, so wie sie ihrem Mann keine mehr gegeben hatte? Andreas hätte sie sowieso nicht gewollt. Davon war Vera überzeugt. Er war froh gewesen, endlich wieder frei zu sein. Was also war es?

Vera hielt inne, blieb mitten auf dem Wege stehen. Es war nicht die unausweichliche Trennung, die ihre Patientin endlich vollziehen sollte, was sie so mitnahm. Gewissheit beschlich sie. Es war vielmehr die Möglichkeit einer neuen, zärtlichen Bindung, die sich da andeutete. Das traf sie. Die Chance auf eine liebevolle Beziehung, in der Wünsche und Sehnsüchte tatsächlich Realität werden könnten. Darum reagiere ich so aus dem Bauch, gestand sich Vera ein. Suchte sie in ihrem tiefsten Inneren doch einen Menschen, mit dem sie ihr Leben teilen wollte? Also, so richtig teilen. Und die Tatsache, dass es sich in dem Fall ihrer Patientin um eine Frau handelte, hatte sich für sie selbst nicht unangenehm angefühlt. Im Gegenteil. Es hatte in ihr ein befreiendes Echo ausgelöst.

Warum hatte sie früher niemals eine Beziehung zu einer Frau in Erwägung gezogen? Vera überlegte. Die Frage war leicht zu beantworten: Weil sie sich nie in eine verliebt hatte. Es stand einfach nicht zur Debatte. Sie hatte noch nicht einmal eine beste Freundin. Warum eigentlich nicht?

Vera entschied, auch dieser Frage nachzugehen, und trat den Heimweg an.

Ihr Anrufbeantworter blinkte ihr entgegen, als sie ihren oberen Flur betrat. Vera drückte die Taste, um die Nachricht abzuhören.

»Hi, Mutschi! Ist dein Akku leer? Du bist ja mal wieder nicht erreichbar. Ich hätte Zeit zu skypen, falls du Lust hast. Kannst ja mal deinen Rechner hochfahren und dich einen Augenblick um deine Tochter kümmern.« Sie lachte. »Schließlich habe ich auch Redebedarf, nicht nur deine Patienten!« Ein weiteres Kichern, dann war die Verbindung unterbrochen.

Vera stöhnte auf. Wo hatte dieses Kind so gute Laune her? Nun, es war kein Wunder. Marie war jung, musste nicht den ganzen Tag arbeiten, hatte keine Verantwortung. Plötzlich stutzte sie. Da war es schon wieder gewesen, ihr Lieblingswort: Verantwortung. Vera hinterfragte ihre Gedanken sofort. Man darf also keinen Spaß haben, sondern sollte Verantwortung übernehmen. So wie sie es getan hatte. Nun erwartete sie dasselbe von ihrer Tochter. Und dann würde ihr der Spaß im Leben ordentlich vergehen. Warum? Weil auch sie Verantwortung übernehmen würde, für Dinge, die ihr nicht wichtig wären, die sie im Grunde ihres Herzens nicht wollte, nicht liebte? Ein interessanter Gedanke, den sie bei einer Tasse Tee auf ihrem Sofa weiterverfolgte.

Tatsächlich. Einfach Spaß im Leben zu haben, deutete sie bereits als Verantwortungslosigkeit. Hatte sie sich ein Leben lang von ihren eigenen überdimensional aufgebauschten Werten erdrücken lassen, ohne zu hinterfragen, was ihr im Leben wirklich Freude bereiten würde? Vielleicht war es aber auch gerade anders herum, grübelte Vera. Vielleicht hatte sie nur zu bereitwillig die Erfüllung ihrer selbstauferlegten Werte und Pflichten auf sich genommen um gar nicht erst nachfragen zu müssen, was sie wirklich gewollt hätte. So, wie sich ihr Magen anfühlte, als sie dies überlegte, wusste Vera, dass sie auf der richtigen Spur war.

Sie nahm sich vor, dieses Thema mit Frauke anzusprechen. Damit schob sie es gedanklich auf die Seite, nahm ihren Laptop auf den Schoß und fuhr ihn hoch. Eine Viertelstunde war seit Maries Anruf vergangen. Vielleicht hatte sie noch Zeit.

»Oh, ist das schön. Du rufst zurück!«, ertönte die entzückte Stimme ihrer Tochter durch den Lautsprecher, bevor das Bild scharf wurde. »Wie geht es dir, Mum?«

»Mir geht es gut«, log Vera, »und dir? Du siehst gut aus.« Sie rang sich ein künstliches Lachen ab.

»Ich bin gestern zwei Stunden mit dem Motorboot unterwegs gewesen. Ich habe Farbe bekommen. Fällt es dir auf?«

»Du bist hübsch wie eh und je«, schmunzelte Vera. Diesmal ohne Mühe. »Vielleicht einen kleinen Tick dunkler.« Aber auch bei noch so genauem Hinsehen konnte Vera keinen Unterschied zu sonst erkennen. Ihre Tochter hatte einen hellen Teint. Gebräunte Haut gelang ihr kaum, eigentlich wurde sie nur rot. »Creme dich gut ein auf dem Wasser.«

»Ja, Mama«, kam es artig zurück. »Möchtest du wissen, wo wir überall waren?« Marie wartete Veras Antwort nicht ab, sondern begann zu erzählen. Wo sie waren, wen sie getroffen hatten, was sie gekauft, gekocht, gegessen hatten … und überhaupt wäre Kanada ein tolles Land zum Auswandern.

»Studiere doch etwas, was sie gebrauchen können da drüben. Werde doch einfach Ingenieurin oder Medizinerin.«

»Ich kann weder das eine noch das andere! Das weißt du. Du möchtest mich nur ärgern.«

Vera grinste. »Lass mir doch auch meinen Spaß. Es ist meine Art dir zu zeigen, wie sehr ich dich vermisse.«

»Ha, ha«, kommentierte Marie. Sie befürchtete schon lange, dass ihre Mutter keine Probleme damit hatte, ihre Kinder von sich abzunabeln. Sie tat es ja fast zu rigoros. Andere Töchter haben Mütter, die den Auszug der Kinder hinauszögerten. Die nach dem Flüggewerden wenigstens öfter anriefen, um sich nach Wohlbefinden und Gesundheit zu erkundigen. Nicht so ihre Mutter. Sie hatte von vornherein klargemacht: Wenn es ans Studieren ging, starteten sie in ein selbstständiges Leben. Wöchentliche Telefonate waren okay. Im Notfall mehr. Die Wohnung war verkauft worden, und ihre Mutter hatte unbedingt dieses Haus auf dem Lande gewollt. Marie hatte die Entscheidung bedauert, schließlich war es die Stätte ihrer Kindheit, ihrer Jugendzeit, die damit verloren gegangen war. Eine Rückkehr unmöglich. Aber wenn es ihre Mutter so wollte, dann käme sie eben ins Sauerland, um sie zu besuchen. Was soll's. Ihre Mutter hatte zwei Gästezimmer im obersten Stock. Eins davon würde sie für sich beanspruchen.

»Wie geht es eigentlich deinem Arm, mein Kind?« Und ehe sich ihre Tochter über diese Frage wundern konnte, erklärte Vera: »Vor ein paar Tagen habe ich plötzlich daran denken müssen.

Weißt du noch, als du ins Krankenhaus musstest? Mit deinen eineinhalb Jahren. Der Gips war fast größer als du.« Vera gab ein trockenes Lachen von sich. Sie konnte sich gut daran erinnern, wie sie die Nächte verbracht hatten. Ihre Tochter wollte unbedingt raus aus dem Bettchen und umherlaufen und Vera schob den Infusionsständer mit den Flaschen neben ihr her. So gingen sie stundenlang den Gang auf und ab, bis Marie müde war und ein paar Stunden schlief.

»Meinem Arm? Gut. Warum?«

»Das ist beinahe ein Wunder. Der Chirurg konnte mir damals noch nicht einmal versprechen, dass dein gebrochener Arm gleich lang werden würde wie der andere. Du hast unwahrscheinliches Glück gehabt, mein Kind.«

»Ich bin eben ein Glückskind«, lachte Marie auf. Dann wurde sie doch argwöhnisch. »Geht es dir gut, Mum?«

»Sicher.«

»Arbeitest du viel?«

»Nein, mein Kind. Ich bin sogar am überlegen, ob ich einen Nachmittag in der Woche freinehme.«

»Oh, schön! Dann hast du es jetzt ja echt einfacher. Das ist gut. Du hast auch die ganze Zeit allein für uns sorgen müssen, während Papa sich immer noch um den Unterhalt drückt. Ach, übrigens, falls das mit meinem Nebenjob nicht klappen sollte … Wenn ich zurückkomme, kann ich jederzeit einen Studienkredit bekommen. Die

Zusage kam gestern. Meine WG-Mitbewohnerin hat meine Post von der Bank geöffnet. Wir sind also beide versorgt, Mutschi. Und Nasenbär hat einen Job im Einkaufszentrum gefunden. Regale einräumen.«

»Ach was? Seit wann? Hat er gar nicht erzählt.«

»Ich habe gestern mit ihm gesprochen. Ich bin also auf dem neusten Stand.« Sie grinste besserwisserisch.

»Ich helfe euch aber jederzeit, wenn es eng wird. Das weißt du.«

»Ja, meine allerbeste Mum, ich weiß. Aber ich möchte es nicht. Nasenbär auch nicht. Du hast genug für uns getan. Fühlst du dich eigentlich noch immer so wohl in deinem Dörfchen?« Eine unverbindlich gestellte Frage, die Vera sofort misstrauisch machte. Sie merkte etwas, ihre Tochter. Sogar auf diese Entfernung. Marie brauchte nicht zu wissen, was gerade in ihr vorging.

»Hey! Wilzenhausen hat Stadtstatus. Ich sag es zum letzten Mal. Ab jetzt musst du vorsichtig sein!« Vera raffte sich zu einem Lachen auf, ersparte sich die Antwort. Sie alberten beide noch etwas, dann beendete Vera das Gespräch. Sie starrte minutenlang auf den Monitor, der nur mehr ein blaues Bild zeigte. Sie ist weg, ihre Tochter. Ihr Sohn auch. Nicht erst seit gestern. Aber zum ersten Mal fühlte sich Vera einsam.

Kapitel 8

Das Treffen der Supervisionsgruppe am übernächsten Tag musste abgesagt werden. Gerd war beruflich verhindert. Heiner und Bertram hatten sich wegen Krankheit entschuldigt. Frauke hingegen war gesund und munter und hatte Lust, zumindest Vera zu sehen. »Lass uns doch zu meinem Lieblings-Italiener gehen. Den musst du unbedingt kennenlernen.«

Das hörte sich gut an. Vera stimmte begeistert zu. Sie hätte es sich auch nicht vorstellen können, mit Frauke wieder in ihrem Wohnzimmer zu sein, ohne ihr eine Lösung zu präsentieren, was ihre Beziehung zu anderen Menschen anging.

»Sehr gerne«, wiederholte Vera, »Darf ich dort kurz was mit dir bereden?«

»Aber ich bitte darum! Warum meinst du wohl, will ich mit dir essen gehen? Wenn ich ehrlich bin, bin ich ja schon gespannt wie ein Flitzebogen, welche neuen Erkenntnisse du mitbringst.«

»Bis dann«, sagte Vera.

Die Zeit bis zum gemeinsamen Essen verging rasch. Ein Tag, gefüllt mit Sitzungen und Schreiben von Berichten. Am Folgetag freute sich Vera schon beim Aufstehen auf den Abend, auf Frauke.

Es war in der Tat ein sehr gemütlicher Italiener. Gut gefüllt, aber Frauke hatte wohlweislich reserviert. Getränke und Essen waren rasch gewählt.

»Die Lasagne musst du unbedingt probieren. Die schmeckt fantastisch hier.«

Dazu Salat und ein Glas fruchtiger Rotwein, überlegte Vera. »Ich habe schon richtigen Kohldampf«, stellte sie fest.

»Du auch?« Frauke grinste. Sie goss Wein aus der gläsernen Karaffe in die bauchigen Gläser und sie prosteten sich zu. Beide tranken einen Schluck. Kaum hatten Sie das Glas wieder abgestellt, sprudelte aus Frauke heraus: »Und? Sag schon, wie geht es dir? Wie fühlst du dich?«

Vera lächelte über so viel unverhohlene Neugier. Sie überlegte kurz, wie sie ihre Empfindungen ausdrücken sollte. Es war gar nicht so einfach. »Ich spüre ganz deutlich, dass etwas in mir im Umbruch ist. Ich habe etwas angestoßen, das nicht mehr aufzuhalten ist, und ich bin selbst gespannt, wohin die Reise geht. Es fühlt sich sehr fremd an. Ich bin sonst eher der Typ, der vorausplant, der wissen muss, was auf ihn zukommt. Manchmal denke ich auch, ich habe mich noch nie so treiben lassen, schrecke davor zurück und sage mir, ich sollte mich zusammenreißen. Aber das würde auch nicht mehr funktionieren.«

Frauke hörte aufmerksam zu. Jetzt nickte sie verständnisvoll. Eine Pause entstand.

Vera lachte plötzlich auf. »Ich muss dir unbedingt von der Sitzung mit meiner Patientin erzählen, also die, die sich in ihre Chefin verliebt hat. Habe ich die schon mal erwähnt?«

»Ne. Haste nicht. Aber auf *die* Story bin ich gespannt.« Ihr Grinsen vertiefte sich.

Es war laut um sie herum. Andere Gäste unterhielten sich durcheinander, die Bedienungen riefen sich gegenseitig etwas zu. Niemand würde ihrem Gespräch folgen können. Vera berichtete ihrer Kollegin detailliert die letzte Sitzung mit Frau Grobbel. Beschrieb ihre eignen Gefühle und Gedanken, die aus dieser Stunde resultierten.

»Etwas daran hat mich so getroffen, dass ich unprofessionell wurde. Und weißt du, was ich empfunden habe? Ich fand es schön, dass sie sich in eine Frau verliebt hat. In mir fühlte es sich so leicht an. Ich glaube mittlerweile, es könnte wirklich auch die Lösung für mich sein. Glaubst du, man kann lesbisch sein, ohne dass man das bisher gemerkt hat?«

»Wie alt bist du?«

Eine rhetorische Frage. Vera wusste selbst, dass die Festlegung der sexuellen Neigung im frühen Erwachsenenalter stattfand.

»Du meinst, ich habe es bloß nie zugelassen?« Vera durchschaute ihren Einwand.

»Genau. Überleg doch mal ganz offen und ehrlich, ob es wirklich niemals eine Situation in deinem Leben gegeben hat, die deine Affinität zu Frauen belegen könnte.«

Deine Affinität zu Frauen, hallte es in Veras Kopf wider. Es prallte in ihrem Gehirn ab, traf sie irgendwo in ihrem Inneren. Mitten ins Schwarze. Ein Schreck durchfuhr sie. Aber da war noch ein Gefühl: Freude. Trotzdem ergab es im Moment keinen Sinn.

»Warum habe ich dann einen Mann geheiratet?«

»Hm. Du wirst noch draufkommen. Auf jeden Fall hast du schon mal eine Erklärung für deine übertriebene Fokussierung auf Verantwortung und Pflichtgefühl und all die Werte, die du ständig so betont hast.«

Vera schaute sie verblüfft an. Auf diese Erklärung war sie auch gekommen.

»Na, du musstest dir ja höhergestellte Werte vor Augen halten, wenn du schon nicht genügend Gefühl für deinen Partner aufbringen konntest.«

»Konnte ich nicht?«

»Ne«, stellte Frauke fest. »Du kannst mir nicht weismachen, dass du ihn jemals geliebt hast.«

»Ich habe ihn gar nicht geliebt?«, wiederholte Vera hilflos. *Nein,* sagte eine unerbittliche Stimme in ihr, *hast du nicht!* Veras Hand griff nach ihrem Glas, als müsse sie sich rasch irgendwo festhalten. Sie führte es an ihre Lippen, trank es bis zu Hälfte leer, bevor sie es abrupt abstellte. »Nein, habe ich nicht«, wiederholte sie hörbar.

Dann stöhnte sie auf. »Frauke, die Gespräche mit dir strengen mich an.«

»Das freut mich!« Fraukes Lächeln war charmant. Sie überspielte damit ihre Betroffenheit. In ihren Augen jedoch spiegelte sich Mitgefühl.

»Scusi«, ertönte plötzlich eine hektische Stimme, »zweimal Lasagne. Prego.« Dann schoben sich Teller auf den Tisch. Ein köstlicher Geruch verbreitete sich. Liebevoll arrangierte Salatteller wurden rasch daneben gestellt.

»So, das haben wir uns jetzt aber verdient. Guten Appetit!« Frauke griff zu Messer und Gabel. Kam dann zum Thema zurück. »Ich halte dich für eine sehr verantwortungsbewusste Psychologin, Vera. Aber du könntest vielleicht lernen, dass man in seinem Privatleben nicht nur für andere verantwortlich ist, sondern, dass man auch empfangen kann, etwas annehmen oder sich einfach mal umsorgen lassen kann. Ich glaube, das Gefühl kennst du noch nicht so, oder?«

Es war wieder typisch Frauke, die es schaffte, fundamentale Erkenntnisse in einen ganz beiläufigen Tonfall zu packen. Vera musste schlucken. Warum traf ihre Kollegin mit allem, was sie sagte, so gezielt auf ihren Nerv? Vera legte ihr Besteck zur Seite. *Sich umsorgen lassen?* Das klang wunderschön. Hatte sie sich jemals umsorgen lassen? Nicht als erwachsener Mensch. Da war sich Vera sicher. Und als Kind wohl nur recht wenig. Sie konnte das Gefühl nicht beschreiben, das plötzlich in ihr aufstieg.

»Was ist? Hast du keinen Hunger?«, fragte Frauke.

»Ich schätze, ich schaff das nicht alles.«

»Iss so viel du kannst, ich übernehme deinen Rest.«

Als Frauke ihre Portion verputzt hatte, tauschten sie ihre Teller. Veras Lasagne sah noch beinahe unberührt aus.

»Oh, danke!«, grinste Frauke. »Ein guter Trick was? Ich rede einfach und rede, bis meinem Gegenüber der Appetit vergeht und schon habe ich eine zweite Portion.«

Vera lächelte. Sie wusste, dies war nur Geplänkel. Der Austausch mit Frauke war etwas Wunderbares. Doch nun wechselten beide Frauen das Thema, sprachen nur noch über Belanglosigkeiten.

»Es war ein wunderschöner Abend mit dir, Frauke. Vielen Dank!«, sagte Vera zwei Stunden später zu ihrer Kollegin, nach einem zweiten Glas Wein und doppeltem Espresso. Sie konnte sich nicht daran erinnern, wann sie sich das letzte Mal so gut unterhalten hatte.

Ihr Bauch spannte, als sie im Auto saß, obwohl sie nicht viel gegessen hatte. Sie fühlte sich gut und ausgeglichen. Es war ein Abend der Superlative. Bestes Ambiente, bester Wein, bestes Essen mit der besten Kollegin der Welt.

Der Anrufbeantworter blinkte ihr entgegen, als sie den Flur betrat. Sie kam nicht dazu, ihn abzuhören. Es läutete schon wieder. Vera zögerte kurz, dann nahm sie ab. Sie hatte die Nummer erkannt. »Bertram, grüß dich! Du bist noch auf? Ich denke, du bist krank?«

»Ich muss nur den Rundruf machen, wer jetzt alles mitgeht. Aber eigentlich gehöre ich ins Bett, da hast du recht. Ich bin fix und fertig!« Bertrams erhobene Stimmlage unterstrich seinen Leidensdruck. Er beschrieb Vera seine körperlichen Veränderungen aufgrund seines grippalen Infektes ausführlich: Beide Stränge seines Halses waren mächtig geschwollen und er hatte Beschwerden beim Schlucken. Nun hatte er einen dicken Schal mehrfach um den Hals gewickelt und trank über den Tag verteilt zwei Kannen Tee. Pfefferminz konnte er gerade noch so ertragen, Kamillentee hingegen nicht einmal mehr riechen. Zu sehr erinnerte der ihn an seine Kindheit, eine stellenweise sehr unglückliche Kindheit, deren schreckliche Bilder ihn mit jeder zusätzlichen Tasse überkamen.

»Kennst du Bergamotte-Tee? Hast du so was schon mal getrunken?«, fragte er.

»Nein. Noch nie.«

»Den habe ich mir heute gekauft. Der roch so gut! Hoffentlich schmeckt der nicht nach Kamille …«

Warum sollte Bergamotte nach Kamille schmecken?, fragte sich Vera ernsthaft. Sie wollte ihn schon unterbrechen und nach dem Grund seines Anrufes fragen, als Bertram von selbst auf das Thema zu sprechen kam.

»Hoffentlich geht es mir zum Schützenfest besser«, stöhnte er.

»Wann ist das?«, wollte Vera sicher gehen. Jetzt schon?

»Na, nächstes Wochenende. Da gehen wir doch alle hin! Du hattest versprochen, du kommst auch.«

Habe ich das? Vera konnte sich nicht erinnern.

»Heiner geht ganz früh und reserviert uns einen Tisch.«

»Wenn er bis dahin auch wieder gesund ist«, gab Vera zu bedenken. Aber Bertram reagierte nicht darauf. Wahrscheinlich kam ihm der Gedanke gar nicht in den Kopf, man könnte zum Schützenfest krank sein. »Und ihr schießt dann alle auf diesen Holzvogel?«

»Um Himmels willen, nein!« Wie konnte sie so etwas auch nur denken. »Ich bin doch nicht im Schützenverein!»

»Es dürfen also nur Männer schießen, die im Verein sind?« So langsam begriff Vera das Wesen eines Schützenfestes.

»Wir feiern nur, wir schießen nicht. Wir trinken und reden und freuen uns des Lebens. Natürlich werden wir dabei eine von diesen umwerfend guten Bratwürsten essen mit einer großen Portion Pommes mit Mayo und Ketchup. Ich kann es kaum erwarten, mich in den archaischen

Freuden eines Sauerländer-Schützenfestbesuchers zu suhlen. Es wird wieder herrlich werden! Kannst du eigentlich tanzen?«

»Na, ja. Standard werde ich noch hinbekommen. Ist zwar schon eine Weile her, seit ich das letzte Mal …«

»Fantastisch! Hiermit reserviere ich dich als meine Tanzpartnerin. Das wird eine Show!«

Vera lachte wenig überzeugt. Ihr war überhaupt nicht nach Feiern zumute. Ihr sorgsam gehütetes Leben stand Kopf. Sie erlebte ein Gefühlschaos in sich, das an Ausmaß und Auswirkung mit dem ihrer Pubertät zu vergleichen war. Vom hormonellen Umbruch ganz zu schweigen. Aber vielleicht käme da so ein Schützenfest ganz gelegen. Ein Bier wäre durchaus zu rechtfertigen, wenn nicht sogar zwei oder drei. Oder gleich einen Schnaps. Wie viele bräuchte sie wohl, um ihre Probleme zu ertränken? Vera war sich sicher, dass ihr vorher schlecht werden würde.

»Ich freu mich auch«, sagte sie mit etwas tonloser Stimme. Bertram schwelgte noch weitere Minuten in seiner Vorfreude, dann verabschiedeten sie sich.

»Bis dann. Es wird ein wunderbarer Abend werden mit euch allen! Hoffentlich kann ich dabei sein!«

»Bestimmt, Bertram. Ganz bestimmt. Gute Besserung.«

Als Vera auflegte, nahm sie ihr Schicksal als gegeben hin. Irgendwann musste es ja passieren.

Man konnte nicht in Wilzenhausen wohnen, ohne früher oder später auf einem Schützenfest zu landen.

Sie ging zu Bett, nahm sich allerdings etwas zu lesen mit. Plötzlich hatte sie den Wunsch, sich gedanklich noch mit etwas anderem zu befassen.

Kapitel 9

Das Lachen ihrer Tochter drang aus Veras kleinem Lautsprecher. Nach getaner Arbeit saß sie mit ihrem Laptop auf den Schenkeln auf ihrem Sofa. Ihr Monitor zeigte eine sich kugelnde junge Frau im karierten Baumwollhemd auf einem grob gezimmerten Holzdielenfußboden. »Du willst auf ein Schützenfest, Mum? Wenn da irgendjemand so gar nicht hinpasst, dann du!«

»Warum passe ich da nicht hin?« Vera war froh, dass ihre Tochter nicht bemerkt hatte, in welch nachdenklicher Stimmung sie immer noch war. Insgeheim hatte sie schon nach Ausreden gesucht, um nicht mit ihr skypen zu müssen, aber die Befürchtung war unberechtigt.

»Weil das gar nicht deine Art ist. Du bist doch irgendwie so … so spaßgebremst. Was willst du denn dort machen? Mit deinen Kollegen über den Freudschen Ansatz diskutieren?« Sie lachte schon wieder oder immer noch. Unverschämt laut.

»Zum Beispiel«, erwiderte Vera trocken. »Ich gehe schließlich mit meiner Supervisionsgruppe dorthin.« Sie wechselte abrupt das Thema. »Hast du was von deinem Bruder gehört?«

»Ja, mit dem habe ich gestern geredet, fast zwei Stunden ...«

»Geht es ihm gut?« Marie war eine gute Informationsquelle, was ihren Sohn anging. So war

Vera informiert, auch wenn ihr Sohn selten anrief. Wann hatte sie ihn zuletzt gehört? Ach ja. Nachdem er eine Nachricht auf ihrem Anrufbeantworter hinterlassen hatte. Das war nun Wochen her. Als sie ihn zurückgerufen hatte, war er nicht zuhause gewesen. Dann hatten sie wohl beide keine Zeit mehr gefunden, um zu telefonieren. Ihr Sohn kam wohl mehr nach ihr. Er hörte eher zu als zu reden. Wieder spürte sie ein Glücksgefühl in sich. Es tat gut, beide in ihrem eigenen Leben zu wissen. Ihre Kinder haben an fremden Orten Wurzeln ausgetrieben. *Nur ich bin zurzeit wurzellos*. Und dabei hatte sie sich anfangs noch gefreut, wie rasch sie hier heimisch geworden war. Was hatte sich geändert? Begonnen hatte es damit, dass Bertram ihr das Etikett »bisexuell« aufgedrückt hatte. Das allein hatte ausgereicht, die Pfeiler ihrer Heterosexualität - wie echt war die eigentlich? - ins Wanken zu bringen. Damit drängten sich mit einem Mal alle schlechten Erinnerungen an ihre Ehe an die Oberfläche ihres Bewusstseins. Auch die, von denen sie angenommen hatte, sie wären längst verarbeitet und vergessen. Und dann fing noch ihre Patientin an, sich zu ihrer Chefin hingezogen zu fühlen. Herrgott nochmal! Meinten plötzlich alle lesbisch zu sein?

»Mutschi, hörst du mir überhaupt zu?«, hörte sie Maries Stimme.

Vera erschrak. »Die Verbindung war gerade nicht so gut. Kannst du es nochmals sagen?«

»Nasenbär kommt und hilft, meine Studentenbude einzuräumen.«

»Echt? Das ist ja mal nett. Und wann kommt ihr zu mir?«, warf Vera leichtfertig ein, mehr, um die Unterhaltung am Laufen zu halten.

»In den Semesterferien haben wir uns gedacht. Ein ganzes Wochenende. Wär das okay?«

»Ihr wollt kommen?«, fragte Vera, der jetzt aufging, was das bedeutete. Nicht auch noch die Kinder! Sie stöhnte innerlich auf. Aber vielleicht hatte sie ihre Welt bis dahin wieder geordnet. Höchstwahrscheinlich. »Das wäre schön.« Tapfer versuchte sie ein Lächeln. Schließlich konnte man sie sehen. Und gelogen war es nicht. Natürlich freute sie sich auf ihre Kinder. Nur hoffte sie inständig, bis dahin ihr Leben wieder im Griff zu haben.

Als Marie auflegen musste, weil die Farmarbeit nach ihr rief, ließ sich Vera kraftlos auf das Sofa fallen. Genug der Kommunikation für heute, entschied sie. Kein Skype mehr, kein Telefon. Ende Gelände. Damit drückte sie auf die Fernbedienung und kuschelte sich in die Kamelhaardecke, die zusammengerollt auf dem Sofa gelegen hatte.

Nachrichten waren bereits vorbei. Auf allen Kanälen Talkshows. Das uferte richtig aus in letzter Zeit. In dieser ging es um Prostitution. War wohl ein Modethema im Moment. Vera hatte sich noch nie Gedanken darübergemacht. Es gab sie halt. Basta. Doch nun wollte man sie abschaffen. Ach, was. Sie hatten zur Bereicherung der Debatte sogar eine Frau dieses Gewerbes eingeladen. Ob die echt war? Eine selbstständige Sexarbeiterin, so stellte sie sich vor. Sie machte nicht den Eindruck, als würde man sie ausbeuten. Auch konnte Vera auf den ersten Blick keine Persönlichkeitsstörung oder irgendein zwanghaftes Verhalten feststellen. Im Gegenteil. Die Frau war überdurchschnittlich hübsch, zweifellos gebildet, durchaus in der Lage, sich klar auszudrücken und dazu hatte sie einen bestechenden Charme. Sie machte es ihren Gegnern schwer, denn sie passte nicht in das Bild Frau, das alle anderen Anwesenden von Prostituierten zeichnen wollten.

Sie folgte der Debatte nun doch gespannt. Unter dem psychologischen Aspekt war die Interaktion der am Gespräch beteiligten Personen überaus interessant. Ein wunderbares Beispiel zwischenmenschlicher Kommunikation, das in keinem Hörsaal angehender Psychologen fehlen dürfte. Jetzt forderte die Sexarbeiterin sogar ein Recht auf ein gesellschaftlich anerkanntes Berufsbild, ohne jegliche Zwangsregistrierung. Vera amüsierte sich zunehmend über die Mienen und Gesten der Gegner. Diese reagierten nun trotzig, wurden teilweise patzig. Auch die Frauenrechtlerin. Dennoch die Prostituierte hatte bei all ihren guten Argumenten keine Chance, sie wurde von der Übermacht selbst ernannter Moralapostel zerredet. Vera ärgerte sich darüber.

Das war doch Absicht von diesen Talkshowbetreibern! Sie hatten nur eine Betroffene eingeladen, um die Diskussion anzuheizen, nicht, um anderen Argumenten gegenüber offen zu sein oder gar einen Konsens zu finden. Vera merkte, wie sie immer mehr die Position der Schwächsten vertrat, und das war eindeutig die Prostituierte, die verzweifelt für eine bessere Lobby kämpfte. Sie erkannte selbst ihre schlechte Lage, behauptete sich aber ein letztes Mal in der ungleichen Runde.

»Wäre ein absolutes Prostitutionsverbot denn die Lösung? Sollte man, weil es auf diesem Gebiet Menschenhandel gab, auch die selbstständigen Sexarbeiterinnen abschaffen? Würde man denn, zum Beispiel, weil es so viele schwedische Möbelhäuser gibt, das gesamte Schreinerhandwerk abschaffen?«, fragte sie provozierend.

Vera lachte auf. Die Frau hatte Rückgrat. Chapeau! Trotzdem hatte sie genug. So etwas musste man sich nach Feierabend nicht mehr zumuten. Aufgesetzte Gutmensch-Mienen zu einem Thema voller Doppelmoral. Sie schaltete ab, zündete den Kaminofen an und setzte Teewasser auf, genoss ihre Ruhe.

Morgen Abend würde es anders werden. Da säße sie in einem lauten, biergeschwängerten Festhalle. Innerlich wappnete sie sich bereits dafür.

Am nächsten Abend kam Vera zu spät.

Musik dröhnte ihr aus der bunt beleuchteten Festhalle entgegen. Den vielen parkenden Autos nach zu schließen, musste es gerammelt voll sein. Beim Näherkommen fiel ihr eine hohe metallene Stange auf, die auf dem Festplatz stand. An ihrer Spitze befand sich etwas, das wie eine nach vorne geöffnete Holzkiste aussah. Innen drin war eine hölzerne Vogelattrappe angebracht. Mit großen Flügeln, bunt angemalt. Vor der Stange stand in gebührendem Abstand ein fest in den Boden verankertes Gestell, an dem ein Luftgewehr fixiert war. Eine Sicherungsmaßnahme, leuchtete Vera sofort ein. Damit auch im Vollsuff nichts passieren konnte und es den Schützen unmöglich machte, sich gegenseitig abzuschießen. Und in diese launige Gesellschaft der trinkenden Schützen oder schießenden Trinker würde sie nun begeben.

Es kostete sie Überwindung. Die zurückliegende Woche war arbeitsreich gewesen, und in Vera drängte sich für einen kurzen Moment die Frage auf, warum sie sich das hier auch noch antun musste. Solche Musik hatte sie zuletzt vor zwei Jahrzehnten bei einer Après-Ski Veranstaltung gehört. Und dieses eine Mal hatte ihr gereicht. Irgendwann waren alle um sie herum sinnlos betrunken gewesen. Und genau an diesem Punkt hatte Vera begonnen, sich schrecklich zu langweilen. Betrunkene Menschen waren einfach nicht mehr interessant. Das Bewusstsein war unzugänglich verschlossen, spannende Gespräche nicht mehr möglich, stattdessen war da nur noch viel Platz für Sentimentalität, Selbstmitleid, Überheblichkeit. Vera hasste die Veränderung, die maßloser Alkoholkonsum mit Menschen machte. Aber nun verdrängte sie entschieden ihre Bedenken, lächelte tapfer als sie eintrat, hielt Ausschau nach ihren Kollegen. Ihre Tochter fiel ihr ein. Marie würde ihren Spaß haben, wenn sie sie hier sähe.

Heiner war plötzlich an ihrer Seite. In der einen Hand ein Brötchen, aus dem eine Bockwurst ragte, in der anderen ein Glas Wein. Mit Wein könnte sie sich jetzt auch anfreunden. »Vera! Hallo!« Er strahlte sie an. »Wir sitzen ganz da hinten. Alles andere war schon belegt.«

»Heiner! Grüß dich! Bist du wieder gesund?« Veras Hand legte sich auf seine Schulter. Heiner küsste sie dafür auf die Wange, was sie überraschte.

»Ich bin noch nicht vollständig wiederhergestellt. Aber es geht schon. Wir sitzen dort, siehst du?« Vera schaute in die angegebene Richtung. Weit weg von diesem dröhnenden Lautsprecher. Das war gut. Sie folgte ihm zum Tisch und stellte fest, dass alle anderen schon da waren. Frauke amputierte ihrem halben Hähnchen gerade einen Flügel. Sie sah auf. »Hey, Vera! Du bist ja mal spät! Komm, mach hinne. Wir haben schon alle angefangen mit Essen.«

»Keine Umstände meinetwegen.« Vera umschloss sie von hinten. Küsste sie auf die Wange, wie Heiner es eben bei ihr getan hatte, und war erstaunt, wie gut sich das anfühlte. Frauke schenkte ihr ein warmes Lächeln. Gerd, der am Ende des Tisches saß, nickte ihr grinsend zu. »Schön, dass du da bist«, formten seine Lippen. Eine Verständigung war nicht mehr möglich, denn die trinkfeste Gruppe am benachbarten Biertisch hatte begonnen, lauthals das Sauerlandlied mitzusingen. Bertram schrie in ihr Ohr. »Endlich kommst du! Ich hatte befürchtet, du versetzt uns.«

Hätte ich es mal getan, dachte Vera und entschied sich spontan für ein Glas Wein. »Ich lass meine Tasche da und stell mich an. Soll ich sonst noch was mitbringen?«

Bertram schüttelte den Kopf. Alle schienen mit Essen und Trinken bestens versorgt zu sein. Vera schlängelte sich durch das Gedränge aus feiernden Menschen und schwer arbeitenden Bedienungen. Als sie am Weinausschank angekommen war, sich gerade an der richtigen Schlange anstellte, hörte sie eine Stimme hinter sich.

»Na, dass is ja mal toll, dass Se da sin!« Frau Knoche.

Nun musste sie auch noch ein vergnügliches Gesicht aufsetzen. Ihre Nachbarin stand lachend neben ihr, trug etwas in der Hand, das Vera an ihren Flaschenkorb von zu Hause erinnerte. Nur war Frau Knoches Gestell aus Plastik, mit einzelnen abgeteilten Segmenten, um viele Gläser darin transportieren zu können. Fünf in jeder Reihe. Zwei Reihen nebeneinander.

»Hallo! Was haben Sie denn damit vor?«, fragte Vera erstaunt.

»Dat?«, grinste Frau Knoche verstohlen, »dat is nicht für mich alleine. Keine Sorge. Der Meter Bier is fürn janzen Tisch.«

»Ein Meter Bier?« Das hatte sie ja noch nie gehört, geschweige denn gesehen. »Und das kommt weg?«

»Na, locker! Ich bin mit dem ganzen Bäckerei-Team da. Kommen Se doch nachher rüber. Wir sitzen gleich da drüben.« Ihr Kopf wies Vera die Richtung. Vorn, neben dem Lautsprecher. Ein Gehörschaden war ihr sicher. Degeneratives akustisches Schlagertrauma. Eine Diagnose, die bis zu diesem Zeitpunkt noch keinen ICD10-Schlüssel hatte. Sie wäre also die Erste, die diese Diagnose stellen würde. Vera versuchte ein Lächeln.

»Das freut mich, dass Se her jefunden haben. Sie schauen doch bei uns vorbei, woll?«

Das klang nett, ihre Bemerkung. Und Vera sagte ja. Dabei wäre es so einfach gewesen, sich mit ein paar höflichen Worten aus der Affäre zu ziehen.

Warum habe ich ja gesagt? Vera balancierte, von sich selbst irritiert, mit ihrem Wein und einer Portion Pommes den Mittelgang zurück. Sie nahm Platz neben Gerd. Frauke war mit ihrem Hähnchen schon bedeutend weitergekommen.

Bertram wischte sich mit seiner Serviette über den Mund. »Immer wieder lecker, diese Wilzenhausener Bratwurst!«

»Wie geht's dir eigentlich? Bist du völlig fit?«, fragte Vera, als die Lautstärke es zuließ. Bertram hatte wie immer einen Schal umgebunden. Stammte von ihm nicht auch die These: Schwule Jungs erkennt man immer an ihren Schals? Sogar im Sommer.

»Mir geht es wieder besser. Danke der Nachfrage, liebe Kollegin.« Schalk lag in seinen Augen. Wenn er so aussah, erinnerte er Vera immer an einen ganz bestimmten Kabarettisten. Aber sie kam nicht auf den Namen.

»Warum kommst du so spät? Das Königspaar hat den Tanz schon vor einer Stunde eröffnet. Jetzt hast du das Wichtigste nicht mitbekommen.«

»Welches Königspaar?«

»Na, der Schützenkönig vom letzten Jahr und seine Frau!« Bertram zeigte auf den vordersten Tisch. Dort saß in schwarzem Anzug und goldener Kette der König, neben ihm seine Königin. Ein goldenes Diadem zierte ihre hochgesteckte Frisur. Ihr Kleid ließ die Schultern nackt, schnürte die Taille zusammen wie in früheren Zeiten, und Vera war sich sicher, dass der Rock sehr ausladend war. Umgeben waren die beiden von ebenso herausgeputzten Gestalten allen möglichen Alters.

»Und wer sind die anderen?«

»Na, der Hofstaat!«

Vera kapierte nicht gleich und Bertram erklärte ihr ausführlich, inwiefern Eltern, Geschwister und Vizekönig an dem gesamten Hofstaat beteiligt sind.

»Oh, mein Gott!« Vera schüttelte den Kopf. »Und wenn du Schützenkönig werden würdest …«, begann sie, »also nur mal angenommen, du wärest im Schützenverein und würdest diesen Vogel da runterschießen, könntest du dann mit deinem Partner das Schützenpaar sein?«

Bertram wurde plötzlich ernst. »Nein, das geht leider nicht. Zumindest nicht in Wilzenhausen.«

»Warum nicht?«

»Weil die hier die Satzung geändert haben, dass so etwas nicht passiert.«

»Dann verstehe ich nicht, warum ausgerechnet dich dann dieser ganze Zirkus hier begeistert.« Bertram schwieg, und Vera merkte, dass sie seiner unbekümmerten Art einen deftigen Schlag versetzt hatte. »Entschuldige, ich muss das auch nicht verstehen.« Ihr Blick bat um Verzeihung, die ihr Kollege prompt annahm.

»Wollen wir tanzen?«, fragte er.

»Jetzt?« Vera hatte gerade erst angefangen, ihre Pommes zu essen.

»Wenn du fertig bist, natürlich. Du brauchst dich nicht extra zu beeilen.« Er nahm betont elegant eine seiner Papierservietten, tupfte sich völlig überflüssigerweise den Mund ab und sah voller Sehnsucht zur Tanzfläche hinüber. Ein tiefer Seufzer entfuhr ihm.

»Das grenzt an Psychoterror, was du machst.«

»Ich?«

»Außerdem tanzt Vera zuerst mit mir.« Das war Gerd, der ihrem Gespräch bisher still zugehört hatte.

»Fragt mich eigentlich auch mal jemand?«, protestierte Vera zwischen zwei Pommes.

»Was möchtest *du* denn gerne machen, liebe Vera?«, grinste Frauke, die sich nun auch einmischte. Sie hatte ihren beruflichen Tonfall angelegt und klang überaus beruhigend.

»Nach Hause gehen und eine gute Jazz-CD anhören. Um meine Ohren wieder zu versöhnen.« Vera murmelte es vor sich hin, so leise, dass es niemand verstehen konnte. Sie steckte sich den letzten Pommes in den Mund, wischte sie sich die Hände an der Papierserviette ab und begegnete Bertrams ungeduldigem Blick.

»Also auf. Aber denk daran, du hast es so gewollt.« An Gerd gewandt, sagte sie: »Vielleicht ist es von Vorteil, erst an zweiter Stelle zu sein.« Sie zwinkerte ihrem Kollegen beschwichtigend zu, aber Gerd winkte ab, lachte nur.

»So liebevoll hat mich noch keine Frau zum Tanz aufgefordert.« Bertram schnappte sich ihre Hand und schob sie zum Parkett hinüber, eine aus Pressspanplatten zusammengefügten Fläche vor der Tribüne mit den Musikern. Das nächste

Mal würde sie sich Gehörschutzstöpsel in die Ohren stecken, schwor sich Vera. Falls es ein nächstes Mal gäbe. Sie begannen mit Walzer, und das klappte zu ihrer eigenen Überraschung ganz gut. Kein gegenseitiges Treten, die Füße blieben unversehrt, auch kein Stocken, kein Stolpern. Bertram konnte richtig gut führen. Sie lächelte ihn an.

»Du bist ein Walzer-Gott. Ich habe es gewusst.«

Bertram stöhnte auf, umfasste sie enger. »Was für ein Kompliment! Und das aus deinem Mund.«

Er lachte nahe an ihrem Ohr. Sie schafften es für weitere fünf Nummern, sich auf der nun gefüllten Tanzfläche zu behaupten, dann einigten sie sich auf eine Pause. Ihnen war warm geworden. Etwas außer Atem fanden sie zu ihren Plätzen zurück. Bertram ließ sich betont erschöpft auf die Bank fallen.

Bevor Vera sich setzen konnte, sagte Gerd: »Jetzt bin ich dran.«

»Oh, ne. Jetzt hab ich Pause. Außerdem ist es sowieso viel zu voll.«

Gerd zog eine beleidigte Schnute.

»Gib mir fünf Minuten, okay? Warum tanzt Frauke eigentlich nicht?«

Gerd zuckte mit den Schultern. »Die unterhalten sich gerade über ihre letzte Fortbildung.« Er wies mit dem Kopf hinüber zu Frauke und Heiner, die sich offensichtlich in einem fachlichen Gespräch verbissen hatten. Und das bei einem Schützenfest, bei so einer Lautstärke. Das musste man erst mal schaffen. Etwas später ging sie mit Gerd wieder in Richtung Tanzfläche.

»Heiner hat oft so furchtbar marode Ansichten«, erklärte ihr Frauke eine halbe Stunde später, als müsse sie sich entschuldigen. »Ich wollte gar keine Diskussion mit ihm beginnen. Aber manchmal nervt das echt … Was trinkst du denn?«

Vera war soeben zu ihrem Platz zurückgekehrt. Für heute war genug getanzt. Jetzt noch ein Getränk, dann würde sie verschwinden.

»Soll ich dir ein Glas Wein mitbringen?«, fragte Frauke, der anzusehen war, dass sie genug von Gesprächen hatte, einfach nur etwas trinken wollte und Spaß haben.

»Ja, mach mal. Das wäre nett.«

Frauke verschwand und es dauerte nicht lange, dann stellte sie demonstrativ zwei Henkelgläser mit Rotwein auf die Biertischgarnitur.

»Prost, liebe Kollegin!« Fraukes gute Laune hatte wieder die Oberhand gewonnen.

»Auf dein Wohl!«

»Und nichts mehr über irgendwas Berufliches.«

»Versprochen. Wie geht es deiner Mutter in Obersorpe?« Vera war ehrlich interessiert.

»Gut. Am Wochenende hat sie mich zum Forellenessen eingeladen. Meine Mutter macht die besten Forellen. Hmmm! Mit geschmolzener Butter und Salzkartoffeln. Hast die Forellen aus Obersorpe schon mal probiert?«

Vera verneinte. Sie hatte noch vieles im Sauerland nicht probiert, nicht entdeckt. Gern ließ sie sich von Frauke mitreißen in ihre Schilderungen, was man hier unbedingt gesehen, gegessen und erlebt haben muss. Schützenfeste inbegriffen.

»Ist das dein erstes Schützenfest?«, fragte Frauke.

»Ja«, gab Vera zu. »Es ist nicht ganz meine Welt.«

»Ach was? Merkt man dir gar nicht an.« Frauke grinste von einem Ohr zum anderen. Etwas wie Schadenfreude lag in ihrem Blick.

»Ich schlage mich tapfer, wie du siehst. Aber es ist mir zu laut, zu oberflächlich und es wird für meine Begriffe zu viel gesoffen.«

Frauke sagte einen Moment nichts, sie überlegte. »Hast recht. Ist ja aber auch nicht jeden Tag.«

»Aber jedes Wochenende. Man kann doch im Sauerland fast jedes Wochenende auf irgendein Schützenfest gehen, wenn man möchte. Oder nicht?«

»Ja, das schon. Aber wir gehen ja immer nur zu unserem Eigenen. Also ich zumindest.«

Sie sahen sich an, grinsten und stießen noch einmal miteinander an.

»Will jemand von den Frauen tanzen?« Heiner beugte sich zu ihnen.

»Ich kann nicht mehr, Heiner. Sorry.« Vera wollte nur noch dasitzen und sich unterhalten. Frauke schien es genauso zu gehen. Mit stummen Blicken sprachen sie sich ab und blieben sitzen.

»Keine Lust auf Tanzen«, sagte nun auch Frauke und führte ohne weitere Überleitung ihr Gespräch fort. Dann dröhnte die Musik so laut, dass eine Unterhaltung unmöglich war. Die beiden nahmen ihr Glas und verschwanden nach draußen, wo Bistrotische im Eingangsbereich standen und sie dem Schießen der Männer folgen konnten.

»Nächster Schütze Nummer vierundneunzig«, schepperte es aus dem Lautsprecher.

Vera sah interessiert zu. Ein Flügel der Vogelattrappe war bereits weggeschossen worden. Würde er es schaffen, den anderen zu Fall zu bringen? Es gab einen Knall. Für ein Luftgewehr viel zu laut. *Nehmen die hier für Schützenfeste besondere Munition?,* fragte sich Vera, als sie versuchte zu sehen, wo die Kugel getroffen hatte. Die Attrappe blieb unbeweglich. Pfiffe und Gelächter kamen von den Männern, die sie umgaben. Etliche schon mit glasigem Blick.

»Ist wirklich nicht so deins?« Ein nachsichtiger Ausdruck lag in Fraukes Blick.

»Entschuldige.«

»Macht ja nichts. Muss nicht jedermanns Sache sein.«

Vera seufzte. »Wenn meine Tochter mich so sähe, würde sie mich wieder als Spaßbremse bezeichnen.«

Frauke lachte auf. »Ja? Tut sie das?«

Vera nickte bedächtig. »Und damit hat sie wahrscheinlich recht. Ich bin wohl manchmal zu kopflastig.«

Frauke lächelte wieder. Diesmal etwas mehr. Vermutlich hatte sie sich Ähnliches schon gedacht.

»Darf ich dich etwas fragen, Frauke?«

»Bitte, jederzeit.«

»Du hattest bei unserer Vorstellungsrunde gesagt, du seiest bi und momentan in einen Mann verliebt. Ist denn etwas daraus geworden? Bist du mit ihm zusammen?«

Jetzt erst fiel Vera auf, wie merkwürdig es doch war, dass sie nie mit Frauke über ihre Beziehung geredet hatte. Immer hatte sich alles um sie und ihre Probleme gedreht. Sie bekam augenblicklich ein schlechtes Gewissen. Früher wäre ihr so etwas nicht passiert, dass sie sich bereits mehrere Male mit einer Person getroffen und nichts über ihr Privatleben in Erfahrung gebracht hätte. Ein weiteres Zeichen, dass sie zu sehr mit sich selbst beschäftigt war.

»Ja, wir sind zusammen. Er heißt Rüdiger.«

»Rüdiger?« *Gott, wie langweilig. Frauke!*

»Das erstaunt dich?«

»Es fühlt sich komisch für mich an. Ich könnte mir eine Frau bei dir viel besser vorstellen.«

»Da gibt es einen Fachbegriff dafür, liebe Kollegin. Das nennt man Projektion!« Fraukes Lachen kam tief aus dem Bauch und Vera kam nicht umhin mitzulachen.

»Du bist unmöglich.« Vera hob ihr Weinglas, stieß mit Frauke an und fragte aus einer trinkseligen Laune heraus: »Meinst du, ich wäre wirklich der Typ für eine Frau?«

Frauke tat, als müsste sie sich das ernsthaft überlegen. »Ja, bist du.«

Sie klang überzeugt.

»Sagt dir das dein innerer Radar?«

»Nein, das sagt mir mein Verstand. Es war dir nie wert, einen zweiten Versuch mit einem Mann zu starten.« Dann fügte sie mit hochgezogener Augenbraue hinzu: »Nachdem du deine Kinder hattest.«

Vera schluckte. »Ich habe nie erotisch auf eine Frau reagiert.«

»Hast du nie?«

»Nein.«

»Weil du es unterdrückt hast?«, schlug Frauke vor.

»Kann man das?«

»Du schon.« Fraukes Blick sprach Bände.

Ehe Vera darauf antworten konnte, vernahm sie eine bekannte Stimme neben sich.

»Ah, das sind Se ja! Hallo, Frau Schütte!« Frau Knoche schob sich neben sie. »Sind jämmerlich im Schießen, die Männer heute. Woll?«

»Ich habe keinen Vergleich. Das ist mein erstes Schützenfest.« Vera war um einen freundlichen Tonfall bemüht. Sie stellte Frau Knoche ihrer Kollegin vor. Beide Frauen gaben sich die Hand, lächelten sich herzlich an. Dann wandte sich Frau Knoche wieder an Vera.

»Das wird sich schon noch ändern. Jetzt wo Se hier wohnen.«

Das glaubte Vera nun nicht. Aber sie widersprach nicht.

»Trinken Se noch´n Bierchen mit?«, fragte Frau Knoche und sah die beiden Frauen an.

Wein auf Bier, das rat ich dir, Bier auf Wein … überlegte Vera.

»Ja, gerne«, hörte sie Frauke sagen. »Sind Sie nicht die Nachbarin, die letztens noch so spät abends mit dem Fahrrad vorbeigeradelt kam?«

»Ja«, strahlte Frau Knoche. Sie hielt eine vorbeigehende Bedienung an, die ihr gut bekannt sein musste, zog ihr drei Gläser Bier aus dem Meter. »Gib mal her, Lehnchen. Dat jeht auf meine Rechnung.« Dann wandte sie sich wieder an beide Frauen.

»Ich mach doch jetzt Sport. Wissen Se, ich will doch abnehmen. Und da hat mein Hausarzt jesacht, ich soll mehr Rad fahren.«

Vera und Frauke honorierten es mit gut gemeinten Floskeln, die Frau Knoche dazu animierten weiterzuerzählen. »Und wissen Se, was der Auslöser war?«

Was?, fragte Veras Blick höflich interessiert.

»Na wie *Sie* in den Laden jekommen sin.«

»Bitte?« Vera verstand nicht.

»Na, so ne große, schlanke Frau, und die is meine neue Nachbarin. Und ich?, hab ich mir jedacht. Ich werd immer fetter. Jetzt is Schluss. Jawoll! Zwanzig Kilo kommen runter. Mindestens.«

Wie viel Kalorien hat eigentlich ein Bier?, fragte sich Vera.

Frauke schien sich mit solchen Gedanken nicht zu tragen. »Das ist ja ein guter Vorsatz.« Vera sah ihr an, dass sie es ehrlich meinte.

»Manchmal is dat n bisschen ungerecht«, sagte Frau Knoche. »Wie alt sind Se, Frau Schütte? Mitte Vierzig?« Vera nickte beiläufig. »Und immer noch so rank und schlank. Dat wäre ich auch jerne.«

Ob es der Alkohol machte oder die Atmosphäre hier, die sie so vertrauensselig plaudern ließ?

»Huch, ist das spät geworden«, entfuhr es Frauke nach einem Blick auf die Uhr. »Ich muss meine Mutter morgen früh zum Bahnhof fahren, mit ein paar Freundinnen. Die Rentner-Clique hat eine Kaffeefahrt gebucht, und ich habe versprochen, sie hinzubringen.« Hastig reichte sie Frau Knoche die Hand. »Tut mir leid. War schön, Sie kennengelernt zu haben. Wir sehen uns ja sich wieder, wenn Sie nicht weit von meiner Kollegin wohnen.« Und dann fiel ihr noch etwas ein. »Und vielen Dank dafür, dass Sie Vera extra meinetwegen die Pizzataschen rübergebracht haben.«

Frau Knoche lachte darüber, winkte ab. Dann wandte sich Frauke an Vera. »Tschüss, meine Liebe. Ich geh noch kurz rein, mich von den Männern verabschieden.« Dann war sie verschwunden. Ganz plötzlich.

Vera nahm sich vor, sie das nächste Mal zu fragen, ob es Frau Knoche war, die ihren Aufbruch beschleunigt hatte.

»Sollen wir wieder reingehen?«, fragte Frau Knoche.

Aber Vera hatte keine Lust mehr, in diese laute, stickige Halle zurückzugehen. In den gemischten Dampf aus Bratfett, Bier und Schweiß. »Ich würde gerne hier draußen stehenbleiben. Die Luft ist einfach besser.«

»Dann bleib ich auch, wenn's Ihnen nichts ausmacht.«

»Ich möchte Sie nicht vom Feiern abhalten. Ich habe gerade meiner Kollegin schon erzählt, dass mich meine Tochter vermutlich als Spaßbremse bezeichnen würde, wenn sie jetzt hier wäre.«

Zu Veras Erleichterung lachte Frau Knoche herzlich darüber.

»Ne. Dat sin Se nun jarnich. Ich hab Se vorhin tanzen jesehen. Se ham halt jetzt einfach jenuch. Ham ja auch nen anstrengenden Beruf, woll?« Obwohl Frau Knoche sie kaum kannte und eher nicht in der Lage war, dies zu beurteilen, tat es

Vera gut, wie sie das sagte. Sie schenkte ihrer Nachbarin ein dankbares Lächeln.

Frau Knoche zögerte kurz, bevor sich ihr Mund öffnete. »Ich bin übrigens Anni, kommt von Annemarie. Weißte?« Ein geradezu schüchterner Blick.

Vera lächelte höflich. »Aber natürlich. Ich bin Vera.«

Anni schien erleichtert, als Vera ihr Glas hob und sie miteinander anstießen.

»Ich hätte auch gerne studiert, aber da war nix zu machen. Kein Geld und ich musste doch meine Mutter unterstützen und wir waren damals vier Geschwister…«

Vera fragte sich, ob das jetzt länger dauern würde, und nahm vorsorglich eine bequeme Haltung an. Stellte ein Bein vor das andere, verlagerte ihr Gewicht, stützte ihren Ellenbogen auf. Aber da unterbrach Anni auch schon ihren Satz. »Aber weißte wat? Dat wollte ich dir noch sagen …« Vera lauschte gespannt. »Dat is gar keine Supervisionsgruppe, die ihr da habt.« Sie hatte es diesmal richtig ausgesprochen und wartete, bis ihre Worte bei Vera Wirkung zeigten. »Ich hab's nämlich nachgelesen. Eine Supervisionsgruppe muss einen Supervisor haben. Jemand, der dat leitet und moderiert. Wenn ihr nur eine Kollegenrunde seid, dann nennt man das Intervisionsgruppe. So.« Vera war baff.

»Ach, hier bist du? Wir haben dich schon gesucht.« Heiner und Gerd waren zum Luftschöpfen nach draußen gekommen, gesellten sich zu ihnen.

»Das ist Anni, meine Nachbarin«, stellte Vera vor. Und zu Anni: »Das sind meine Kollegen, Heiner und Gerd.«

»Anni sagt, wir sind keine Supervisionsgruppe«, bemerkte Vera sachlich.

Anni sah aus, als würde sie gerne in der nächsten Erdspalte verschwinden.

»Sind wir nicht?«, fragte Gerd zurück.

»Nö. Uns fehlt der Supervisor. Wir sind einfach nur eine Intervisionsgruppe.«

Die beiden überlegten. »Stimmt.« Dann prusteten alle drei Psychologen los vor Lachen. »Warum ist uns das nicht selbst aufgefallen? Wo sie recht hat, hat sie recht«, stellte Gerd anerkennend fest.

»Bist du auch Psychologin?«, fragte Heiner an Anni gewandt.

Vera bemerkte das Aufblitzen in ihren Augen.

»Ne, ich arbeite inner Bäckerei in Wilzenhausen. Gleich dort am Kreisel, wo man zur Stadt reinfährt.«

»Sind von dir die Pizzataschen?«, fragte nun beide Männer im Chor.

»Jo, die sind aus unserem Sortiment.«

»Ich sehe schon, Vera, du hast hier die besten Beziehungen!«, sagte Gerd und lächelte Anni charmant an. »Ich bin übrigens Gerd.«

»Und ich Heiner.«

Anni strahlte.

Sie ist hübsch, dachte Vera, als ihr Blick eine Weile auf dieser Frau mit dem asymmetrischen Haarschnitt ruhte. Diese ausdrucksvolle grüne Brille in ihrem Gesicht betonte zwei sehr schöne hellbraune Augen.

Bertram kam zu ihnen nach draußen.

»Wo seid ihr denn alle? Überlasst mich ganz alleine dieser Heterowelt! Die könnten mir weiß Gott was antun!«

Vera grinste, als sie Anni diesen Kollegen vorstellte. »Das ist Bertram. Und er ist immer so.«

»Kommt ihr nicht mehr rein?«, fragte Bertram, nachdem er Anni freundlich zugenickt hatte.

»Ne. Für mich ist es Zeit zu gehen. Ich habe meine maximale Bettschwere erreicht«, sagte Vera. »Wir sehen uns«, bemerkte sie an Anni gewandt, die ihre Abschiedsfloskel mit einem eifrigen Nicken beantwortete. Ihre Kollegen umarmte sie. »Wir sehen uns nächste Woche zum Supervisionskreis.« Doch dann verbesserte sie sich sofort mit einem Blick auf Anni. »Ich meine natürlich zur Intervisionsgruppe.«

Mit beiden Augen zwinkerte sie ihrer Nachbarin zu, ging und winkte über die Schulter ein letztes Mal.

Mit dem Gefühl, trotz allem einen schönen Abend verbracht zu haben, schloss sie die Tür auf und stieg mit schweren Beinen die Treppe hinauf. Oben angekommen schaltete sie den Fernseher an und war noch offen für andere Eindrücke. Anderen als Blasmusik und betrunkenen Schützen.

Es kamen keine Nachrichten, nur diese ewig blöden Talkshows. Und wieder ging es um Prostitution. Nicht schon wieder! Sie rückte den Off-Knopf, stand auf und ging in Richtung Badezimmer. Nach zwei lang erscheinenden Minuten des Zähneputzens kuschelte sie sich in ihr Bett.

Da lag sie dann glockenwach. Was hatte Frauke zu ihr gesagt auf ihre Frage, ob man seine erotischen Reaktionen unterdrücken konnte? *Du schon!* Hatte sie das wirklich getan? Hätte sie Frauen attraktiv gefunden, wenn sie sich selbst die Erlaubnis gegeben hätte? Vera versuchte sich vorzustellen, wie es sich anfühlen würde, wenn eine Frau sie berührte. Eine wie Frauke oder wie die junge Frau damals zu ihrer Studienzeit oder diese hübsche Frau aus der Talkshow …

Das wäre *die* Idee! So eine Frau könnte ihr doch behilflich sein. Wenn es tatsächlich eine Prostituierte gäbe, die aus freien Stücken gegen einen gewissen Geldwert … Ihr Herz hämmerte mit einem Mal aufgeregt.

Sie stand auf, ging ins Wohnzimmer zurück, klappte den Laptop auf und gab das Wort *Prostitution* ein. Merkte jedoch sofort, dass es das falsche Stichwort war. Sie las eine wissenschaftliche Abhandlung von Gründen, warum ein Freier zu einer Hure geht, las über entrechtete Frauen, die ihren Körper für dreißig Euro verkauften. Nein, das war nicht die Information, die sie haben wollte. Nach welchem Wort suchte man, wenn man eine freischaffende, emanzipierte Sexarbeiterin suchte? Vera probierte es mit *Sexarbeit*, landete bei *Amnesty International* und stieß dann auf den *Berufsverband Erotische und Sexuelle Dienstleistungen e.V.*.

Schon besser. Vera forschte weiter in dieser Richtung, checkte Zeitungsartikel, informierte sich über vergangene Aktionen freischaffender Sexarbeiter, die sich nicht stigmatisieren lassen wollten. Und dann stieß sie auf sie! Genau auf diese Frau hatte sie gehofft: selbstbewusst, gut aussehend, gebildet. Vera entdeckte ihren Namen, fand ihre Homepage. Ihr Name war Maren. Und ihre Website war sehr professionell. Wow. Es gab sogar eine Extrarubrik für Frauen, die Vera erfreut anklickte. Das beantwortete alle ihre Fragen. Ihr schien es, als könne diese Maren ihre geheimsten Gedanken lesen. Alles was sie an Gründen aufführte, warum eine Frau ihre erotischen Dienste in Anspruch nehmen sollte, schienen ihre eignen intimsten Überlegungen zu sein. Die Art ihrer Dienstleistungen waren den vier Elementen zugeordnet: Erde, Wasser, Feuer, Luft. Das war ja interessant. Und durchaus logisch. Wobei Vera sich sofort der Erde zugehörig fühlte. Sie stand schließlich am Anfang. Das Fliegen beim Element Luft würde sie auf später verschieben müssen. Mindestens eine Viertelstunde verbrachte Vera mit dem Studieren von Marens Internetseite, um dann sicher zu sein: Wenn eine käufliche Frau, dann diese!

Ehe sie es sich versah, klickte sie auf *Kontakt aufnehmen*. Ihr Outlook öffnete sich und Veras Finger tippten in Windeseile eine Nachricht ein. Knappe Worte, mit denen sie sich vorstellte und ihr Anliegen beschrieb. Sie beschränkte sich auf das Nötigste. Es musste ja nicht jede wissen, welchem Experiment sie sich da unterzog. Also buchte sie einmal das tantrische Massageritual *Session Erde*. Zum nächsten freien Termin. Vera hatte an einen Zeitraum innerhalb der kommenden zwei Wochen gedacht. Aber wahrscheinlich war das unrealistisch. War eine Prostituierte wie diese nicht sogar über Monate hinweg ausgebucht? Vera überkamen Zweifel. Doch bevor sie es sich anders überlegen konnte, drückte sie auf *senden*. Dann klappte sie entschlossen ihren Laptop zu und ging noch mal ins Badezimmer, sah minutenlang in den Spiegel.

Sah so eine lesbische Frau aus? Vera betrachtete sich lange. Nichts wies explizit darauf hin. Sie war groß, schlank, hatte lange braune Haare. Okay, einzelne waren bereits grau. War sie hübsch? Ja, konnte man so sagen. Zumindest hatte man ihr das immer erzählt. Es hatte sie nicht sonderlich berührt. Und diese eine Studentin hatte es auch gesagt. Vera erinnerte sich nicht einmal mehr an ihren Namen. Sie hatte nur ihre braunen Locken und eine total abgefahrene Lederjacke vor ihrem geistigen Auge. Jene Frau war wirklich schön gewesen. Und sie hatte nichts übrig gehabt für die anwesenden Jungs. Das war ihr aufgefallen. Den ganzen Abend unterhielt sie sich nur mit ihr. Vera erinnerte sich daran, wie sehr ihr das geschmeichelt hatte, wenn sie auch damals nicht richtig begriff, warum. Irgendwann zogen sie sich gemeinsam auf die Matratze zurück. Woanders gab es keinen Platz mehr. Es gab auch nur noch eine einzige Decke. Vera glaubte zuerst an eine Sinnestäuschung, als sie eine Hand spürte, die ihr zärtlich vom Rücken kommend bauchwärts strich. Aber es war keine Fantasie. Auch der gehauchte Kuss in den Nacken war absolut Realität. Sie hatte gekichert, die andere auch. *Wir waren beide betrunken.* Und wenn sie es nicht gewesen wären? Wenn sie beide nicht schon nach ein paar Minuten in tiefen Schlaf gefallen wären … wäre dann etwas passiert?

Es machte keinen Sinn, sich nach über zwanzig Jahren darüber Gedanken zu machen. Vera ging zu Bett und knipste das Licht aus.

Oh, Göttin, was habe ich getan?

Vera starrte zur Decke empor. *Ich habe zu viel getrunken!* Ihr Herz hämmerte. Sie versuchte sich selbst zu beruhigen. Vielleicht war ihre E-Mail nur in Marens Spam gelandet oder sie meldete sich gar nicht. Wer wusste das schon? Bei diesem Gewerbe konnte schließlich alles möglich sein.

Kapitel 10

Vier Uhr dreißig leuchtete ihr der Radiowecker in roten Ziffern entgegen. Vera stöhnte leise. Ihr Kopf schmerzte. Und heute konnte sie es noch nicht einmal auf mangelnden Schlaf zurückführen. Ein völlig neuer Aspekt. Und noch etwas war neu. Ein über Nacht entstandenes Schuldgefühl, das gemeinsam mit ihr erwacht war. Wer war sie eigentlich, dass sie sich das Recht herausnahm, eine Frau für Geld zu kaufen? Widerstrebte es nicht allem, was sie an Werten in ihrem Leben mitbekommen hatte? Aber Maren tat es ja schließlich freiwillig. Und außerdem hatte sie damit sogar einen ähnlichen Stundenlohn wie sie selbst, überschlug Vera. Maren wurde nicht ausgebeutet. Oder doch? Woher wollte sie mit Bestimmtheit sagen, dass Maren nicht aus Zwang heraus agierte oder aus selbstzerstörerischen Gründen? Vielleicht war sie gar ein Missbrauchsopfer, das aus seiner Rolle nie mehr herausgekommen war. Nein, das konnte nicht sein. So sah sie nicht aus. So schrieb sie auch nicht. Doch das konnte täuschen. Wenn herauskäme, dass sie als niedergelassene Fachfrau für seelische Krankheiten … Entschlossen verdrängte Vera all ihre Befürchtungen, schlug die Bettdecke zurück und knipste das Licht an.

Vielleicht ließen sich die Gedanken verscheuchen, wenn sie eine Tasse Kaffee trank und sich in die Morgenzeitung versenkte.

Als sie die Haustür öffnete, um die Zeitung aus dem Briefkasten zu holen, sah sie die Nachbarin an ihrem Haus vorbeigehen.

»Anni? Du bist schon wieder auf?« Die Frau war ja nicht totzukriegen.

Anni winkte zu ihr herüber. »Guten Morgen! Da staunste, was? Einmal im Monat ist Sonntach bei mir ein janz normaler Arbeitstach. Ich muss los, die ersten Teiglinge ausbacken. Heute wird wieder was los sein, dat kann ich dir sagen!«

»Hast du denn überhaupt geschlafen?«

Anni lachte herzlich. »Nich viel, aber ein paar Stündchen waren es schon.«

Wahrscheinlich zwei oder drei.

»Und wie lange musst du arbeiten?«

»Bis eins. Willste dann nich was mit mir unternehmen? Ich sollte mich doch mehr bewegen.«

»Bewegen?«, überlegte Vera. »Wenn du meinst, dass du nach der Arbeit noch Energie hast. Wir könnten wandern gehen.«

Anni zeigte sich begeistert. »Toll! Jehn wir hoch nach Schanze, wandern den Kyrill-Pfad oder irgendwohin. Haste Lust?«

Vera überlegte nicht lange. »Ja, das wäre schön. Kommst du bei mir vorbei?«

»Jerne! Oh, da freu ich mich aber! Bis denne!«

Was für eine lebensfrohe Frau. Vera lächelte noch vor sich hin, als sie sich Minuten später

Kaffee einschenkte und ihre *Welt am Sonntag* aufschlug. Ganz schön anstrengend, so als Bäckereifachverkäuferin, musste sie im Stillen anerkennen.

Für welchen Stundenlohn Anni wohl arbeitete? Vera schätzte knapp über dem Mindestlohn. Zehn Euro, zwölf Euro? Brutto. Mehr nicht. Da lag ihr Stundenlohn bedeutend darüber. So wie Marens, fiel ihr sogleich wieder ein. Maren. Man kann sich sein Geld auch anders verdienen. Man musste nicht um fünf Uhr in aller Herrgottsfrüh Brötchen backen gehen. Und schon wieder waren ihre Gedanken beim Thema käufliche Erotik. Entschlossen verdrängte sie diesen Gedanken und verbiss sich in einen Artikel über artgerechte Hühnerhaltung.

Danach stürzte sie sich trotz Sonntag in ihren Haushalt, dekorierte ihren Hauseingang mit einer Schale bunter Blumen, ging in den Garten, zeichnete sich einen Plan für die zukünftige Aufteilung ihrer Gartenbeete. Die Zeit verflog, und bald würde Anni kommen und sie mit ihrer fröhlichen Art ablenken.

»Na, wie seh ich aus?« Anni stand plötzlich bei ihr im Garten. Vera schaute überrascht auf. Schon so spät? Dann lächelte sie.

»Großartig!« Es war nicht gelogen.

»Findest du? Dein Gartentor quietscht übrigens.«

»Ich weiß. Es gefällt mir so.«

»Es gefällt dir?«

»Ja, es hört sich so einladend an.«

Anni schien über ihre Äußerung nachzudenken und Vera betrachtete sie ausgiebig dabei. Sie trug eine karierte Hemdbluse, darüber eine wetterfeste Jacke, eine kakifarbene Wanderhose mit außen aufgesetzten Taschen, dazu bequeme Trekkingschuhe. Auf dem Rücken hatte sie einen blauen Rucksack mit einer gelben Kunststoffblüte.

»Ich beeile mich«, sagte Vera in Annis Überlegungen hinein. »Möchtest du warten oder kommst du mit rein?«

»Ne. Ich warte. Ich kann mich ja solange mit deinem Gartentor unterhalten.« Es klang anders als sonst und Vera vermisste das *woll* am Ende ihres Satzes. Wahrscheinlich hatte sie sich wieder vorgenommen, hochdeutsch zu reden.

»Ich brauche nicht lange.«

»Und du musst nichts mitnehmen«, rief Anni ihr hinterher. »Ich habe alles dabei, was Essen und Trinken angeht.«

»Oh, machen wir Picknick?«

»Picknick wäre übertrieben, aber ne kleine Pause is schon drin, woll?«

Na, also. Da war es. Hätte ihr sonst auch gefehlt. Vera eilte ins Haus und schlüpfte voller Vorfreude in ihre Wanderklamotten.

Als sie zurückkam, war Anni tatsächlich mit dem Gartentor beschäftigt. Sie machte es auf und zu und wieder auf. Jedes Mal quietschte es fröhlich.

»Das is ja der Hammer. Dat redet! Und wie nett!«

»Ja, das tut es. Findest du auch, es klingt irgendwie freundlich?«

Anni stimmte ihr lachend zu und spätestens jetzt wusste Vera, dass es ein unterhaltsamer Nachmittag werden würde.

»Ich würde es langsamer angehen und nicht gleich bis nach Schanze gehen. Das kann dir zu viel werden. Es sind neun Kilometer bis dahin; eine Strecke. Wir könnten natürlich ein Stück fahren, aber wenn wir im Auto sitzen, dann lass uns doch gleich nach Bödefeld und dort den Hollenpfad wandern. Ein wirklich verträumter Weg. Der wird dir gefallen. Oder kennst du ihn schon? Ein Rundweg von insgesamt neun Kilometern. Das wäre für heute noch gut zu schaffen. Was meinst du?«, fragte Vera Anni, die sich ihre Ausführungen geduldig bis zum Ende angehörte.

»Ne. Kenn ich nich. Dat is wirklich ein Armutszeugnis. Und ich wohn hier seit vierzig Jahren. Glaubste nich, oder? In Bödefeld können wir ja gleich noch die schwarze Hand angucken. Dat ist so gruselig!«

Vera lachte. »Machen wir.« Sie hatte davon gelesen. Eine schwarze Hand, die man auf dem Kirchfriedhof gefunden hatte. Vermutlich vom lehmigen, luftundurchlässigen Boden konserviert. Es gab verschiedene Sagen, wie sie zustande gekommen war. Den Kindern von Bödefeld erzählte man, die Tochter habe zu Lebzeiten die Hand gegen die eigene Mutter erhoben. Gott hat sie daraufhin schwarz werden lassen. Zur Mahnung an alle bösen Kinder.

»Aber jetzt wandern wir erst mal. Vorher sind zwanzig Minuten zu fahren. Nehmen wir mein Auto?«

Anni nahm bereitwillig in ihrem orangefarbenen Kastenwagen Platz.

»Dat is ja mal nen schönes Auto. Die Farbe is mal wat anderes.«

»Ja, Anni«, grinste Vera. »Genau das wollte ich. Mal was anderes als das ewige Silbermetallic oder Schwarz. Es erinnert an den Frühling.«

Es war ein ganz neues Wandergefühl, neben jemandem herzugehen. Dazu noch neben jemandem, der so leicht und beschwingt redete wie ihre Nachbarin. Komischerweise wurde es ihr nicht lästig.

»Weißte, wann ich das letzte Mal wandern war?« Anni erwartete keine Antwort. »Vor sechs Jahren. Ich habs genau ausgerechnet.«

»Hm. Das ist wirklich schon eine ganze Weile her.«

»Jetzt will ich mich wirklich wieder mehr bewegen. Früher war ich sogar richtig sportlich, aber dann …« Sie beendete ihren Satz nicht. »Aber das wird schon wieder. Das wird.«

Vera pflichtete ihr bei.

»Außerdem hab ich schon vier Kilo wech.«

Vera lächelte. Schön. Wenn es auch nicht auffiel. Im Stillen fragte sie sich, was Anni wohl alles zum Essen eingepackt hatte.

Es war kein anspruchsvoller Weg. Keine besonderen Steigungen oder schwierige Passagen. Vera hatte ihrer Nachbarin zugestanden, das Tempo zu bestimmen, und ihr sogleich versichert, dass es für sie völlig okay wäre. Sie spazierten gemächlich dahin, passierten hölzerne Skulpturen, Kunstwerke von Mensch und Natur geschaffen, und es machte ihr zunehmend Spaß, sich mit ihrer Nachbarin darüber auszutauschen. Es war interessant, worüber sie sich alles Gedanken machte. Außerdem war sie humorvoll und begeisterungsfähig. Sogar nach einer so kurzen Nacht und nach einem anstrengenden Arbeitstag. Vera kam nicht umhin, sie dafür zu bewundern.

»Dat sieht ja aus wie im Märchen!«, staunte Anni.

Andächtig standen beide Frauen vor einem mit gelben Flechten bewachsenen Felsen. »Da gibt es doch bestimmt auch eine Geschichte dazu.« Vera suchte nach einem Schild, fand es schließlich und las Anni vor. Sie konnte andächtig zuhören, fiel ihr auf.

»Weißt du, dass du eine richtig beruhigende Stimme hast? Man könnte dir stundenlang lauschen.«

»Ach.« Vera grinste.

»Jut, dass du Psychologin jeworden bist. Ich glaube, deine Patienten sind jut aufjehoben bei dir.«

»Das will ich hoffen. Aber Psychologen sollten hauptsächlich zuhören.«

»Ja, dat kannste auch jut. Rede ich dir eigentlich zu viel?« Sie rückte ihre Brille zurecht. Eine Verlegenheitsgeste.

»Nein, Anni. Ich höre dir gerne zu. Du hast einen so netten Dialekt.«

Anni lächelte schief. »Meinst du, wir könnten öfter miteinander rausgehen? Zusammen macht das ja doch noch mehr Spaß.«

»Du kannst mich jederzeit fragen, wenn du Lust hast. Seit Neustem verbringe ich überraschend viel Zeit draußen in der Natur, um meine Gedanken zu ordnen. Aber vielleicht sind das auch nur die Wechseljahre«, schob sie beschwichtigend hinterher. Ihre Nachbarin sollte nicht meinen, sie hätte ein Problem.

»Oh, Jott«, erschrak Anni, »dann hab ich mich dir heute aufgedrängt, oder? Wärst du lieber allein gegangen?«

»Nein. Das hätte ich dir gesagt. Keine Sorge.«

»Weiß du, was ich an dir schätze?«

»Hm?«

»Du bist immer so ruhig und gefasst. Und so wertschätzend.« Anni atmete hörbar. Vera lief langsamer. Sie wollte sie nicht überfordern. Wenn sie morgen zu sehr Muskelkater hätte, würde es vielleicht ihre sportlichen Ambitionen beeinträchtigen.

Es war mehr ein Schlendern als eine Wanderung, aber wenn Vera ehrlich war, reichte ihr das. Lange Strecken lief sie in letzter Zeit sowieso nicht mehr und so einem verträumten Spaziergang zu zweit konnte sie einiges abgewinnen.

Dankbar verabschiedete sie sich am frühen Abend von Anni. Die war nun doch müde und sehnte sich nach ihrem Sofa, wie sie offen zugab. Aber auch Vera hatte genug.

»Vielleicht können wir mal den Tatort zusammen angucken. Haste Lust?«, fragte Anni beim Abschied. Ihre Anfrage klang ganz vorsichtig. So, als müsste es nicht der heutige sondern irgendein Sonntag sein. Nächsten Monat, nächstes Jahr. Es amüsierte Vera.

»Weiß noch nicht, was alles ansteht«, antwortete Vera behutsam. Vielleicht würde sie längere Zeit mit ihrer Tochter telefonieren oder sich endlich mal bei ihrem Sohn melden. »Ich glaube, du wirst k. o. sein bis heute Abend. Dein Tag war ganz schön lang.«

Anni nickte und lächelte versöhnt. Sie fühlte sich nicht versetzt. »Vielen Dank für den schönen Nachmittach«, sagte sie, dann ging sie ein Haus weiter. »Tschüss.«

Es fühlte sich merkwürdig an, sie gehen zu lassen, aber für heute sollte es reichen, entschied Vera und schloss ihre Haustür auf.

Als sie ihre Hände gewaschen, ihre Hausschuhe angezogen hatte und sich mit ihrem Laptop auf dem Sofa niederließ, wusste sie, warum sie allein sein wollte. Sie warf einen Blick auf ihr E-Mail-Konto.

Eine Nachricht von Maren!

Vera öffnete sie. Ihr Puls stieg augenblicklich.

Liebe Vera, las sie, *zurzeit befinde ich mich noch im Urlaub. Aber ab dem zehnten Mai bin ich wieder in Berlin und kann Termine vergeben. Gerne in jener Woche vom zehnten bis fünfzehnten. Das ist kein Problem. Vielleicht möchtest du mir auch noch Näheres über deine Wünsche und Anliegen zu der Session mitteilen. Ich freu mich auf dich! Maren.*

Vera las die Nachricht ein zweites, dann ein drittes Mal. So rasch, so freundlich und so ansprechend hätte sie eine Antwort nicht erwartet. Vor allem fühlte es sich so unheimlich gut an, sie zu lesen. Woran lag das? Weil sie so selbstverständlich klang? Sie stand auf, holte ihren Terminkalender und blätterte zu der genannten Woche. Es waren bisher für den Freitag drei Patienten angemeldet, die sie jedoch ohne Weiteres auf die folgende Woche verschieben könnte. Das wäre machbar. So rasch hatte sie mit keinem Termin gerechnet. Aber gut. Sie wäre bescheuert, wenn sie nicht sofort zusagen würde.

Ihre Finger tippten bereits eine Antwort ein.

Hallo Maren! Komme sehr gerne am Freitag, den vierzehnten. Ich habe keine besonderen Wünsche. Standardprogramm, Session Erde, zwei Stunden, bitte. Dann checkte sie die Flüge nach Berlin, und schrieb dazu. *Mein mögliches Zeitfenster wäre 16 bis 18 Uhr. Liebe Grüße Vera.* Damit war alles gesagt und Vera klickte entschlossen auf senden.

Es fühlte sich richtig an. Wahnsinn. Obwohl, wenn ihre Tochter davon wüsste, was würde sie dazu sagen? Oder gar ihr Sohn? Würden ihre Kinder sie deswegen verurteilen? Hatte Frau Grobbel ihr nicht dieselbe Frage gestellt in Bezug auf die Beziehung mit einer Frau?

Ja, wahrscheinlich würden meine Kinder mich deswegen verurteilen, gestand sich Vera ein. Wer könne es schon gutheißen, eine Prostituierte zu konsultieren. Sie müsste ihnen zumindest erklären, warum sie das tat. Noch besser, sie erwähnte ihren Ausflug nach Berlin niemandem gegenüber. Müsste sie sich tatsächlich dafür schämen? Sie fand keine Antwort auf diese Frage, überließ sich irgendwann ihrer Müdigkeit und fiel ins Bett, um ausnahmsweise sofort einzuschlafen.

Den Tatort und Annis schüchterne Anfrage, ob sie ihn gemeinsam anschauen wollten, hatte sie vergessen.

Die folgende Woche sahen sich die beiden Frauen nur kurz und verabredeten sich auch nicht. Anni hielt sich wohl diskret zurück, wollte sich nicht zu sehr aufdrängen, und Vera erlebte die kommende Arbeitswoche wie im Film. Ihre gewohnten Patienten kamen und gingen. Drei

Neue nahm sie auf, führte Gespräche zum ersten Kennenlernen, absolvierte weiterhin ihre Therapiesitzungen. Sie schrieb ihre Berichte an die Kasse, pflegte Daten ein, damit die Abrechnung am Monatsende schnell und problemlos über die Bühne gehen konnte. Eine ganz normale Woche, sah man von der Tatsache ab, dass sich Vera in der einen oder anderen Sitzung fragte, was wohl der Patient, der ihr gerade gegenübersaß, sagen würde, wenn er wüsste, dass seine Therapeutin Ende dieser Woche einen Termin bei einer Prostituierten hatte.

Kapitel 11

Freitag, der vierzehnte.

Der Radiowecker ertönte. Heute war es also so weit.

Mechanisch stand Vera auf, schlüpfte in ihre Hausschuhe, ging ins Bad, benutzte die Toilette, wusch sich die Hände und ging in die Küche, um Kaffee aufzusetzen. Sicherheit gebende Routine. Doch es half nichts. Heute war ein anderer Tag. Sie konnte es nicht leugnen. Ihr Magen wusste es bereits. Es war ihr kaum möglich, zu frühstücken, also begnügte sie sich mit einem halben Apfel und einer Tasse Kaffee. *Es gibt keinen Grund nervös zu sein*, redete sie sich ein. Es ist nichts anderes als ein Wellnesstag. Der einzige Unterschied: Sie nahm dafür die Strecke vom Sauerland nach Berlin auf sich. Das hieß, in aller Herrgottsfrühe mit dem Auto nach Köln zu fahren. Vera sah auf ihre Küchenuhr. Halb sieben. Sie hatte für die Fahrt großzügig zwei Stunden eingeplant. In dreißig Minuten müsste sie losfahren. Eine Stunde vor Abflug sollte sie am Flughafen sein. Ihr Flieger startete kurz vor elf Uhr. Um zwölf landete sie in Berlin. Was sie in der Zeit bis vierzehn Uhr machen würde, wusste sie noch nicht. Shoppen oder essen gehen. Falls sie bis dahin einen Bissen runterbrächte. Sicher jedoch war, dass sie zwei Stunden in aller Ruhe im Frauen-Hamam verbringen wollte, um zu saunieren, meditieren, entspannen, lesen, sich vorbereiten, auf was sie sich da eingelassen hatte. Warum wollte sie das unbedingt? War das der ganze Aufwand wert? Noch könnte sie es sich anders überlegen, einfach zuhause bleiben und einen wunderschönen Wandertag einbauen. Vera trat ans Fenster, versuchte, eine Wetterprognose für den heutigen Tag aufzustellen.

Nein!

Jetzt Augen zu und durch. Wie abgemacht. Kein Abweichen von Plan A.

Vera duschte, zog sich an, putzte die Zähne. Genauso zügig packte sie ihre Sachen zusammen, nahm Schlüssel, Ticket, Geldbeutel. Sie trug den kleinen Trolley die Treppe hinunter und schloss die Haustür hinter sich ab. In fünfzehn Stunden würde sie dieselbe Tür wieder aufschließen und wüsste dann wesentlich mehr über sich selbst. Heute würde sich klären, ob sie erotisch auf Frauen reagierte. In Berlin. Und sie unternahm diesen Selbstversuch mit einer Frau, die rein optisch dem Frauenbild entsprach, das sie am meisten beeindruckte. Vielleicht war Maren sogar etwas zu perfekt. Ein mulmiges Gefühl breitete sich in ihr aus. Hatte sie sich mit diesem ganzen Vorhaben gar überfordert?

Diese Frage begleitete sie auf der ganzen Fahrt nach Köln, verlor sich jedoch, als sie ihr Auto am Flughafen abstellte, sich eincheckte. Ab da verfiel sie in Routine, verfuhr ganz nach ihrem Plan. In Berlin angekommen reichte die Zeit noch für ein Mittagessen bevor sie den Weg nach Kreuzberg einschlug in Richtung Frauen-Hamam. Nach zwei Stunden rief sie ein Taxi und ließ sich zu Marens angegebener Adresse fahren.

Ihr Blick glitt über die vielen Schilder neben den Klingelknöpfen, auf der Suche nach einem Namen, der ihr bekannt vorkam. Sie hatten sich beide immer nur mit dem Vornamen angeschrieben. Maren hatte ihren Nachnamen nur einmal erwähnt. Aber dieser hier könnte er sein! Ihre Finger zitterten etwas, als sie den Klingelknopf drückte. Das laute Summen des Türöffners verscheuchte ihre aufkeimende Angst. Nun gab es kein Zurück mehr. Sie rief sich ihre Panik-Überwindungsübung ins Gedächtnis: Atmung kontrollieren, bewusst verlangsamen. Vera wusste, Marens Wohnung lag irgendwo in den oberen Stockwerken. Sie zwang sich zu gemäßigter Schrittfolge.

Maren wartete an der geöffneten Tür, empfing sie mit einem Lächeln. Das war sie also. Den ganzen Tag hatte Vera versucht, sich ein Bild von ihr zu machen. Jetzt, da sie endlich vor ihr stand, wurde ihr bewusst, wie sehr sie mit ihrer Vorstellung danebengelegen hatte.

Das hier war also die Realität.

Eine große Frau, war Veras erster Eindruck. So groß wie sie selbst. Es passierte ihr nicht oft, dass sie geraden Blickes einer Frau in die Augen sehen konnte, aber diese waren ihr direkt gegenüber. Große blaugrüne Augen, die den Betrachter in ihren Bann zogen.

»Komm rein. Ich habe dich schon erwartet.« Maren trat zur Seite. Vera fühlte sich willkommen. Weinroter Hochflorteppich dämpfte ihre Schritte.

»Schön, dass du hier bist!«

Maren hatte perfekt geschwungene Lippen. Nicht zu voll, nicht zu schmal, die beim Sprechen weiße, makellose Zähne entblößten, mit einer kleinen Lücke zwischen den oberen Vorderzähnen. Vera sog dies Bild in sich auf, verarbeitete die Flut ihrer Eindrücke in Sekundenschnelle. Klassische gerade Nase, gezupfte, geschwungene Augenbrauen. Symmetrische Gesichtszüge, nordischer Einschlag, wunderschöne Figur, raspelkurze blonde Haare mit einer langen Strähne am Vorderkopf. Unverkennbar die aufrechte Haltung einer Tänzerin, wie sie nur durch jahrelanges Training möglich ist. Ihr Lächeln war gewinnend und einladend und – es fühlte sich echt an!

Sie trug nicht mehr als einen roten BH und ein um die Hüfte gewickeltes, locker fallendes Seidentuch, was Vera bei diesem Körperbau einen Augenblick innehalten ließ.

Maren ging darüber hinweg, deutete mit knapper Geste auf die Garderobe. »Du kannst deinen Mantel hier aufhängen.«

Das tat Vera. Versuchte es zumindest. Fingerte die Schlaufe ihres Mantels an einen der vielen freien Haken, bückte sich, um die Dockers auszuziehen.

»Tolle Schuhe!«, hörte sie Maren sagen.

Ihre unverkrampfte Art irritierte Vera. Sie hatte sich eine Prostituierte anders vorgestellt. Nicht so natürlich. Nachdem sie ihre Schuhe ordentlich hingestellt hatte, richtete sie sich auf. Wieder standen sie sich gegenüber. Maren erschien ihr noch faszinierender als auf den Bildern ihrer Homepage, trotz der Professionalität der Aufnahmen. Es war dem Fotografen nicht gelungen, ihre freundliche Ausstrahlung einzufangen. Aber vielleicht war das auch Absicht.

»Äh, ja. Ich steh auf bequemes Schuhwerk«, stotterte Vera, um irgendetwas zu sagen. Ihre Nervosität kämpfte sich an die Oberfläche, ließ sich nicht mehr länger unterdrücken. Sie hatte Angst.

Ein nachsichtiges Lächeln huschte über Marens Gesicht. Sie deutete auf den Raum am Ende des Flurs. »Wenn du schon mal in das Zimmer geradeaus gehst … ich bin dann gleich für dich da. Oder möchtest du vorher duschen?«

»Ich komme gerade aus dem Frauen-Hamam, aber wenn du möchtest …«

Nein, es musste nicht sein. Es genügte Maren vollkommen. Sie ging voran, führte Vera in das Zimmer, das für solche Treffen vorgesehen war. »Leg doch deine Kleider ab, du kannst dich in dieses Tuch wickeln, wenn du möchtest. Ich geh noch mal kurz ins Bad und komme dann gleich, ja?«

Vera trat ein, blickte sich um. Ein anheimelndes Zimmer, in Erdfarben gehalten. Eine große Matte mit weicher Auflage auf dem natürlichen Holzdielenfußboden, ein kleiner Tisch mit zwei Stühlen in einer Ecke. Diverse zierliche Bambusregale fanden sich rechts von ihr, mit Büchern, Ölen und Cremes. Viel freier Raum, genug Platz, um sich zu entfalten. Einfallende Sonnenstrahlen gaben dem Ganzen eine märchenhafte Unbeschwertheit. Es roch nach Zitrone. Vera mochte den Geruch von Zitrusfrüchten. Sie entspannte sich. Zögernd begann sie sich auszuziehen, schälte Kleidungsstück um Kleidungsstück von ihrem Körper. Sah sich um dabei. An der Wand gegenüber waren sieben dekorativ in Formation drapierte Peitschen angebracht. Warum benötigte man so viele? Und worin lag der Unterschied zwischen den einzelnen? Okay. Eine hatte einen eindeutig geformten Griff, der durchaus eine andere Verwendung zuließe. Aber die anderen? Waren doch alle gleich in ihren Augen. An der Decke hingen Seile mit zwei Ringen, die hochgezogen waren. Das erinnerte sie an ihre Sporthalle in der Schule. All das war offenbar für Kunden, die einen anderen Bedarf hatten als sie. Vera glaubte gern, dass Maren auch bei dieser Spielart menschlicher Sexualität bestens aufgestellt war. Fast schade, dass sie selbst damit nichts anfangen konnte. Ein Spiegel hing direkt gegenüber. Sie konnte sich in voller Körpergröße sehen. Rasch nahm sie das Tuch, das Maren ihr ausgehändigt hatte, und wickelte sich darin ein. Sie erinnerte sich, dass es für sie immer eine Herausforderung gewesen war, sich nackt den Blicken ihrer Partner auszusetzen. Von einer fremden Frau betrachtet zu werden, kostete sie in der Tat noch mehr Überwindung. Was würde Maren von ihr denken? *Was für eine langweilige Nummer?*

Es war ihr Job, rief sich Vera ins Gedächtnis. Schließlich hatte jeder Job seine schönen und weniger erfreulichen Seiten. Ihr selbst machte es auch nicht gerade Spaß, Therapie-Verlängerungsberichte an die Krankenkasse zu schreiben. Ab und zu musste man sich eben auch mit alltäglicher Routine arrangieren. Warum sollte es Maren nicht ähnlich gehen? Etwas wie Trotz kam in ihr hoch. Mit diesem Gefühl nahm Vera Platz an dem kleinen Tischchen und wartete.

»Möchtest du etwas trinken?«, fragte Maren, als sie kurz darauf das Zimmer betrat. Sie stellte zwei Gläser auf den Tisch.

»Gerne ein Wasser.« Veras Mund fühlte sich an, als hätte sie Staub gegessen. Wann war sie zuletzt dermaßen nervös gewesen? Bei ihrer Abschlussprüfung? Oder war es beim Abitur?

Vera sah zu, wie Maren die Gläser mit Tafelwasser füllte. Dann setzte sich diese Frau mit dem roten BH und dem wunderschönen Dekolleté auf den Stuhl gegenüber, lächelte sie an.

»Möchtest du mir noch etwas Genaueres über deine Wünsche sagen, ehe wir anfangen?« Marens Blick ruhte auf ihr, sie hatte Vera ihren Körper vollständig zugewandt. Alles an ihr lud dazu ein, über sich und spezielle Bedürfnisse zu reden. Vera wusste, was Empathie war. Maren hatte sie. Eindeutig. Das hier war ein Rollentausch. Und den Part der Empfangenden zu spielen, verunsicherte Vera mehr, als sie erwartet hätte.

»Äh ... ich ... nein, ich ...« Ihre Worte verloren sich. Sie hatten sich in den letzten Wochen mehrmals gemailt. Das war gut. Maren war bereits informiert, was Vera von ihr wollte: einmal *Session Erde*, ohne irgendwelche Besonderheiten. Standardprogramm. Das musste genügen.

»Gut.« Maren lächelte sie ermutigend an. »Wir müssen uns nicht darüber unterhalten. Lass uns anfangen.« Sie stellte ihr Glas ab und stand auf. Vera tat es ihr nach.

Ihr beschleunigter Herzschlag ließ ihre Halsadern pulsieren. Ihr Magen rebellierte. Sie versuchte, ihren Atem zu kontrollieren. Bleib ruhig. Atme bewusst.

Maren nahm ihr das Tuch ab, fremde, warme Hände berührten Vera ganz selbstverständlich. Sie hatte angenommen, sich spätestens ab diesem Zeitpunkt ausgeliefert zu fühlen. Es war nicht so. Marens Körper nahm mit ihrem Kontakt auf, sehr behutsam. Vera fühlte sich beschützt.

»Ich bin nun ganz für ich da, mit meinem Körper, mit meinem Geist, mit meiner gesamten sexuellen Energie.« Ein geflüstertes Versprechen. Und augenblicklich beruhigte sich Vera.

Sie spürte Marens Hände, ihre Brüste, ihren Bauch, ihre Schenkel. Der Körper dieser Frau war fest und durchtrainiert, voller Kraft und doch so sanft. Es fühlte sich stimmig und wunderschön an. Vera empfand Geborgenheit, meinte, sich an frühere Zeit zu erinnern, als alles in ihrer Welt noch heil und sorglos war. Zu welchem Zeitpunkt hatte sie bloß dieses schöne Gefühl verloren? Jetzt passte alles wieder. Marens Berührung zwischen ihren Beinen, flüchtig, wie im Vorüberziehen. Aber ein Versprechen, wiederzukehren. Als sprächen ihre Körper miteinander auf eine ihr noch nicht bekannte Weise. Vera konnte sich tatsächlich fallen lassen in Gegenwart dieser Frau, ankommen, hier bei Maren, in diesem Raum.

»Möchtest du dich hinlegen?« Eine Frage, dicht an Veras Ohr.

Ja. Sie wollte es.

Angewärmtes Öl troff auf ihren Rücken, wurde kundig von warmen Händen einmassiert. Es beschränkte sich nicht nur auf ihre Hände. Immer mehr von Marens durchtrainiertem Körper beteiligte sich daran. Dann lag sie auf ihr, beschützend und warm. So fühlte es sich also an, wenn eine nackte Frau auf einem lag. Eine Offenbarung. Eine Tiefe an Intimität, die sie mit einem Mann nie erreicht hatte. Marens Atem streifte ihren Hals, ihre Schultern, während sie sich weiter auf ihr bewegte. Eine Mischung aus Massage, sanfter Berührung und Tanz. Vera war fasziniert von dieser überschäumenden Lebenskraft, die auf sie überzugehen schien. Voller Hingabe in jeden einzelnen Augenblick. Vera schloss die Augen, überließ sich ganz ihrer Sinneswahrnehmung. Hier konnte ihr nichts passieren. Hier war mit Gewissheit ein Mensch, der es gut mit ihr meinte. Vera ließ sich in dieses Bad liebevoller Berührungen fallen. So sinnlich, so erotisch wie nichts zuvor in ihrem Leben. Was für eine geniale Idee, Maren aufzusuchen.

»Möchtest du, dass ich dich intim berühre?«

Marens Frage durchdrang ihr Bewusstsein. Sie würde es tun. Es stand auf ihrem Leistungskatalog. Als Sexarbeiterin versetzte sie Menschen durchaus in Erregung, brachte sie zum Höhepunkt. Etwas völlig Alltägliches.

»Nein. Lass es!« Vera musste nicht überlegen. Es war nicht nötig. Ihr Besuch hatte seinen Zweck bereits erfüllt.

»Aber so ist es gut für dich?«

»Ja. Danke.«

Vera öffnet ihre Augen, genoss den einzigartigen Anblick, die Ästhetik dieser Frau. *Göttin, ich danke dir, und verspreche, diesen unvergleichlichen Moment nie wieder zu vergessen.*

»Muss ich die Uhr im Auge behalten?« Marens Stimme klang konzentriert. Wie spät war es? Vera hatte jegliches Zeitgefühl verloren.

»Mein Taxi kommt um sechs.«

»Möchtest du nach der Session noch duschen?«

»Nein. Und zum Anziehen benötige ich zwei Minuten.« *Inklusive dem Hinuntereilen der drei Treppen.*

Vera würde keine Minute verschenken. Mit diesem Gedanken tauchte sie wieder ab in die Welt ihrer Sinne.

Viel zu bald stand Vera unten an der Haustür. Wie betäubt. So schnell waren zwei Stunden noch nie vergangen. Ihre Haut prickelte. Jede Faser an ihr war wohltuend warm. Sie fühlte sich leicht an und glücklich. Mit Bedauern sah sie das näherkommende Taxi. Gerne hätte sie den Augenblick länger ausgekostet. Innerlich aufseufzend öffnete sie die Beifahrertür, setzte sich in den Ledersitz und roch den künstlichen Duftbaum, der am Innenspiegel hing. Es hat so viel besser gerochen bei Maren.

»Sie sind pünktlich«, überwand sich Vera zu sagen.

»Bin ich immer.« Der Taxifahrer grinste. Eine Seltenheit für Berlin. Seine Hand fuhr über den zentimeterkurzen Bart.

»Zum Flughafen bitte. Tegel. Terminal 4.« Vera lehnte sich zurück. Sie hatte keine Lust auf eine Unterhaltung. Vorbeiziehende Häuserfassaden und Straßen verschwammen vor ihren Augen. Warum in aller Welt würde sie jetzt gerne weinen? Das Bild von Maren, dieser schönen Frau, wie sie ihr nackt gegenüber saß, lächelnd, manifestierte sich in ihrem Geist. Nachdem sie ihr zugeflüstert hatte: »Es ist achtzehn Uhr. Ich sollte die Zeit im Auge behalten, hast du gesagt.« Es war gut gewesen, so sorgsam vorzugehen.

Vera hatte tatsächlich Probleme sich im Hier und Jetzt wieder zu finden. Was war Realität, was war Traum? Sie waren noch eine Weile auf der Matte gesessen, nackt wie sie waren, hatten sich unterhalten. Smalltalk. Als Vera davon ausgehen konnte, für die Welt draußen gerüstet zu sein, war sie aufgestanden, hatte sich angezogen, und Maren hatte sie an die Wohnungstür begleitet. Ein letztes Lächeln und Vera war die Treppen hinuntergeeilt.

Es war ein Erlebnis gewesen, das sie niemals vergessen würde.

Nun saß sie wieder im Taxi.

»Terminal vier?«, fragte der Taxifahrer überflüssigerweise.

»Ja«, gab Vera einsilbig zurück. Zehn Minuten später bezahlte sie, verabschiedete sich, überließ sich widerstrebend dem Inneren des Flughafens mit seinen Lichtern und Lautsprecherdurchsagen, die ungefragt in ihr Bewusstsein eindrangen. Vera suchte ihr Gate, nahm bis zum Aufruf auf einem harten Schalensitz Platz und wünschte sich nur eines: schnell nach Hause zu kommen.

Als die Maschine endlich abhob und der Sitz neben ihr erfreulicherweise frei blieb, hing sie wieder ihren Gedanken nach. Die Lichter über Berlin wurden kleiner, verschwanden. Es verursachte ein merkwürdiges Gefühl in ihr. Abschiedsschmerz konnte es nicht sein. Was war es dann? Vera drückte die Lehne nach hinten, schloss die Augen, entspannte sich.

Es ist ein Segen, dass es Menschen gibt, die so etwas mit einem tun.

Als Vera um 22 Uhr ihre Haustür öffnete, wunderte sie sich, dass gerade mal ein Tag vergangen war. Es hätten auch drei sein können. Gefühlt. Es war so viel mehr geschehen, als in einen einzigen Tag passte. Konnte sie nun mit Gewissheit sagen, dass sie erotisch auf Frauen reagierte? Ja. Konnte sie. Und nicht nur das. Erotisch war zu wenig. Frauen waren in der Lage, bis in ihr Innerstes vorzudringen, an den Fundamenten ihrer Persönlichkeit zu rütteln, sie verletzlich und empfindsam zu machen. Jetzt, wo sie das wusste, konnte sie sich ihre Berührungsängste Frauen gegenüber leicht erklären. Aus diesem Grund hatte nie eine beste Freundin. Aus Angst davor mit ihren wirklichen Sehnsüchten und Bedürfnissen konfrontiert zu werden. Sie wollte schließlich einen Mann heiraten, Kinder bekommen. Aber, tief in sich drin hatte sie hatte es immer gewusst. Sie hatte es gewusst!

Vera stieg die Treppe empor, parkte ihren Trolley achtlos im Flur. Zwei gekaufte Stunden mit einer Frau hatten tiefere Gefühle in ihr ausgelöst, als sie jemals mit einem Mann empfunden hatte. Eine erschütternde Erkenntnis. Vera setzte sich auf ihre Couch, schaltete den Fernseher ein. Sie musste jetzt etwas ganz Alltägliches tun. Der Nachrichtensprecher erzählte die Geschehnisse des heutigen Tages. Bilder gingen vor ihr auf. Das Wenigste davon registrierte sie. Nach einer halben Stunde drückte sie auf den Aus-Knopf ihrer Fernbedienung.

Vera duschte nicht mehr, als sie zu Bett ging. Morgen früh würde ihr Nachthemd nach Marens Massageöl riechen. Mit diesem Gedanken schlief sie lächelnd ein.

Kapitel 12

Es fühlte sich unwirklich an.

Vera erwachte, als der Tag längst angebrochen war. Da sie nie mit geschlossenen Rollos schlief, war ihr Zimmer lichtdurchflutet. Sie blinzelte hinüber zum Radiowecker. Schon halb neun!

War sie gestern tatsächlich in Berlin gewesen? Sie stand auf, fühlte sich anders als sonst, warf einen Blick aus dem Fenster, prüfte, ob sich die Welt um sie herum verändert hatte.

Vera wunderte sich über die Menschen, die an ihrem Haus verbeiliefen. Einige kannte sie zwar inzwischen, aber es war, als käme sie aus einer ganz anderen Welt und würde sich nun neu orientieren und alle neu erkennen. Es schien ihr sogar befremdlich, dass Anni um diese Zeit schon in ihrem Garten arbeitete, obwohl sie wusste, dass die Nachbarin auch dann sehr früh aufstand, wenn sie einmal frei hatte.

Seufzend ließ Vera sich wieder auf ihre Matratze fallen, gähnte und streckte sich ausgiebig. Sie brauchte nicht aufzustehen. Heute war Samstag. Und sie würde heute auch nichts arbeiten. Da war sie sich sicher. Sie zog die Bettdecke über sich.

Ihr Nachthemd roch tatsächlich nach Marens Massageöl. Ihr Kopfkissen auch. Sie genoss es eine Weile, ließ den gestrigen Tag noch einmal

Revue passieren. Er hatte sie ganz schön gestresst, stellte sie im Nachhinein fest. Das war ihr gar nicht bewusst gewesen.

Nach einer halben Stunde stand sie auf, streifte sich ihr Nachthemd über den Kopf, zog das gesamte Bettzeug ab und begab sich nackt mit dem Berg Wäsche im Arm in Richtung Keller. Sie musste ziemlich stopfen, damit es alles in eine Maschine passte. Vera füllte Waschpulver in die Trommel und drückte auf Start. Sofort war das Einschießen von Wasser zu hören. Zufrieden ging sie ins Bad, duschte ausgiebig. Sie hatte ihre Lektion gehabt. Jetzt hieß es, etwas daraus zu machen. Vera schlüpfte in Jeans, karierte Baumwollbluse und zog sich eine Strickjacke über, die sie bei der Arbeit nicht mehr getragen hätte. Aber für einen Tag wie heute war sie wie geschaffen. Auf was hatte sie als Nächstes Lust?

In der Küche stehend wägte sie ab, ob sie Tee oder Kaffee, Brot oder Müsli den Vorzug geben sollte. Sie entschied sich für Kaffee und füllte Wasser für eine ganze Kanne auf, schaufelte ordentlich Pulver hinein, mehr als sonst, und erfreute sich an dem Geruch, der sich augenblicklich ausbreitete.

Dann tat sie etwas Ungewöhnliches. Sie öffnete das Fenster und rief zu ihrer Nachbarin hinüber: »Kaffeepause!«

Als Anni freudig zu ihr hinauf winkte, setzte sie hinzu: »Guten Morgen. Willst du hochkommen und mit mir frühstücken?«

»Jerne, aber ich steh vor Dreck. Komm doch du runter. Hier in meinem Eckchen ist schon richtig schön warm.«

Vera überlegte. Warm war vielleicht etwas übertrieben morgens um zehn, aber die Sonne schien kräftiger als die Tage zuvor. Das überzeugte sie.

»Ich bring eine Kanne Kaffee, Milch und zwei Becher«, schrie Vera zurück.

Anni nickte und verschwand ums Eck. Wahrscheinlich legte sie schon Sitzpolster auf die Gartenstühle. Vera belud ein Tablett, stellte zwei ihrer handgetöpferten bunten Kaffeebecher darauf, aus denen sie heute unbedingt trinken wollte, steckte einen Hausschlüssel ein und verließ ihr Grundstück in Richtung Nachbargarten.

Der Tisch war bereits gedeckt. Teller, Messer, Servietten, ein Korb mit zwei Brötchen, Butter. Vera stellte ihre Becher dazu, goss Kaffee ein, Anni wäre sicher gleich hier.

»Ich habe die Marmelade aus dem Keller holen müssen. Hat nen bisschen jedauert«, entschuldigte sie sich, als sie ums Eck schoss. Ihre Hände waren sauber geschrubbt. »Schön, dass du mal rüberkommst. Ist das erste Mal.«

»Ja. Guten Morgen«, sagte Vera noch einmal und lächelte. »Danke, dass ich dich vom Arbeiten abhalten darf.«

»Ich hätte jetzt sowieso aufgehört, lass mal. Magst du selbstjemachte Marmelade auf dein Brötchen?« Sie dreht das Marmeladenglas so, dass Vera das Etikett lesen konnte. Kiwi-Apfel-Stachelbeere.

Natürlich wollte sie die. »Her damit.«

Anni lachte glücklich.

Beide Frauen saßen in der Sonne, tranken Kaffee, aßen Marmeladebrötchen und fühlten sich wie im Urlaub.

»Auf einem Kreuzfahrtschiff könnte es nicht schöner sein«, bemerkte Vera. Es war herrlich ruhig in Annis Garten. Vera atmete tief ein und fühlte sich rundum wohl.

»Wir hams doch am schönsten«, seufzte Anni und schenkte sich noch Kaffee nach. »Deine Woche war anstrengend, woll?« Ihr besorgter Blick tat Vera gut.

»Ging schon«, winkte sie ab. Den größten Stress hatte sie sich selbst gemacht. Die Angst vor dem Neuem, die Angst vor sich selbst. Gestern war sie weit weg gewesen. Ihr war, als wäre es ewig her. *Session Erde*. Wenn Anni das wüsste!

Als Veras Tasse leer war, schenkte Anni ihr nach. Sie ließ es geschehen. »Gehst du mit in die Stadt?«

»Wo musst du denn hin?«

»Müssen muss ich gar nichts«, feixte Vera, »aber ich würde gerne in den Tattooladen gucken, und alleine habe ich nicht so recht Lust dazu.«

»Du willst dir ein Tattoo stechen lassen?« Annis Stimme klang erfreut, nicht bestürzt.

»Meine Tochter sagt, es sähe nicht gut auf welker Haut aus. Ich möchte aber trotzdem gerne reinschauen.«

»Das ist nicht ihr Ernst, woll?« Annis Augen wurden schmal.

»Doch.« Vera lächelte. Es war schön zu sehen, wie Anni sich darüber ärgerte.

»Dann jehn wir da aber gleich hin.« Anni stand auf. »Wie alt ist deine Tochter eigentlich?«

»Zwanzig.«

Anni kommentierte es nicht weiter, sagte stattdessen: »Ich muss mich noch kurz umziehen.«

Vera fiel nichts ein, was dagegen spräche, gleich aufzubrechen. »Ich auch. Klingelst du, wenn du fertig bist?«

»Klar.«

Rasch räumte jede ihre Sachen auf das dazugehörige Tablett. Auf einmal hatten sie es eilig.

Sie benötigten nicht lange zu Fuß nach Wilzenhausen Downtown, das im Eigentlichen nur aus zwei Straßen bestand. Die Oststraße und die Weststraße. Sie unterschieden sich erst auf einen zweiten Blick. Die Häuser waren überall ähnlich: einfaches schwarzes Fachwerk mit weißem Putz, Fassaden und Dächer aus Schiefer. Treppen, die beidseits zum höher gelegenen Hauseingang führten. Nicht unbedingt behindertenfreundlich für die heutige Zeit. Reihum fanden sich wunderschöne Geschäfte, kleine und mittlere Gewerbebetriebe. Im Prinzip bekam man alles hier:

Mode, Haushaltswaren, Bücher, Kurzwaren, Dekoartikel, Blumen. Vera reichte die Auswahl. Vielleicht stellte sie keine großen Ansprüche. Es gab eine Post, alle Banken, Restaurants, Kneipen, ein kleines Kino, Cafés und eine Eisdiele. Sollte sie je Lust auf Oper, Operette, ganz großes Kino oder sonstige kulturellen Genüsse überkommen, wäre sie in ein bis zwei Stunden in Köln, Bochum, Siegen. Vera war mit ihrer Wahlheimat sehr zufrieden, mindestens so zufrieden wie Anni, die sogar hier geboren war.

Zuerst gingen sie zur Bank, Vera hob Geld ab, dann nahmen sie direkten Kurs auf das Tattoo-Studio.

Nichts, was sie im Schaufenster an Bilder zu sehen bekam, sprach Vera in irgendeiner Form an. Weder die Drachen, noch die nackten Frauen oder gar diese schrecklichen Totenköpfe.

»Das sieht ja alles furchtbar aus«, kommentierte Anni. »Komm, lass uns reingehen.«

Vera zögerte. Bei diesen ausgestellten Bildern war sie sich nicht mehr sicher, ob sie das Innere sehen wollte.

»Nun komm schon. Du hast es dir doch jewünscht.«

Sie ließ sich von Anni an der Hand nehmen und hineinziehen. Angenehme, warme Hände, dachte Vera, denen man nachgeben musste.

Drinnen sah es besser aus. Eine Unmenge an Motiven hing an den Wänden, Ordner mit weiteren Mustern lagen überall aus. Hinter einem Paravent bearbeitete ein Mann mit schwarzen Handschuhen den Arm eines männlichen Kunden, wie Vera unschwer erkennen konnte.

»Sie sehen sich erst mal um?«, fragte er beide Frauen durch die Stoffwand.

»Ja, ja«, antwortete Vera schnell. »Kein Stress. Wir schauen nur.«

Anni hatte bereits einen Ordner aufgeschlagen und blätterte. Was Vera darin sah, gefiel ihr schon wesentlich besser.

»Das wäre doch süß!« Anni zeigte auf einen putzigen Gecko.

»Oh, ja!« Damit konnte sich Vera anfreunden. Genau so etwas hatte sie sich vorgestellt. Einen kleinen Hingucker. Gut platziert. »Die sehen alle gut aus.«

»Wie gefällt dir der?« Anni deutete entzückt auf ein buntes Bild.

Vera sah genauer hin. Ein Schmetterling! Farbig, nicht schwarz-weiß. Flatternd, nicht zielstrebig. Produkt einer Metamorphose, so wie sie selbst. Und so lebensfroh. »Wunderschön«, sagte sie andächtig. Das sollte es sein!

Der Tattoo-Künstler musste sie gehört haben. »Haste was gefunden?«, rief er von hinten.

»Ja, hab ich«, antwortete Vera und störte sich nicht daran, dass er sie duzte.

Einen Augenblick später erschien er höchstpersönlich. Ein großer, bärtiger Mann mit dickem Bauch. Er bewegte sich überraschend anmutig. Vera zeigte auf ihr gewähltes Motiv.

»Das hier?«, fragte er und fuhr sich mit der Hand durch seinen krausen Bart. »Das ist schnell gemacht. Wenn du möchtest, kannste in einer Stunde wiederkommen. Dann bin ich hier fertig.« Sein Kopf deutete hinter den Paravent.

»Wie lange wird das Stechen dauern?«, erkundigte sich Vera.

»Dreiviertel Stunde. Wo möchtest du es denn hinhaben?«

»Weiß ich noch nicht, aber ich werde die nächste Stunde darüber nachdenken«

Der Mann lachte. »Wenn du es bis nachher weißt, reicht das noch.«

Vera wechselte einen kurzen Blick mit Anni. Sie schien mit ihrer Entscheidung zufrieden.

»Bis später!« Beide Frauen verabschiedeten sich und verließen das Geschäft. Kaum traten sie auf den Gehweg, sagte Anni: »Das haste jetzt aber schön rausjesucht.«

»Das würdest du mir auch sagen, wenn ich mich für einen Totenkopf entschieden hätte.« Vera lachte und hakte sich bei ihr unter.

»Ne, ne!«, protestierte Anni. »Bei einem Totenkopf hätte ich dat nie jesagt.«

Vera glaubte ihr kein Wort. Sie flanierten durch den Stadtkern, blieben vor diesem und jenen Schaufenster stehen. Wie zwei alte Freundinnen. Vera fühlte sich ausgesprochen wohl. Als sie an der Eisdiele angekommen waren, entschieden sie sich für eine Pause. Vera bestellte zwei Kugeln Eis mit Sahne und einen Espresso, Anni begnügte sich mit einem Kaffee ohne alles.

»Und, weißt du jetzt, wo du es hinhaben möchtest?«, fragte Anni nach einer Weile.

»Ja, weiß ich.«

»Darf ich dabei sein?«

Vera überlegte kurz. Es sollte in Herzensnähe platziert sein. Zentral. Genau mitten drin. Mit tiefem Ausschnitt würde es zukünftig zu sehen sein. Aber das störte sie nicht. Im Gegenteil. Aber, ob sie wohl ihren BH dazu ausziehen musste? Wahrscheinlich schon.

»Ich glaube, das ist mir zu intim.«

»Ah, verstehe.« Anni fragte nicht weiter, nickte nur.

»Ich zeig es dir, irgendwann. Okay?«, versprach Vera.

Annis braunen Augen blitzten amüsiert. Sie war nicht verletzt. »Dat haste aber jesacht. Da komm ich drauf zurück.«

Es war Zeit. Vera musste los, wenn sie pünktlich sein wollte.

»Sehen wir uns heute noch?«

»Ich sollte dringend Zeit in meinen Haushalt investieren«, gestand Vera wahrheitsgemäß. Sie dachte an ihre Waschmaschine, die seit einiger Zeit fertig war, daran, dass sie sich vorgenommen hatte, dieses Wochenende die Praxis zu putzen. Und ihre Privaträume hatten es genauso nötig. »Was machst du denn Sonntag?«, erkundigte sie sich.

»Da habe ich Besuch von meinem kleinen Neffen. Einmal im Monat haben wir Tante-Annimie-Tag. Weißt du, er ist mein Patenkind und wir mögen uns ganz dicke, wir beide.«

Tante Annimie. Das klang ja nett. Sie konnte sich Anni mit Kindern sehr gut vorstellen. »Na, dann, schönes Wochenende noch! Was habt ihr vor?«

»Hab noch keine Ahnung. Das entscheiden wir immer ganz spontan. Kannst ja zum Tatort rüberkommen, wenn du willst. Bis dahin haben seine Eltern ihn wieder abjeholt«, sagte Anni zum Abschied.

Vera wollte es sich überlegen. Bisher war sie noch nie bei Anni drüben gewesen, sah man von dem Besuch im Garten heute Morgen ab. Warum eigentlich nicht?

Sie schlug den Weg zum Tattoo-Studio ein und musste zugeben, dass sie nervös war. Vielleicht war es ein Fehler gewesen, Annis Begleitung abzulehnen.

Es dauerte wirklich nicht länger als eine knappe Stunde, inklusive dem Ausziehen, Hinlegen und Vorbereiten der Haut. Etwas komisch war ihr schon zumute, sich vor diesem fremden Mann zu entblößen, aber für ihn war das bestimmt Routine, und er ging sehr entspannt mit der Situation um. Es tat weh. Zumindest am Anfang, bis sie sich daran gewöhnt hatte. Wahrscheinlich war das Dekolleté empfindlicher als andere Körperstellen.

Dann sah sie sich im Spiegel an. Es war fantastisch geworden! Beschwingt verließ sie das Studio. Es war richtig gewesen, hierherzukommen. So richtig, wie zu Maren zu gehen. Schön, wenn man die passenden Entscheidungen traf. So wie es aussah, gelang ihr das in ihrer zweiten Lebenshälfte bedeutend besser als in der ersten.

Gedankenverloren ging sie nach Hause. Alles hatte damit angefangen, als sie dieses Haus im Sauerland gekauft hatte, um sich endlich ihren größten Wunsch zu erfüllen. Und dann? Dann hatte sie die frauenliebende Frau in sich entdeckt, zu der sie bisher keinen Zugang gefunden hatte.

Und jetzt flatterte auch noch der schönste Schmetterling der Welt auf ihrer Haut.

Das Gartentor begrüßte sie mit freundlichem Quietschen. *Ich bin Zuhause!* Mit keinem anderen Platz auf der Welt hätte sie tauschen mögen.

Abends saß sie auf ihrem Kissen vor dem Kaminofen, auf dem Frauke gelümmelt hatte, bevor sie die Halteübung mit ihr machte. Vera dachte nach über Frauke, über Maren. Der Besuch bei der Sexarbeiterin hatte ihr in kurzer Zeit essenzielle Fragen beantwortet.

Gewiss war alles an Berührung, was sie jemals in ihrem Leben erfahren hatte, nichts gewesen im Vergleich zu dieser Session. Oder zumindest das, wovon sie angenommen hatte, es sei Berührung gewesen. Woran lag das? Sie hatte sich bewusst geöffnet. Das war es. Sie hatte auf

Empfang geschalten, hatte sich berühren lassen von jemandem, der in der Lage war, ihre Seele tatsächlich zu ertasten – von einer Frau.

Mit klopfendem Herzen ließ Vera ihren Blick über den Abendhimmel schweifen.

Ich kann fühlen, dachte sie glücklich. Ich kann mich bis in mein tiefstes Inneres erschüttern lassen. Ich bin nicht nur ein Kopfmensch, nicht nur distanzierte Therapeutin. Gute Göttin! Ich bin eine Frau mit der Fähigkeit, tief und sensibel zu empfinden. Vielleicht sogar sehr sensibel. Wäre ich doch in der Lage, mich auf eine Beziehung einlassen, wenn ich es wollte? Sicher wäre ich zu mehr fähig, als zu diesem Arrangement, das ich Ehe nannte. Doch ich wollte es selbst so. Damals. Es war nicht die Schuld meines Mannes. Ich war nicht zu mehr fähig. Verzeih mir, Andreas. Verzeih mir!

Wieder empfand Vera aufrichtiges Bedauern und Schuld. Das hatte sie nicht gewollt, aber sie hatte es damals nicht besser gewusst. Das war ihr Thema. Sie wollte daran arbeiten. In nächster Zeit.

Und dann?

Gedankenverloren schritt Vera zum Bücherregal, wählte eine Lektüre aus, die sie mit in ihr Schlafzimmer nahm. Sie musste auf andere Gedanken kommen. Plötzlich lächelte sie. Der Tag, an dem sie wieder mehr als nur ein Buch mit in ihr Schlafzimmer nähme, würde kommen. Da war sie sich sicher.

Kapitel 13

»Kommt rein.« Gerd trat zur Seite und ließ beide Frauen ein, die zeitgleich ankamen. Veras Arbeitswoche war intensiv gewesen, Fraukes nicht weniger. Nun freuten sie sich auf einen Austausch in lockerer Kollegenrunde. Die Männer waren bereits alle da, wie Gerd sofort erwähnte. »Wir warten nur auf euch.«

Sie legten ab, begrüßten einander herzlich, nahmen Platz. Da fragte Bertram auch schon: »Wer von euch hat denn heute was vorzutragen?«

»Ich hätte einen Fall.« Das war Frauke.

»Ich auch«, sagte Vera.

»Ich hätte sogar zwei«, meinte Heiner, »aber ich werde mich natürlich auf einen beschränken.« Er lächelte, und Vera war sich nicht sicher, ob seine Bemerkung als Witz gemeint war oder nicht.

»Dann machen wir Frauke als erstes, dann Vera, dann einen Fall von Heiner«, resümierte Bertram, »Gerd, was ist mit dir?«

»Ich habe nichts. Ich beschränke mich heute aufs Zuhören.«

»Gut, dann würde ich gerne noch einen Fall einbringen, wenn es die Zeit zulässt«, sagte Bertram.

»Also fang ich an«, begann Frauke und stellte der Runde eine fünfundzwanzigjährige Patientin vor, mit der sie nicht recht weiterkam. Sie braucht die Meinung ihrer Kollegen. Fast eine dreiviertel Stunde verging, bis alle Kollegen den Fall in seiner ganzen Komplexität verstanden hatten und reflektierten, wie sie vorgehen würden. Dieses Vorgehen war ungeheuer hilfreich, zeigte es doch Wege auf, an die man nie gedacht hatte, da man aufgrund des langen Patientenkontakts bereits betriebsblind geworden war. In der Runde mit den anderen war die Reflexion immer wieder ein befruchtendes Erlebnis, was durchaus mit viel Humor einhergehen konnte. Es tat einfach gut! Nach Frauke schilderte Vera ihren Fall, der weniger verschachtelt war und zügig bearbeitet wurde. Heiners Fall dauerte auch nicht länger als eine halbe Stunde, dann waren sie durch. Mit prüfendem Blick auf die Uhr sagte Bertram: »Mein Fall ist nicht so wichtig. Ich meine, wir kommen jetzt zum gemütlichen Teil!«

»Kann man dir was helfen?«, fragte Heiner den Gastgeber.

Dann waren alle drei Männer in der Küche verschwunden.

»Hast du eine Therapeutin gefunden?«, flüsterte Frauke, obwohl es nicht nötig gewesen wäre. Sie waren alleine im Raum. Vera benötigte einige Zeit, um zu antworten.

Nein, Vera hatte nach keiner Therapeutin gesucht. Aber so deutlich wollte sie Frauke das nicht sagen. Es war noch zu früh dazu.

»Ich habe eine Frau gefunden, ja.« Diese Formulierung war wenigstens nicht gelogen.

»Warst du schon einmal bei ihr?«

»Ja.«

»Und? Wie war es?«

»Umwerfend«, sagte Vera vollkommen ehrlich.

Fraukes Augen weiteten sich erfreut. »Schön«, entfuhr es ihr verblüfft.

Beide Frauen betrachteten sich aufmerksam. Gefühlt recht lange, bis Vera ihre Augenbraue in die Höhe zog und grinste. »Du hast wunderschöne Augen, Frauke. Habe ich dir das schon einmal gesagt?«

»Nein, bisher noch nicht«, wunderte sich ihre Kollegin, denn diese Information war nicht das, was sie von Vera erwartet hätte. Dann siegte ihr Lächeln. »Was ist passiert?«

»Nichts«, log Vera. Frauke begriff, dass sie nicht darüber reden wollte. Sie nickte anerkennend. Wahrscheinlich zollte sie gerade einer imaginären Kollegin Respekt, die durch eine einzige Sitzung eine solche Veränderung bei Vera erwirkt hatte.

Vera entschied, sie in diesem Glauben zu lassen. Es war so gesehen auch nicht falsch. Nur war es keine Therapeutin gewesen. Oder vielleicht doch? Maren war mit Sicherheit etwas wie eine Therapeutin. Eben eine mit sehr praktischem Ansatz.

Die Männer kehrten aus der Küche zurück.

»Voilà!«, strahlte Gerd. »Mein erstes selbst gemachtes Tiramisu. Ich bin richtig gespannt, wie es geworden ist.«

»Das wird immer mehr zur Schlemmerorgie, unser Treffen!«, Bertrams Tonfall klang schwärmerisch. Er fasste sich demonstrativ an seinen Bauch. »Jetzt keine Angst vor Kalorien«, ermahnte er sich, »jetzt heißt es tapfer sein!« Mit diesen Worten belud er sein Schälchen und zog sich mit der Beute in einen Sessel zurück, um von dort aus den anderen großzügig anzubieten. »Langt ruhig zu, es ist genug für alle da.« Dann fasste er sich demonstrativ an die Stirn und lachte. »Ach, Gerd! Du bist doch heute der Gastgeber. Wie konnte ich das vergessen! Ah, ich hoffe, du verzeihst mir.« Er setzte wieder diesen Blick auf, für den Vera ihn liebte.

Gerd schöpfte allen anderen eine Portion in ein Glasschälchen.

»Die Konsistenz ist genau richtig«, lobte Vera. Dann hörte sie auch schon die Stimme aus dem Sessel: »Göttlich!«

Es war wirklich gelungen. Nicht zu flüssig, nicht zu fest. Perfekt durchgezogen, dieser ausgewogene Geschmack von Kaffee und Amaretto. Gerd sagte, er habe sich lediglich an das Rezept gehalten. Dann sei das kein Problem. Diese schlichte Art passte zu ihm, dachte Vera. Wie das ganze Ambiente. Geradlinig, überschaubar. Für Vera war es zu viel an Glas und Stein. Außerdem fehlte es ihr an Büchern, Bildern, Teppichen.

Als Frauke aufstand, um sich zu verabschieden, nahm sie die Gelegenheit wahr und schloss sich ihr an.

Sie sehnte sich nach ihrem gemütlichen Zuhause.

»Sehen wir uns mal auf einen Kaffee?«, fragte Frauke auf dem Weg zum Auto.

»Ja, gerne.« Vera fischte den Autoschlüssel aus ihrer Handtasche. »Mailst du mir, wann du Zeit hast?« Dann stieg sie ein, startete und winkte ihrer Kollegin zum Abschied zu.

Sie registrierte nicht, wie Frauke noch einen Augenblick stehenblieb und ihr nachdenklich hinterher sah.

Fraukes E-Mail traf am nächsten Tag ein. Ihre Kollegin hatte ihr zwei Termine für die nächste Woche am Abend genannt, nachdem sie alle Gespräche des Tages absolviert hätten. Für Kaffee zu spät. Es könnte auch ein Glas Bier nach Feierabend sein, schlug Frauke vor. Das hörte sich gut an. Vera schrieb zurück und schließlich verabredeten sie sich für nächsten Freitagabend. Das wäre ein schöner Einstieg ins Wochenende. Nur, was sollte sie dieses Wochenende anstellen?

Samstag arbeiten. Sonntag wandern. Klar. Aber wohin? Rasch nahm sie sich ihren Wanderführer vor. Liebäugelte mit dem Kahlen Asten-Steig und dem Wisentpfad, um sich am Sonntag dann doch für etwas anders zu entscheiden.

Als Proviant packte sich Vera Sonntagfrüh eine Stulle und eine kleine Thermoskanne mit Tee in den Rucksack und eine Tafel Schokolade. Damit war sie gewappnet. Vera schloss die Haustür hinter sich ab, öffnete die Garage, um ihr Auto herauszuparken. Als sie das Tor wieder nach unten drückte und abschloss, hörte sie eine Stimme hinter sich.

»Oh, du gehst weg?«

Ihre Nachbarin. Vera drehte sich um.

»Hallo, Anni! Schön dich zu sehen.« Es war keine Höflichkeitsfloskel. »Bist du auch unterwegs?« Was für eine überflüssige Frage. Aber es war nun mal ein gängiger Gesprächseinstieg hierzulande.

»Ich wollte gerade ein bisschen raus.« Vera entging nicht ihr aufmerksamer Blick. Es war für Anni nicht schwer zu erkennen, dass sie jetzt wandern gehen würde.

»Möchtest du mitkommen? Ich wollte Richtung Schanze starten, dann Jagdhaus und zurück über Kühude.« *Warum mache ich das?*, fragte sich Vera. Sie hatte, noch während sie sprach, ihre geplante Wanderung um die Hälfte reduziert. So betrug die Strecke gerade mal zehn Kilometer.

»Würdest du wirklich auf mich warten?«, fragte Anni, deren Augen für einen kurzen Augenblick erfreut aufblitzten. »Ich möchte dich aber zu nichts nötigen … nicht, dass du wegen mir immer langsam tun musst …«

»Ich warte auch nur fünf Minuten. Wenn du dann nicht startklar bist, gehe ich los.« Veras Tonfall war trocken. Sie war gespannt, wie Anni darauf reagieren würde.

»Oh!«, machte Anni. Dann drehte sie auf dem Absatz um. »Ich beeil mich!«, rief sie freudig über ihre Schulter hinweg. Dann war sie auch schon fast im Haus verschwunden. Vera lächelte. Anni war so herrlich unkompliziert.

Es dauerte nicht lange, und als Anni wieder auf der Bildfläche erschien, war sie außer Atem. Vera bekam fast ein schlechtes Gewissen.

Ihre Nachbarin trug jetzt Jeans, eine feste Jacke und gute Stiefel an den Füßen. Auf einen Rucksack hatte sie heute verzichtet. Vermutlich aufgrund der Eile. Sie würden irgendwo einkehren, nahm sich Vera vor.

»Phuh! Es kann losgehen«, sagte Anni, als sie sich neben Vera auf den Beifahrersitz fallen ließ.

»Es war nur ein Witz mit den fünf Minuten. Ich hatte gehofft, du kennst mich schon gut genug, um das zu merken.«

»Echt? Na, ja. Sicher ist sicher, hab ich mir jedacht. Beeilste dich mal lieber.«

»Du hast keine Wanderstöcke?«

Anni sah sie betreten an.

Gut, dann lass ich meine im Auto.

»Nein. Aber ich kauf mir welche. Wollte ich sowieso. Das nächste Mal habe ich bestimmt …«

»Ja, mach mal. Ich berate dich gerne. Kann es losgehen?« Vera lächelte ihre Nachbarin an.

»Ja!«

»Na, dann. Los geht's!« Vera gab temperamentvoll Gas und schlug den Weg Richtung Schanze ein. Nach einem knappen Seitenblick fragte sie: »Kann das sein, dass du schon wieder abgenommen hast?«

»Dass du das bemerkst!«, rief Anni so begeistert, dass Vera fast zusammenzuckte. »Ja! Nochmals drei Kilo wech. Einfach mehr Bewegung und weniger essen. Also keine Chips und Pralinen mehr abends vor dem Fernseher. Frühstück, Mittagessen und Abendbrot esse ich janz normal. Obwohl, ich esse jetzt mehr Vollkornbrot, also unser Dinkelvollkorn. Süße Teilchen habe ich jestrichen, alles mit hellem Mehl auch. Haste die Dinkelvollkornstangen probiert?« Sie warf Vera einen fragenden Blick zu. »Die sind richtig lecker, so fluffig und mächtig. An denen is was dran …« Und dann tauchte Anni noch weiter ein in das Thema Teig und seine Konsistenz, verglich die Dinkelvollkornstange mit dem Dinkelvollkornbrot und verurteilte die Beschaffenheit und die Inhaltsstoffe der ebenfalls im Sortiment befindlichen Croissants, Toastbrote und Milchbrötchen.

Vera lauschte ihrer Stimme, fuhr gemächlich die Serpentinen hoch nach Schanze und war sich auf einmal sicher, dass dies ein wunderschöner Tag werden würde. Oben angekommen schlug sie die Karte auf, legte sie auf ihre Motorhaube und zeigte Anni die Strecke, die sie geplant hatte.

Sie fanden auch ein nettes Restaurant zum Einkehren. Beziehungsweise Anni hatte freudig mit ihren kurzen, wuseligen Fingern darauf gezeigt. »Und hier zahle ich dir nen Kaffee, woll?«

»Kannste machen. Aber jetzt erst mal los.« Sie nahm Anni für einen kurzen Moment an der Hand und zog sie hinter sich her. Anni quittierte es mit einem ausgelassenen Aufschrei und dann schritten sie nebeneinander her über Schotter, Waldwege, Bäche und Wiesen. Das Wetter war weitgehend freundlich und die Frauen genossen das Eintauchen in Mutter Natur. Sie unterhielten sich zeitweise, aber Vera stellte anerkennend fest, dass man mit Anni auch schweigen konnte. Sie musste nicht mehr ständig etwas sagen. Mittlerweile schien sie sicher genug, Stille auszuhalten und sich für einen Augenblick ganz der Betrachtung der Natur oder eines von Menschenhand geschaffenen Kunstwerk hinzugeben.

Nach sieben Kilometern pausierten sie in der Holzhütte, die Anni auf der Karte entdeckt hatte. Sie entschieden sich, draußen zu sitzen. Die Sonnenstrahlen waren kräftig genug, um einen Kaffee im Freien riskieren zu können. Falls es zu kühl werden sollte, lagen Decken bereit, in die man sich einkuscheln konnte.

»Nimm schon mal Platz. Ich hol dir was«, sagte Anni.

»Nicht nötig. Man wird hier bedient. Oder willst du dich unbedingt noch mehr bewegen?«

Anni lachte. »Natürlich. Ich bin noch nicht ausgelastet. Du schonst mich ja immer.«

»Tu ich das?«

»Du weißt, was ich es meine. Du würdest alleine schneller und weiter gehen, stimmt's?«

Vera lachte.

»Du könntest doppelt so weit gehen, wenn du mich nicht im Schlepptau hättest. Sei ehrlich!«

»Ja, stimmt«, gestand Vera. »Aber es würde mir nur halb so viel Spaß machen.«

Anni wusste einen Augenblick lang nicht, was sie darauf antworten sollte, und als sie endlich Luft für eine Erwiderung holte, kam die Bedienung. »Sie wünschen?«

»Ein Kännchen Kaffee bitte und eine Waffel mit Kirschen und Sahne«, bestellte Vera. »Die Waffeln sind super, hier«, stellte sie gedankenlos fest.

»Einen Cappuccino und ein großes Mineralwasser, bitte.«

Die Bedienung dankte und ging.

»Du isst nichts?«, fragte Vera in einem Anflug von schlechtem Gewissen und erinnerte sich an die Diät, die ihre Nachbarin sich auferlegt hatte.

»Nein.« Anni schaffte es zu grinsen. »Ich nehme ab, falls du das schon vergessen haben solltest.«

»Isst du heute nichts mehr?«

»Doch, ein Vollkornbrot am Abend.« Sie schaute auf die Uhr. »In genau zweieinhalb Stunden. Vorher gibt es nix.«

Vera bewunderte Annis Konsequenz und ihre gute Laune dabei. Zum ersten Mal hegte sie den Verdacht, dass die Persönlichkeit ihrer Nachbarin doch um einiges stärker war, als sie anfangs angenommen hatte.

»Stört es dich, wenn ich …«

»Ne, iss du mal fleißig. Du kannst es vertragen. Du hast trotzdem eine Topfigur.«

»Das hast du mir auf dem Schützenfest schon gesagt. So langsam werde ich eingebildet.«

»Das hab ich dir gesagt? Oh, kannste mal sehen. War ich wohl angetrunken. Kann ich mich gar nicht mehr daran erinnern. Du warst schon immer so sportlich, oder?«

»Ich habe mich immer gerne draußen bewegt.«

»Ich tät was drum geben, wenn ich einen Tag so aussehen würde wie du. Dein Mann muss ein Idiot gewesen sein, so eine Frau gehen zu lassen.«

Vera hielt inne. Sie brauchte einen Augenblick, um sich daran zu erinnern, dass sie Anni einmal erzählt hatte, mit dem Vater ihrer Kinder nicht mehr zusammen zu sein. Jetzt wusste sie nicht, was sie darauf sagen sollte.

»Oh, entschuldige. Falsches Thema«, bemerkte Anni, die aufmerksam ihr Gesicht beobachtet hatte.

Vera winkte ab. »Es ist lange her.« Sie trank einen Schluck Kaffee, setzte die Tasse wieder ab. »Und komm mir jetzt nicht mit so was wie: Eine Frau wie du ...« Das hatten Veras Kollegen schon von sich gegeben. Das reichte. Es hatte seine Gründe, warum sie das Alleinsein bevorzugte. Und sie war dabei, sich über alle Gründe bewusst zu werden.

»Das wollte ich eigentlich gerade sagen ...«

»Verkneif es dir.«

»Bin ich dir zu nahegetreten?«, fragte Anni ernst.

»Nein«, beruhigte sie Vera. Sie atmete betont aus, als sie weiterredete. »Ich bin seit fünfzehn Jahren geschieden und eine weitere Beziehung kam für mich nicht in Frage. So, jetzt weißt du es.«

»Oh«, Anni war betroffen. »Hast du ihn so geliebt, deinen Mann?«

»Nein. Ich hatte so die Nase voll. Ich wollte einfach nicht mehr. Er war ein Narzisst, weißt du?«

»Ein Narzisst? Was ist das?«

»Ein Mensch, der nur ums sich selbst kreist, der nicht in der Lage ist, sich in andere hineinzuversetzen.«

»Hast du das vorher nicht gemerkt? Du bist doch Psychologin.«

»Doch, ich wusste es schon vorher.« *Mein Bewusstsein hatte es vielleicht verdrängt, aber ich hatte es gewusst.*

»Warum hast du ihn dann geheiratet?«

»Das ist eine Frage, die ich mir in den letzten Wochen selbst unzählige Male gestellt habe. Ich schätze mal, es war die Garantie dafür, dass dieser Mann von mir nie etwas einfordern würde, was ich ihm gar nicht geben konnte. Dazu war er viel zu sehr mit sich selbst beschäftigt.« Es fiel ihr irritierend leicht, Anni von ihren intimsten Gedanken zu erzählen. Lag es an ihrer unbekümmerten, einfachen Art?

Anni schüttelte den Kopf. »Verstehen muss ich das jetzt nicht, oder? Dat is ja höhere Psychologie.«

»Musst du nicht. Ich verstehe es selbst kaum«, gab Vera zu. »Und ich habe Psychologie studiert.«

Sie sahen sich an und schwiegen. Nach einer Weile meinte Anni: »Weißte was? Da trinken wir jetzt einen drauf. Auf dass wir uns selbst jeden Tag ein bisschen besser begreifen, woll?« Sie sagte das sehr förmlich, winkte der Bedienung. »Bringen Sie uns noch zwei *Kahle Asten*?« Dann erst erkundigte sie sich: »Oder hättest du etwas anderes gewollt?«

»Nö. *Kahler Asten* ist eine wunderbare Sache.« Sie tauschten einen einvernehmlichen Blick.

Sie warteten, bis der Kräuterlikör kam, prosteten sich zu und leerten ihre Gläser auf einen Zug. Er brannte ein klein wenig auf dem Weg in den Magen, und Vera verzog ihr Gesicht.

Anni begann als Erste zu reden. »Aber immer alleine sein macht auch keinen Spaß.«

Vera stutzte. »Du wohnst doch auch allein.«

»Stimmt. Aber nur notgedrungen. Eigentlich hätte ich gerne jemanden, den ich umsorgen könnte.« Ihre Stimme nahm einen sehnsüchtigen Klang an. Es war ein Hauch von aufgesetzter Theatralik dabei. Sie lächelte verschmitzt. Wie Bertram, dachte Vera. Charmant.

»Diese zusätzlichen Kalorien gleiche ich morgen wieder aus«, bemerkte Anni mit Blick auf ihr leeres Likörglas.

»Musst du das? Du hast dich heute auch viel bewegt. Das verbrennt doch auch mehr.«

Anni zog zu Veras Verblüffung einen Schrittzähler aus der Tasche, drückte einen Knopf und war begeistert. »Stimmt! Fast doppelt so viele Schritte wie gefordert. Da kann ich den Kurzen auch so durchgehen lassen. Weißt du, mit jedem Kilo, dass ich verliere, gewinne ich ein besseres Körpergefühl. Ich kann mich jetzt schon viel einfacher bewegen. Das ist so toll!«

»Ja, glaub ich dir.« Vera stellte sich Annis Körpergefühl so ähnlich vor wie eine Schwangerschaft im neunten Monat. Der Bauch war ihr damals immer sehr im Weg gewesen. Das Zuschnüren ihrer Schuhe kaum mehr möglich. Nach der Entbindung hatte sie nach vier Wochen wieder ihr Ausgangsgewicht erreicht. Wie musste es sich anfühlen, jahrelang so ein Gewicht mit sich herumzuschleppen? Umso bemerkenswerter, nach so langer Zeit den Drang zu entdecken, sein Leben umzustellen, sich gesünder zu ernähren, sich zu bewegen.

»Ich bewundere deine Konsequenz, Anni. Das ist beeindruckend, wie du deine Vorsätze angehst.«

»Ja, nicht?«, lachte Anni, »wenn ich mir erst mal was vorjenommen habe, dann wird das schon was werden. Jehn wir weiter?«

Vera wollte schon zahlen, als Anni sie daran erinnerte, heute dürfe sie einen ausgeben.

»Danke dir!«, sagte Vera höflich, die sich immer ein wenig unwohl fühlte, wenn sie von jemandem eingeladen wurde. Auch darüber müsste sie sich gelegentlich einmal Gedanken machen, nahm sie sich vor.

Sie suchten ihre Sachen zusammen, erhoben sich.

Anni schritt bereits voraus. »Kommst du?«

Vera war noch dabei, den Bauchgurt ihres Rucksacks zu schließen. Eilig hastete sie hinterher. »Du hast dir mittlerweile ein ganz schönes Tempo zurechtgelegt.« Es stimmte. Anni bewegte sich bereits wesentlich agiler als beim ersten Wandern. Anni strahlte über ihre Bemerkung.

Viel zu schnell hatten sie die restlichen drei Kilometer hinter sich gebracht und standen wieder an Veras Auto.

»Willste noch auf einen Tee zu mir kommen?«, fragte Anni, als sie wieder zuhause waren.

»Ich glaube nicht, ich sollte noch einen Bericht zu Ende bringen.«

»Ja, mach mal. Falls du keinen Bock mehr hast, kommste rüber, zum Tatort.«

Vera lachte. Das war nun bestimmt schon die dritte Einladung. Vielleicht kam sie diesmal darauf zurück. Sie fuhr das Auto in die Garage.

»War schön. Vielen Dank fürs Mitnehmen. Ich jenieß es immer wieder mit dir.«

»Ich auch.«

Anni winkte noch einmal rüber zum Abschied, bevor sie ihre Haustür aufschloss.

Kapitel 14

Eben, als Vera sich dazu überwinden wollte, ins Büro hinunterzugehen und ihren Computer hochzufahren, erklang das Skype-Signal an ihrem Laptoplautsprecher. Dankbar für die Verzögerung klickte sie auf *Hörer abnehmen*.

»Mutschi, hallo!«

»Hey, mein Schatz!«

»Weißt du, dass ich in drei Wochen um diese Zeit auf dem Heimflug bin?«

Tja, jede Weltreise geht zu Ende. Auch die Beinahe-Weltreise. Schön, ihre Tochter wieder mehr in ihrer Nähe zu wissen.

»Mich freut das natürlich. Und was ist mit dir? Hast du gar kein Heimweh?«

»Ne, eigentlich nicht. Obwohl …«, sie überlegte, »die ein oder andere Freundin würde ich gerne mal wieder sehen bei uns, aber so … nein. Ich bliebe auch gerne, damit hätte ich kein Problem. Die sind alle so furchtbar nett hier, so entspannt, viel freundlicher als bei uns.«

»Das hast du schon mal gesagt«, kommentierte Vera trocken. »Es kommt immer darauf an, welche Ziele man sich selbst im Leben steckt, welche Freunde du dir aussuchst …«

»Ich suche alle meine zukünftigen Freunde in Wilzenhausen«, lachte Marie, »weil die genauso entspannt drauf sind. Ich weiß.«

»Blöde.«

Marie kicherte. »Ich muss dir was zeigen! Habe ich mir heute Morgen machen lassen.« Marie zerrte an ihrem Pullover. Ein Tattoo! Vera wusste es, bevor sie es sah. Ihre Tochter und sie waren sich manchmal beängstigend ähnlich. Und tatsächlich. Marie warf ihren Pulli achtlos zur Seite, drehte sich in die Kamera und Vera konnte an ihrem linken Oberarm ein Tattoo erkennen. Einen Gecko! Einfarbig. Die Haut darum herum noch gerötet.

»Boah!«, machte Vera. »Das sieht ja toll aus. Wirklich gelungen!«

»Nicht wahr? Ich bin auch ganz glücklich.« Marie strahlte übers ganze Gesicht.

Vera überlegte kurz. *Soll ich, oder soll ich nicht?* Dann entschied sie sich dafür.

»Möchtest du meines auch sehen?«

»Was?«

»Ob du meines auch sehen möchtest. Ich war auch im Tattoo-Studio …«

»Du hast dir ein Tattoo stechen lassen?«, fragte Marie entsetzt.

Vera zog mit einer nachlässigen Geste ihren Ausschnitt tiefer. »Hier ist es.« Ein bunter Schmetterling, ohne jegliche Rötung, bereits gut abgeheilt.

Marie schwieg eine Weile. Dann kam sie näher an die Kamera. »Gut«, sagte sie gedehnt. »Das sieht gar nicht schlecht aus. Hat es dir wehgetan?«

»Ja.«

»Mir auch.«

»Denk ich mir.« Sie sahen sich an.

»Hätte ich nicht gedacht, dass du es tatsächlich machst«, gestand Marie.

»Nur, weil du mir davon abgeraten hast?«

Marie schwieg. Vera auch. Aber sie war gewiss, dass Marie ihren Bruder innerhalb kürzester Zeit darüber informierte. *Stell dir vor, unsere Mum hat sich ein Tattoo machen lassen! Wie findest du das denn?* Vera hörte bereits deutlich ihre Stimme.

»Klappt das mit dem Zimmer im Studentenwohnheim?« Sie wechselte bewusst das Thema.

Marie brauchte eine Sekunde, um darauf einzusteigen. »Ja. Ja, das klappt«, sagte sie dann. »Eines im vierten Stock mit Balkon und Fußbodenheizung. Ist ganz neu gebaut. Dafür auch nicht ganz billig.«

»Hauptsache, du hast eines.« Wenn das Bafög dafür nicht ausreichte, übernähme Vera die Miete. So war es ausgemacht.

»Ich freu mich darauf, dass du bald wieder in Deutschland bist«, gestand sie ihrer Tochter. »Für mich war es lange genug und ehrlich gesagt, hatte ich immer ein bisschen Angst.«

»Ach was? Ist das normal?« Marie lächelte schief.

»Muss ich meine Kollegen fragen«, grinste Vera zurück. Dann erzählte sie von den Kollegen, beschrieb ihren Arbeitsalltag in letzter Zeit. Marie erzählte von der Tätigkeit auf der Farm mit Vieh- und Landwirtschaft. Sie lachten und blödelten zusammen und Vera hatte den Eindruck, dass sie die Sache mit dem Tattoo doch gut weggesteckt hatte.

Marie verabschiedete sich bald, versprach, sich nächste Woche wieder zu melden.

Und dann noch einmal skypen und noch einmal, dann wäre ihre Tochter zuhause. Schön.

Zufrieden stand sie vom Sofa auf, sah auf die Uhr. Es lohnte sich nicht mehr, mit dem Bericht anzufangen. Außerdem war sie in so feierlicher Stimmung, dass sie ihn ohne schlechtes Gewissen auf die kommende Woche verschob. Sie würde jetzt bei Anni anrufen und nachfragen, ob das ihr Ernst war mit dem Tatort. Heute käme das Münsteraner Team. Die beiden wollte sie sich auf keinen Fall entgehen lassen.

»Mach schnell hinne. Nachrichten haben jerade anjefangen.« Anni öffnete ihr die Haustür sperrangelweit und trat zur Seite.

Vera betrat einen weiß gefliesten Flur, der durch einen bunten Flickenteppich eine fröhliche Stimmung ausstrahlte. Sie brauchte nichts abzulegen, sie war ohne Jacke gekommen. Anni ging voran, öffnete die Wohnzimmertür, die einen Klarglaseinsatz hatte, auf dem zwei Window-Color Bilder klebten.

»Habt ihr die am Tante-Annimie-Tag gemacht?«, erkundigte sich Vera.

Anni verstand ihre Frage nicht gleich. Erst, als sie mit der Hand auf die Bilder deutete.

»Ne, ne. Die sind alt. Letztes Mal haben wir Figuren aus Pappmaschee gefertigt. Die trocknen noch, und das nächste Mal bemalen wir sie.« Ein Stapel alter Zeitungen lag auf der Eckbank, darauf standen verschiedene Tierfiguren.

»Oh, zeig mal.« Vera fasste sie vorsichtig an.

»Die sind ja richtig authentisch. Wie alt ist dein Neffe?«

»Sieben.«

»Hat er Talent oder hast du ihm geholfen?«

»Beides«, grinste Anni. Sie nahm eine Figur vorsichtig auf ihre Hand. »Das ist ein Tiger.«

»Hätte ich auch so erkannt.«

»Klasse geworden. Woll? Machste was trinken? Bierchen oder nen Wein?«

»Rotwein, wenn du hast.« Veras Blick fiel auf eine aufgeschlagene Zeitung. *Köln. Vergnügungssteuer für Tantra-Massage* las sie die fett gedruckte Überschrift.

»Jerne. Trink ich ein Gläschen mit.« Anni öffnete die Flasche mit Glaskorken und füllte zwei Römerkelche gut voll.

»Ich kann dir leider keine Erdnüsse oder Chips anbieten. Ich habe so etwas nicht mehr im Haus. Wenn du Hunger hast, mach ich dir aber gerne ein Brot. Ich habe noch Dinkelstangen da.«

»Danke, nein. Keine Umstände.« Dann waren Nachrichten vorbei und die Tatortmelodie erklang. Rasch nahmen sie Platz auf dem Sofa, blickten gebannt auf den Fernseher. Gemütlich hatte es Anni. Nicht so durchgestylt wie bei ihr. Einfacher vielleicht. Aber sauber, heimelig und warm. Anni warf ihr eine Fleecedecke zu, dann nahm sie ihr Glas und sie stießen miteinander an.

»Schön, dass du endlich mal da bist. Ich guck jeden Sonntag den Tatort, aber die Münsteraner, die sind mir die Liebsten.«

»Ja, die sind herrlich, die beiden.«

Es wurde ein toller Tatort. Ein ganz besonderes Erlebnis, wenn man zu zweit mitfiebern konnte, auf dem Sofa lümmelnd. Anni erschrak ab und zu, konnte nicht mehr hinsehen. Vera erzählte ihr dann, was sie sah, lachte darüber. Mit Anni fühlte sich sogar der Tatort unbeschwerter an. Um elf Uhr verabschiedete sich Vera, bedankte sich für den ausgesprochen reizenden Abend. Zeit ins Bett zu gehen. Morgen hatte sie sieben Patienten auf dem Plan stehen.

Ich möchte es wieder tun.

Der Wunsch war plötzlich da, als Vera Montagmorgen aufwachte. Jetzt noch einmal in Berlin sein, in Marens Studio. Noch einmal die Hände einer Frau auf ihrer Haut spüren können. Und bestimmt hätte sie jetzt weniger Angst. Vera war davon überzeugt, dass sie nun mit körperlicher Nähe viel besser umgehen konnte.

Sie seufzte. Der Aufwand war zu groß. Abgesehen davon bekäme sie bei Maren keinen so kurzfristigen Termin. Gab es eine naheliegende Lösung? Was war mit Köln?

Vera saß zu ihrer Telefonzeit vorm Computer im Therapiezimmer, gab die Stichworte „Tantra-Massage" und „Köln" ein und überflog die Ergebnisse. Da konnte man durchaus fündig werden. Tantra schien im Trend zu liegen. Vera klickte auf einen Anbieter, klickte auf das Team und scrollte sich durch die verschiedenen Profile der Masseure und Masseurinnen. Ein Mann kam nicht in Frage. Die Frauen sprachen sie nicht unbedingt an. Bis auf eine mit einer völlig natürlichen Ausstrahlung. Ihr Blick war sanft und freundlich. Angela. Die, entschied Vera. Dann klickte sie auf Kontakt aufnehmen, schrieb ihre terminlichen Wünsche. Dieses Wochenende. Ein Termin während der Woche ging einfach nicht, dazu war ihre Praxis bereits zu voll.

Die Antwort traf erst am späten Abend ein. Vera hatte tagsüber immer wieder ihr E-Mail-Konto gecheckt und Outlook jedes Mal enttäuscht geschlossen. Sie rief es noch einmal auf, bevor sie ihren Rechner zum Feierabend herunterfuhr. Da war sie, die Antwort von Angela. Samstag um neun habe sie noch einen Termin frei, alles andere sei schon belegt. War es ihr das wert, so früh auszustehen? Sie wollte doch den Freitagabend mit Frauke verbringen. Beides war nicht möglich. Frauke würde ihr sofort anmerken, wenn sie angespannt war. Etwas nervös vielleicht, denn das wäre sie auf jeden Fall. Vera war hin und her gerissen zwischen einem schönen Abend mit Frauke und dem Wunsch, eine Frau zu spüren. Nach weiterem Nachdenken tippten ihre Finger wie von selbst eine Absage.

Liebe Frauke!

Das mit Freitagabend klappt leider nicht. Ich muss unseren gemeinsamen Abend absagen. Schade.

Wir sehen uns aber zur Intervisionsgruppe übernächsten Freitag bei mir. Ich freu mich auf euch alle! Bis dann!

LG Vera

Es überraschte sie selbst, mit wie wenig Bedauern sie Frauke absagte. Die Sehnsucht nach einer sinnlichen Begegnung mit einer Frau schien um einiges mächtiger zu sein.

Kapitel 15

Samstag. Das frühe Aufstehen war eine Herausforderung gewesen, aber sie hatte es selbst so entschieden. Nun war sie da. Stand in Köln, blickte hoch zur Fassade des Hauses, das auf der Homepage als Ort der Erfüllung und des sinnlichen Glücks angegeben war. Na, dann mal los. Sie atmete tief durch und bekämpfte ihre aufsteigende Nervosität. Warum dieses Lampenfieber? Sie konnte es sich nicht erklären. Vielleicht weil die Situation ähnlich war? Das Suchen vor einer fremden Tür, nach dem richtigen Klingelschild. Vera fand, wonach sie suchte, drückte beherzt darauf. Sie wartete recht lange, ehe der Türsummer ertönte und sie eingelassen wurde. Ein Stockwerk weiter oben war die Tür noch verschlossen. Einen Augenblick lang wusste Vera nicht recht, was sie machen sollte. Noch einmal läuten? Sie entschied sich zu warten. Vera betrachtete ihre Schuhe. Der linke war schmutzig geworden. Sie suchte nach einem Taschentuch, bückte sich, wischte darüber. Als sie sich aufrichtete, schaute sie wieder auf das Türschild. Sie hatte doch richtig geklingelt? Sie entschied sich weiter zu warten und nicht noch einmal zu läuten.

Endlich öffnete ihr eine Frau mit sehr langem Haar. »Du musst Vera sein. Entschuldige, wenn ich dich habe warten lassen.« Die Frau sah sie an.

Zuerst dachte Vera, ihr Blick wäre unsicher, aber sie korrigierte sich sofort. Es war lediglich Achtsamkeit. Eine Eigenschaft, die heutzutage großflächig in Vergessenheit geraten war. Ihr Händedruck war weich, nicht schlaff. Ihre unglaublich langen Haare flossen an ihrem Körper herab gleich dem seidenen Tuch, das sie umgeschlungen hatte. Vera schätzte, es war das einzige Kleidungsstück, das sie trug.

»Ich bin Angela.«

Ihr Lächeln brachte Veras Herz zum Schmelzen. Noch nie stand sie einer solch sanftmütigen Person gegenüber. Eine gute Wahl, dachte sie sich. Von dieser Frau konnte sie lernen. Was auch immer. Es würde sich zeigen. Mit dieser Erkenntnis schwand ihre Nervosität.

»Komm doch rein. Ich gehe voraus, wenn es dir recht ist.« Vera folgte ihr. »Wenn du deine Schuhe hier ausziehen könntest …«

Konnte Vera. Sie streifte sie ab und nahm sie mit in das Zimmer, in das Angela sie bat. Der Raum war warm und duftete nach Lavendel. Die Wände verhüllt mit schwarzem Stoff, ein dunkler weicher Teppich, brennende Kerzen auf dem Fenstersims der mit Rollos abgedunkelten Fenster, Klangschalen. Eine orientalische Göttinnenfigur in lebenspendender Pose schuf eine feierliche, einladende Atmosphäre.

Angela zeigte ihr, wo sie ihre Kleider ablegen konnte, reichte ihr ein ähnliches Tuch wie das ihre. »Du kannst dich darin einhüllen, wenn du zur Dusche gehst. Sie ist am Ende des Ganges. Ich zeige sie dir.« Sie zögerte kurz. »Du bist doch zum ersten Mal hier?«

»Ja.«

Angela ging vor ihr den Gang entlang, bog nach rechts ab, öffnete die Tür zu einem geräumigen, hellen Bad. Drei Stufen erhöht hinter gläsernen Scheiben die Dusche. Komfortabel.

»Ich schließe die Tür jetzt«, sagte Angela, »wenn du fertig bist, öffne sie bitte etwas, dann weiß ich, dass ich dich wieder abholen kann.«

»Okay.« Wenn das hier so üblich ist. Warum durfte man nicht alleine ins Zimmer zurückgehen? Ach, so, natürlich. Man könnte auf dem Gang jemandem begegnen, der auch Kunde dieses Etablissements ist. Also gut. Zur Wahrung der Anonymität machen wir dieses Spiel mit. Ist ja auch okay so. Vera selbst hätte auch keine Lust, von jedermann hier entdeckt zu werden. *Na, was machst du denn hier? Erzähl mal …* Vera wollte sich nicht ausmalen, wem sie hier auf keinen Fall über den Weg laufen wollte. Sie stellte sich unter die Regenwaldbrause und duschte heiß und ausdauernd. Irgendwann zwang sie sich zu einem Ende, trocknete sich ab, öffnete die Tür einen Spalt. Es dauerte wieder einige Minuten, bis Angela sie abholte und zurückbegleitete. Im Zimmer ließ sie Vera allein.

»Ich komme gleich.« Mit diesen Worten war sie weg und Vera begann sich im Zimmer umzusehen. Wirklich schön hier. Sie traute sich noch nicht, auf der weichen Matte Platz zu nehmen. Sie sah einladend aus wie alles hier, mit einem Frotteebezug darüber, der nach jeder Kundin ausgewechselt wurde. Zumindest hoffte Vera dies inständig. Sie setzte auf einen Stuhl und wartete. Wie bei Maren. Was machen eine Sexarbeiterin oder eine Tantra-Masseurin kurz vor dem Kontakt mit ihren Kundinnen? Auf die Toilette gehen? Sich frisch machen? Oder gar meditieren, sich öffnen für das oder besser für die, die da kommt? Vera langweilte sich. Ein bisschen fühlte sie sich wie beim Zahnarzt nach dem Einspritzen. Wenn man sich noch einige Zeit selbst überlassen bleibt, damit das Lokalanästhetikum wirken kann. Man kann mit dieser Zeit nichts anfangen, außer warten, bis sie vorübergeht.

Als Angela zurückkehrte, stand Vera auf. Sie dachte nicht darüber nach, aber sie tat es aus Respekt. Angela stellte sich ihr gegenüber, betrachtete sie aufmerksam, nahm ihre Hände, sagte etwas zu ihr. Vera erkannte, dass es eine Begrüßungsformel war und noch mehr. Es waren Worte darunter, die sie hörte, aber nicht fassen konnte, weil die Berührung der Hände so zart war und Angela dabei für einen Augenblick ihre Stirn berührt hatte. Mit ihren Händen? Das konnte nicht sein, die hielten doch die ihren. Mit ihren Lippen? Die Berührung war ganz weich gewesen. Dann trat Angela einen Schritt zurück, öffnete ihr Seidentuch vorn an der Brust und legte es ab. Allein diese Bewegung war das Geld für die gesamte Sitzung wert. Gerne hätte Vera diesen Sekundenbruchteil eingefroren. Den Anblick dieses davonfließenden Tuches, das mit einem Mal den Körper einer nackten Frau preisgab, mit all seinen vollendeten Formen, seiner Anmut, seiner Verletzlichkeit und seiner unglaublichen Schönheit. Dazu dieses lange Haar. Vera war verzaubert. Wieder war sie überrascht von ihrer eigenen Reaktion. Sie hätte nicht vermutet, dass eine so weibliche Frau dieses Gefühl in ihr auslösen könnte. Wenn Frauen, dann die emanzipiert Auftretenden, kurzhaarigen. Möglichst blond und sehr selbstsicher. So wie Maren. Eine Frau, die sie ansehen würde, wenn sie ihr auf der Straße begegnete. Das hatte sie mittlerweile gelernt. Und Angela? Bewusst hatte sich Vera eine Masseurin ausgesucht, die ihr einfach sympathisch erschienen war und von der sie sich eine Berührung vorstellen konnte. Dass ihr allein von deren Anblick, von einer einzigen Geste der Atem stockte, war eine unerwartete Erfahrung.

»Komm.« Angela nahm Vera zu der weichen Matte hinüber. Sie standen noch, als Angelas Hände anfingen, mit Veras Haut zu kommunizieren. Es war ein zartes Versprechen, in den nächsten beiden Stunden für sie da zu sein und ihr Freude zu verschaffen.

Dann nahm sie Vera das Tuch ab.

»Legst du dich zuerst auf den Bauch …«

Vera hätte alles getan, was ihr diese sanfte Stimme zuflüsterte. Angelas Berührung beflügelte, setzte Energien frei. Auf einmal dachte Vera, sie wäre zu allem fähig, wenn sie nur wollte.

Als sie auf dem Bauch lag, schwebte ein Tuch auf sie herab wie eine schützende Hülle. Dann fühlten sich wechselnde Stellen auf ihrer Haut warm an, als wenn jemand die Lippen dagegen presste und die Atemluft auf ihren Körper hauchte. Mein Gott, sie tat es wirklich! Angelas Lippen wanderten über Veras Schultern, das Rückgrat, die Arme. Sie hielt die Luft an. Etwas später war das Tuch weg und keine Schicht mehr zwischen ihnen. Angela legte sich auf sie.

Da erwachte es wieder. Plötzlich war es da. Das pulsierende Leben, das aus ihrem Innersten hervorbrach, dieser kräftige Herzschlag, ihr ureigenes inneres Echo, das auf Angela antwortete. Als tauschten ihre zwei Leiber Geheimnisse vom Anbeginn der Welt aus. Vera schaltete den Kopf ab. Er sollte nicht stören. Sie wollte nur noch fühlen, sich mitreißen lassen, was da mit ihr geschah. Angelas Haar, das über ihre Haut strich, ihre Hände, ihre Wärme. Vera saugte alles auf, war bereit zu lernen, zu empfangen. Jeder ihrer Körperteile öffnete sich für die Frau auf ihr, vom kleinen Zeh bis zum Scheitel. Oh, heilige Stunde des Verwöhntwerdens!

Eine Yoni-Massage lehnte Vera ab. Die Yoni ist im Tantra die Bezeichnung für das weibliche Geschlecht, hatte Angela ihr erklärt. Vera hätte selbst nicht sagen können, warum sie eine Berührung dort nicht wollte. Es war eine Bauchentscheidung. Vielleicht weil sie noch Zeit brauchte. Es war zu früh für die zweite Stufe. Nein. Keine Berührung des Intimbereiches. Kein Eindringen in sie. Noch war sie am Lernen der Grundkenntnisse. Und alles fühlte sich so intensiv an und neu und musste zuerst einmal verarbeiten werden.

Zum Schluss saßen sie sich auf der Matte gegenüber, mit gegrätschten Beinen, in stiller Umarmung. Erschöpft und aufgewühlt und wieder ruhig, endlich in den Armen gehalten, sorglos leicht atmend. Ausklang tiefen Empfindens.

»Die Zeit ist um.« Angelas Stimme war leise. Es kam Vera vor, als wäre es das erste gesprochene Wort nach ewigen Zeiten.

Ihre Knie waren weich, als sie in ihre Kleider schlüpfte und sich verabschiedete. Sie würde wiederkommen. Wie oft noch? Sie wusste es nicht. Bis sie genug davon hatte. Das Geld steckte im Kuvert. Sie hatte es zu Beginn auf den Tisch gelegt, um es im Nachhinein bloß nicht zu vergessen, wenn sie sich nach zwei Stunden von Gedanken und Gefühlen überwältigt verabschiedete.

Ein letztes freundliches Zunicken, dann zog Vera die Tür hinter sich zu und stieg die Treppe hinunter. Dieses Mal war es also eine Tantra-Masseurin, laut Homepage eine Botin des Glücks und Wegweiserin wahrer Sinnlichkeit. Und bei unserer Göttin, das war sie auch wirklich gewesen!

Vera fühlte sich so leicht, als hätte sie Alkohol getrunken. Sie ging schnurstracks zu ihrem Auto, ließ sich glücklich in den Sitz fallen. Alles in ihr war so warm und gut durchblutet und sie fühlte sich ungewohnt vollständig. Warum benötigte sie eine Tantra-Massage, um sich als ein ganzheitliches Wesen zu spüren? Ein Wesen, das aus mehr bestand als aus ihrem Verstand, aus Werten, aus Verpflichtungen. Vera dachte darüber während der Heimfahrt nach.

Die lesbische Frau in ihr war also erwacht. So war sie. Sie sprang an auf sanfte Berührung, ein geflüstertes Wort, auf Romantik. Das hätte sie von sich selbst gar nicht erwartet. Es war spannend mit seinem ureigenen sexuellen Wesen in Kontakt zu treten.

Abgesehen davon fühlte es sich großartig an.

Kapitel 16

Donnerstag.

Endlich Feierabend. Es war ein erfolgreicher Tag. Die Sitzungen waren vielversprechend verlaufen, die Abrechnung hatte ohne Beanstandungen geklappt. Vera war beinahe in feierlicher Stimmung. Auf jeden Fall würde sie noch eine Runde ums Haus machen. Rasch zog sie sich an, schnürte ihre Schuhe und verschwand nach draußen.

Vielleicht wollte Anni noch mitgehen. Wo war sie überhaupt? Hatte sie nicht gesagt, sie habe heute frei? Vera erinnerte sich wieder. Ihre Nachbarin hatte heute einen Ausflug nach Köln geplant, irgendetwas von Wellness und Verwöhntag gesprochen. Vera zog es automatisch zum Nachbarhaus, und ehe sie lange darüber nachdachte, klingelte sie.

Niemand öffnete. Das Auto stand in der Einfahrt. Anni musste da sein. Vielleicht war sie eingeschlafen nach so einem anstrengenden Tag. Sie läutete noch einmal. Knapp. Wenn sie wirklich schliefe, wollte sie sie nicht aufwecken. Nichts tat sich. Vera wollte schon unverrichteter Dinge gehen, als die Tür sich zögernd öffnete. »Ja? Ach, du bist es Vera.«

Vera erschrak, als sie Anni erblickte. Ihr Haar war zerzaust, sie trug keine Brille, schaute sie mit kurzsichtigen Augen an. Sie sah mitgenommen aus.

»Hallo! Ich wollte noch eine Runde spazieren und hab gedacht, vielleicht hast du Lust …«

»Ne, lass mal. Ich bin heute zu nichts zu gebrauchen.«

»Oh«, Vera hatte sie so noch nie erlebt. Wo war ihre zuversichtliche Stimmung geblieben? Anni roch nach Alkohol, stellte sie zudem fest. »Geht's dir nicht gut? Ich dachte, du warst heute in Köln?«

»War ich auch, ja.« Mehr sagte sie nicht.

»War es kein schöner Tag für dich?«, versuchte Vera ein Gespräch.

»War schon okay. Danke, dass du gefragt hast, aber ich will heute nichts mehr machen. Wir sehen uns, ja?« Damit wollte sie die Tür schließen.

Da stimmte etwas nicht. »Ach, eigentlich habe ich gar keine rechte Lust alleine zu walken. Wenn dir eher danach ist mit mir zu reden, kann ich gerne für einen Augenblick reinkommen.« Es war ein holpriger Versuch. Vera bemerkte es, noch während sie redete.

Anni sah sie an, zögerte, als schien sie zu überlegen. »Ich hab kein Problem!«, sagte sie dann bestimmt und ließ die Tür entschieden ins Schloss fallen. Von innen. Jetzt war Vera noch mehr irritiert. Betroffen stand sie da und überlegte, was sie tun könnte. Es fiel ihr jedoch nichts ein. Wenn Anni nicht mit ihr reden wollte, konnte man sie nicht dazu zwingen. Sie war alkoholisiert. Eindeutig. Hatte sie ein Problem mit Alkohol und Vera hatte es bisher noch nicht bemerkt? Das konnte natürlich sein. Sie entschied, nur eine kleine Runde zu drehen, dann wieder nach Hause zurückzukehren und das Nachbarhaus heute Abend genau im Auge zu behalten. Mit schwerem Herzen machte sie sich auf den Weg. So hatte sie Anni noch nie erlebt.

Nach einer halben Stunde war Vera wieder zurück, begab sich nach oben in ihr Wohnzimmer und spähte aus dem Fenster. Sie sah bei Anni Licht brennen. Nach einiger Zeit erblickte sie auch eine Gestalt, die sich im Raum bewegte. Nur kurz, dann war sie wieder weg. Immerhin, sie bewegte sich und lebte. Vera rang sich dazu durch, einfach noch eine Stunde abzuwarten. Dann würde sie anrufen. Vielleicht wäre Anni ja am Telefon aufgeschlossener.

Nach einer Stunde ging das Licht drüben aus. Ob sie zu Bett ging? Ob sie weiter getrunken hatte? Gerne hätte Vera irgendetwas getan. Sie haderte mit ihrer eigenen Hilflosigkeit. Ihre Nachbarin war sonst immer so ein zuvorkommendes, freundliches Wesen. War das nur eine Maske? Hatte sie ernsthafte Probleme? Wie konnte Vera ihr helfen? Unruhig lief sie in die Küche und wieder zurück ins Wohnzimmer. Der Fernseher spulte sein Programm ab, aber sie konnte keiner Sendung folgen. Sie suchte nach einem Plan. Wieder ging sie ans Telefon, nahm den Hörer in die Hand. Aber wenn drüben das Licht ausgegangen war, wollte Anni nicht mehr gestört werden, dann war sie zu Bett gegangen. Sie würde morgen nach ihr sehen, nahm sich Vera vor.

Dann läutete es an ihrer Haustür.

Vera zuckte zusammen. Sie eilte hinunter, in der Hoffnung, dass die Person vor ihrer Haustür stand, die sie jetzt am meisten zu sehen wünschte.

Tatsächlich. Annemarie. Immer noch ohne Brille. Völlig desolat.

»Ich brauch ne Psychiaterin, ich hab völlig einen an der Klatsche«, nuschelte sie und trat ein, stolperte über die Türschwelle. Vera griff nach ihr, half ihr, sich zu stabilisieren. Sie roch noch stärker nach Alkohol als vorhin.

»Natürlich, komm rein.« Vera trat zur Seite, wollte Anni Platz machen, um die Treppe hochgehen zu können. Anni torkelte jedoch, so zielstrebig es ging, ins Therapiezimmer. Vera beeilte sich hinterherzukommen, knipste das Licht an. Anni ließ sich auf einen der freien Stühle fallen, bedeckte ihr Gesicht mit den Händen.

»Ich bin krank, Vera. Ich bin ein durch und durch kranker Mensch!« Dann hörte Vera ihre gedämpfte Stimme, sie schluchzte auf. Bei aller Betroffenheit war Vera froh, dass ihre Nachbarin nun bei ihr war, und sie ihr helfen durfte. Sie würde sich so viel Zeit für sie nehmen, wie sie benötigte. Kurz sah sie zu ihrer Wanduhr hinüber. Es war erst zweiundzwanzig Uhr. Dankbar lehnte sie sich zurück. Sie würde sie weinen lassen, entschied sie, und unterdrückte damit ihren ersten Impuls, sie in die Arme zu nehmen und zu trösten. Sie musste zuerst wissen, was mit ihr los war.

»Ich habe dich noch nie so aufgelöst gesehen«, stieg Vera in ihr Gespräch ein.

»So bin ich sonst auch nicht. So war ich nie …« sie schluchzte wieder, zog ihren Rotz hoch, redete weiter, »ich bin bescheuert, Vera, ich bin so bescheuert, weißte?«

»Was ist passiert?«

»Kennst du das Jefühl, wenn du erkennst, dass dein janzes Leben futsch is, dass alles umsonst war …«

»Warum umsonst?«

»Ich bin so blöd. Ich bin so blöd. Und jetzt bin ich schon so alt … und ich hab noch nie …«, sie schniefte wieder und wischte sich die Nase an ihrem Ärmel ab.

Vera stand auf, holte die Box mit Taschentüchern vom Schreibtisch, reichte ihr eines. Anni nahm es dankbar an, schnäuzte sich. Vera beobachtete sie und tiefes Mitleid überkam sie. Anni sah so verzweifelt aus, so einsam, so furchtbar unglücklich.

»Weißte, ich hatte immer zu tun. Erst mein Vater, dann meine Mutter. Ich hab se beide jeflecht. Beide waren ja immer krank. Und ich musste doch nach ihnen sehen. Dat hab ich jerne jemacht. Wirklich. Ich will mich nicht beklagen. Immer hab ich alles jetan …« Sie schluchzte wieder. »Und jetzt bin ich allein und hab niemanden, weil ich zu blöd war … weil ich immer dachte, dat jehört sich nich … und was hab ich jetzt davon?« Sie sah Vera mit verweinten Augen an.

Es kostete die Psychologin zunehmend Kraft, ihr gegenüber sitzen zu bleiben. Vera atmete tief durch. Zu viele Emotionen versperrten ihr den Weg zum logischen Denken, und logisches Denken wäre momentan hilfreich. Sie konnte Annis Problem noch nicht erahnen.

»Du warst in Köln, heute?«, fragte sie ins Blaue hinein, um das Gespräch zu beschleunigen. Irgendetwas musste vorgefallen sein, was sie emotional so völlig entgleisen ließ.

Anni hörte sofort auf mit Weinen, saß ruhig auf ihrem Stuhl. Wie erstarrt. »Ja. War ich.«

»Was ist passiert, Anni?« Vera rückte ihren Stuhl näher an sie heran, nahm ihre Hand. Eine Hand mit kurzen Fingern, kurz geschnittenen Nägeln. Eine ehrliche Hand, die sonst immer flink ihre Arbeit verrichtete. Anni ließ sich nicht lange halten. Sie zog ihre Hand zurück und gestikulierte verzweifelt.

Vera sprach betont ruhig. »Was hast du gemacht in Köln?«

Anni schniefte. »Hätte ich es mal jelassen!« Dann schaute sie Vera fest in die Augen. »Weißte wat Tantra is?«

»Ja«, nickte Vera erstaunt. Niemand wusste das besser als sie.

Anni war verblüfft. »Dat kennste echt? Hast dat schon mal jemacht?«

»Ja.« Nun war sie aber wirklich gespannt.

»Also, da liechst nackt auf so ner Matte und so ne nackte Frau lecht sich auf dich. Dat haste schon mal jemacht?« Anni konnte es nicht fassen. »Du?«

»Ich war schon zweimal bei einer Tantra-Massage. Es war für mich jedes Mal ein wunderschönes Erlebnis.«

»Dat hätte ich nich jedacht, dass du …« Sie hängte sich an dieser Tatsache auf.

»War es kein schönes Erlebnis für dich?«, fragte Vera weiter.

»Doch. Doch, das war es. Aber dass du … ich hab mir jewünscht, ich könnte so sein wie du. So selbstbewusst wie du. Dann hätte ich janz anders dazu stehen können. Dann wäre ich heute nicht allein.«

Vera holte tief Luft. So kam sie nicht weiter. Ihre Nachbarin war zu betrunken.

»Zu was stehen können, Anni?«

»Ich hatte einmal eine Freundin. Früher. Janz früher. So knapp nach der Ausbildung. Da war nämlich eine … bloß hat die dann jeheiratet. War ich ja auch selbst in Schuld. Hab ja nie wat jesacht zu ihr. Hätte ich mal den Mut jehabt. Deinen Mut, dein Selbstbewusstsein, dann hätte es mir nichts ausjemacht und ich hätte zu ihr jesacht:

Natürlich bleiben wir zusammen, das is mir scheißegal, was die Leute reden, hätt ich jesacht!«

»Du warst in eine Frau verliebt?«, fragte Vera nach, weil sie es kaum glauben konnte.

»Ich hab mir nie wat aus Männern jemacht. Was meinste, warum ich nie jeheiratet hab? Keenen Mann, hab ich mir jesacht, dat musste dir nich antun. Aber die Lisi, die war ein Goldschatz und ich, ich war zu feige.« Sie wischte ihre Nase noch einmal am Ärmel ab, nickte. »Ja, ich war zu feige.«

Vera begann zu begreifen, ahnte, was der Auslöser gewesen war.

»Du wolltest dir etwas Gutes tun. Etwas Besonderes. Eine Wellnesserfahrung. Etwas für dein neues Körpergefühl. Sinnlich, meinetwegen auch erotisch.« Vera resümierte für sich selbst, für Anni. Falls sie mit ihrer Vermutung falsch liegen sollte, könnte Anni sie immer noch korrigieren. »Du hast eine nackte Frau gespürt, und dein Körper hat darauf reagiert. Es hat dich erregt. Das hat sich sehr schön angefühlt. Doch dann brach diese Trauer aus dir heraus. Diese Trauer, was du bisher alles versäumt hast.«

Anni schwieg. Sie hatte aufgehört zu weinen, starrte Vera an.

»War es so?«, fragte Vera leise.

»Woher weißt du das? Mein janzes Leben … Und immer hab ich nur das, was andere …«

»Es ist nie zu spät im Leben.« Eine triviale, aber immer wieder zutreffende Feststellung.

Anni klappte der Mund auf. »Meinste?«, sie atmete hörbar aus. »Ich hätte so jerne eine, mit der ich zusammenleben könnte. Andere kriejen dat ja auch hin.«

»Das Zusammenleben mit einer Frau?«

»Ja«, nickte Annemarie, »wenn ich doch nur den Arsch inner Hose jehabt hätte. Es wäre eine Frau jewesen. Ich hab immer nur Frauen schön jefunden. Weißt de, so wie du. Schon als du zum ersten Mal inne Bäckerei jekommen bist, da dachte ich: Meen Jott! Dat is mal ne hübsche Frau …«

Vera entschloss sich, an dieser Stelle abzubrechen. Es sollte für Anni nicht zu peinlich werden für den Fall, sie erinnerte sich morgen noch daran, was sie alles zu ihr gesagt hatte. »Unerfüllte Wünsche kann man immer in Angriff nehmen, Anni, es ist nie zu spät dazu. Aber du beginnst am besten erst morgen damit. Heute bist du zu betrunken. Du hast ganz schön was gebechert, was?«

Anni stierte vor sich hin, musste das Gesagte verarbeiten. Sie erschien nun wirklich erschöpft und wurde deutlich langsamer im Denken. »Eine Flasche Sekt oder zwei und ein bisschen…« Sie zuckte mit den Achseln. »Was soll´s.«

»Es kommt häufig vor, dass man seine Erwartungen an das Leben erst spät erkennt. Die Erwartungen dann auch noch auszudrücken, steht nochmal auf einem anderen Blatt. So gesehen ist es doch schön, wenn du jetzt so deutlich weißt, was du willst.« Vera lächelte sie ermutigend an.

»Ich? Ich bin doch völlig bekloppt!«

»Bist du nicht. Da gibt es ganz andere Fälle. Ich kenne eine Frau, die hat sogar einen Mann geheiratet, weil sie überhaupt nicht erkannt hat, dass sie eigentlich auf Frauen steht. Die ist noch viel blöder als du. Du hast es ja wenigstens gemerkt.«

Anni lachte. »Noch blöder als ich?« Der Gedanke schien ihr zu gefallen.

Ja, so jemanden gibt es. »Komm jetzt, ich bring dich heim ins Bett. Oder möchtest du hierbleiben?«

Abrupt stand Anni auf. »Ne, dat jeht.« Sie wankte etwas. Vera kam ihr vorsichtshalber etwas näher, um im Notfall zugreifen zu können. Aber es war nicht nötig. Anni stakste hinaus in den Flur, schaffte es, in ihre Schuhe zu schlüpfen, ohne sich zu bücken. An der Tür drehte sie sich um. »Also, ich jeh dann wieder. Jute Nacht.«

»Ich glaube, ich komm mit rüber.«

»Ich schaff das, glaub bloß nicht …«

»Ich weiß, dass du das schaffst. Ich will trotzdem mit.« Vera schnappte sich ihren Hausschlüssel, hakte sich bei ihrer Nachbarin unter. »Komm, gehen wir.«

Glücklicherweise war die Strecke denkbar kurz, Anni schaffte es sogar, den Hausschlüssel gezielt ins Schloss zu stecken. Sie würde auch heil ins Bett finden. Vera war sich dessen sicher.

»Tschüss dann. Den Rest schaff ich alleine.« Anni hatte wohl bemerkt, dass Vera sie aus Sorge um ihre Stabilität begleitet hatte.

»Schlaf gut. Musst du morgen arbeiten?« Veras Tonfall war betont alltäglich.

»Morgen? Was is morgen?«

»Freitag.«

Dann fiel es ihr wieder ein. »Ne. Ich hab doch frei. Donnerstach, Freitach, Samstach. Überstundenabbau.«

»Dann wünsche ich dir einen schönen freien Tag. Ich habe leider morgen volles Programm und abends Intervisionsgruppe. Schade. Na, dann, gute Nacht.«

»Jute Nacht«, sagte Anni und schloss die Tür. »Intervision ...«, hörte Vera sie noch wiederholen, dann kicherte sie leise vor sich hin.

Beruhigt kehrte Vera zurück.

Später sah sie Licht drüben angehen, das rasch wieder erlosch.

Sie schläft ihren Rausch aus, dachte Vera. Gut so. Es musste einiges an Trauer in ihr hochgekommen sein, dass sie versucht hatte, es so vehement zu ertränken.

Mit der Vorahnung, dass morgen ein ereignisreicher Tag bevorstand, suchte sie ihr Badezimmer auf und ging zu Bett.

Sie findet mich schön. Hatte Anni es nicht ganz deutlich gesagt? Schon als ich zum ersten Mal in die Bäckerei kam, fand sie mich schön. Vera rief sich die Szene ins Gedächtnis zurück. Was hatte sie damals von Anni gedacht? Nun, dass sie sehr nett war. Das war ihr erster Eindruck, und dass sie ihr füllig erschien hinter dem Tresen. Aber im Vergleich zu damals war Anni um einiges schlanker geworden. Unter den überflüssigen Pfunden kam die Figur einer attraktiven Frau zum Vorschein. Ja, das war sie. Eine attraktive Frau.

Nach zehn Minuten drehte sich Vera lächelnd auf die Seite und stellte jegliches Denken ein.

Kapitel 17

Am nächsten Morgen verschlief Vera beinahe. Als sie zum ersten Mal auf den Radiowecker blickte, war es schon halb acht. Sie hatte ihn überhört oder womöglich vergessen zu stellen? Rasch griff sie nach ihm, drehte ihn um. Tatsächlich. Er war gar nicht im Weckmodus. Hastig stieg sie aus dem Bett, ging ins Badezimmer. Um acht begann ihre Telefonsprechstunde. Wenn sie ihren Anrufbeantworter einschaltete, reichte es noch für ein knappes Frühstück. Ihr erster Patient kam um neun. Die anderen fünf folgten im Stundentakt. Es kam ein ganz normaler Arbeitstag auf sie zu. Ab drei Uhr Nachmittag hätte sie Pause. Diese würde sie nützen, um einzukaufen. Um fünf erwartete sie ihre Kollegen zur Intervisionssitzung, die heute zum ersten Mal bei ihr stattfand. Vera wollte ihnen etwas Besonderes zu essen anbieten.

Es war Viertel nach acht, als Vera ihr Therapiezimmer betrat und den Anrufbeantworter ausstellte. Prompt klingelte es. Eine neue Patientin. Vera gab Auskunft über Wartezeiten, zu tragende Selbstkosten während einer Psychotherapie und vereinbarte einen ersten Gesprächstermin. Kaum hatte sie aufgelegt, klingelte es erneut.

»Psychologische Praxis Vera Schütte, guten Tag.«

»Was gibt es zum Essen heute Abend?«, schallte eine gut gelaunte, nicht sonderlich tiefe Stimme aus dem Hörer. »Ich möchte es gerne jetzt wissen, damit ich mich den ganzen Tag darauf freuen kann.« Bertram. So unverfroren war sonst keiner.

»Ach was«, Vera grinste, »was wünschst du dir denn?«

»Ich habe schon ewig lange keinen elsässischen Flammkuchen mehr gegessen. Kennst du so was? Da bin ich heute Morgen doch echt aufgewacht mit so einem Heißhunger auf Flammkuchen … Du machst dir kein Bild. Der schmeckt so …«

»Schon gut, du kriegst einen. Rotwein oder Weißwein dazu?«

»Oh. Ja, wenn du mich schon fragst, dann … hm«, machte Bertram genießerisch. »Da wäre natürlich ein trockener Rotwein absolut passend, aber ich muss ja wieder heimfahren. Ach je!« Seine Stimme erhob sich wieder theatralisch.

Und ehe Vera lang nachdachte, schließlich war heute Freitag, sagte sie: »Dann bleib doch einfach hier, ich habe zwei Gästezimmer unterm Dach. Die sind zwar für meine Kinder, wenn sie mich mal besuchen wollen. Aber sie stehen natürlich auch meinen Gästen zur Verfügung.«

»Zwei? Dann kann ich Gerd ja auch gleich fragen oder Heiner«, hörte sie ihn lachen. »Am besten ich frage beide. Die können sich ja ein Zimmer teilen, ich krieg meines alleine, und wir bleiben alle über Nacht und frühstücken morgen früh gemeinsam.«

»So machen wir es«, meinte Vera trocken.

»Ne, echt jetzt?«

»Wenn ich es sage. Bleibt hier, dann könnt ihr alle was trinken und ich werfe euch erst nach einem ausführlichen Frühstück wieder raus.«

»Weißt du, wie das klingt? Höchst verführerisch.«

»Ich *bin* verführerisch, ich weiß es. Bis heute Abend. Hast du einen Fall?«

»Ja, aber ich weiß noch nicht welchen. Irgendwie entwickeln sich bei mir zurzeit alle sehr merkwürdig.«

»Liegt das an deinen Patienten?«, fragte Vera voller Skepsis. »Bis später, dann!«

»Ich kann es kaum erwarten. Tschüüüss«, flötete Bertram.

Es würde ein unvergesslicher Abend werden, da war sich Vera jetzt schon sicher.

Nach zwei weiteren Telefonaten schaltete sie wieder den Anrufbeantworter ein. Es war Zeit für ihren ersten Patienten. Kurz darauf klingelte es an der Haustür und ein ganz normaler Arbeitstag nahm seinen Lauf.

Ein Gespräch nach dem anderen. Zwischendurch überlegte Vera in einer Sitzung, wie es wohl ihrer Nachbarin ging. Ob sie schon auf war? Ob sie Kopfschmerzen hatte? An was sie sich wohl erinnern konnte? Bei der letzten Frage kam ein leises Glücksgefühl in ihr hoch. Es lenkte sie für einen Augenblick von den Erzählungen ihres Gegenübers ab. Nur einen kurzen Moment. Dann hatte sie sich wieder in Griff.

Es läutete erneut und Vera wollte ihren vierten Patienten einlassen. Sie öffnete die Haustür.

Anni stand vor ihr. Gestylt, schick angezogen, mit neuer Frisur. Und mit Brille. Eine völlig andere Frau als gestern Abend. Sie sprach auch anders.

»Guten Morgen oder besser gesagt, guten Tag, ist ja fast Mittag«, begann sie in akzentfreiem Hochdeutsch. Vera war verblüfft. Sie hatte weder mit ihr, noch mit so einem Auftritt gerechnet. Beinahe sehnte sie sich nach der betrunkenen Person von gestern zurück.

»Hallo, Anni! Biste schon auf?« Welch überflüssige Frage – wie blöd! Dass Anni seit vielen Stunden auf sein musste, konnte schließlich jeder sehen. Aber es fiel ihr spontan nichts Unverfängliches ein. Oder hätte sie sich freundlich erkundigen sollen, ob sie gut geschlafen habe, mit Kopfschmerzen aufgewacht sei oder Ähnliches?

»Ich wollte dich nicht stören. Mich bloß entschuldigen wegen gestern Abend. Es tut mir leid, ich weiß, ich habe mich unmöglich aufgeführt.« Es klang wie einstudiert.

»Schon okay, Anni. Mach dir da keine Gedanken. Leider habe ich jetzt keine Zeit mit dir zu reden, meine nächste Patientin …«

Wie auf Stichwort hielt ein Kleinwagen am Straßenrand vorm Haus, Frau Grobbel stieg aus und kam auf das Gartentor zu. »Ich muss weitermachen, entschuldige. Um drei bin ich fertig. Wenn du möchtest, komm doch nachher nochmals rüber.«

»Ja, mach ich«, versprach Anni und trat sofort den Rückzug an. Sie begegnete Frau Grobbel auf dem Steinplattenweg. Beide Frauen nickten sich freundlich zu.

»Das war doch gerade die Frau Knoche?«, fragte Frau Grobbel, kaum, dass sie Guten Tag gesagt hatte. »Ist die auch bei Ihnen in Behandlung?«

»Bitte?«

»Ach, das dürfen Sie ja nicht sagen, stimmt ja.« Frau Grobbel lächelte entschuldigend.

»Frau Knoche ist meine Nachbarin.«

»Ah«, entfuhr es Frau Grobbel, »jetzt weiß ich! Stimmt. Sie wohnt ja gleich nebenan. Die hat sich aber gemacht! Mann, die sieht jetzt richtig schick aus, auch wenn sie schon immer so ein bisken zu füllig um de Hüften war.«

»Sie dürfen Ihren Mantel hier aufhängen«, sagte Vera. Frau Grobbel war zwar schon zum siebten Mal hier, aber irgendetwas musste Vera schließlich sagen. Dann ging sie entgegen ihrer sonstigen Angewohnheit voraus ins Therapiezimmer.

Vera eröffnete die Sitzung mit einem: »Und, was gibt es Neues?«

Frau Grobbel hatte endlich die Liste dabei. Also die, in der alle Verfehlungen und nicht eingehaltene Versprechen ihres Ehemanns aufgeführt waren. In den letzten Sitzungen hatte sie immer Gründe vorgeschoben, warum sie noch nicht dazu gekommen war. Nun war es also vollbracht. Es war eine lange Liste, oder hatte sie vielleicht nur groß geschrieben? Nein, sie war wirklich so umfangreich. Frau Grobbel las laut vor und Vera hatte das Gefühl, sie hatte nichts vergessen. Jeder betrunkene Zustand, jedes nicht gehaltene Versprechen, jeder Schlag, jeder Knuff, jedes Wort, das sie verletzt hatte in den letzten zwanzig Jahren, jeder Seitensprung, jedes Mal, wenn sie sich zurückgesetzt, belogen und benützt vorgekommen war.

»Zuerst dachte ich, mir fällt nicht viel ein. Als ich jedoch damit angefangen habe, konnte ich gar nicht mehr aufhören. Mir ist, als habe ich mir meine ganze Ehe von der Seele geschrieben.«

Schön, es hat also funktioniert. »Wie fühlen Sie sich jetzt, nachdem Sie alles aufgeschrieben haben?«, fragte Vera.

»Erst einmal hat es mich sehr verletzt. Die ganze Zeit über, wie ich es aufgeschrieben hatte, ist es mir richtig schlecht gegangen. Aber jetzt fühle ich mich richtig gut.«

»Haben Sie mit Ihrer Chefin darüber geredet?« Jemand hatte sie bei diesem Prozess begleitet, vermutete Vera, denn sie strahlte Zuversicht aus.

Frau Gobbel fühlte sich ertappt. »Sie hat gemerkt, dass es mir nicht gut ging, und hat mich zum Essen eingeladen. Zu sich.«

»Zu ihr nach Hause?« Veras Interesse war geweckt.

»Ja.«

»Und?«

Frau Grobbel errötete leicht, wurde unsicher. Vera nahm sich sofort zurück. »Sie müssen es mir nicht erzählen. Aber ich darf davon ausgehen, dass es für Sie ein hilfreiches und unterstützendes Erlebnis war?«

»Ja.« Kein Wort zu viel.

Es kostete Vera Überwindung, jetzt nicht zu grinsen. Sie konnte sich denken, was im Hause der Chefin mit ihr und Frau Grobbel passiert war. Auf jeden Fall lagen das neue Selbstbewusstseins und die zurückgewonnene Stärke wohl darin begründet.

»Was sagen Ihre Kinder dazu?«

»Zu was?«, fragte Frau Grobbel erschrocken.

»Zu den Ergebnissen mit der Auseinandersetzung über die Ehe. Zu Ihrer Liste«, erklärte Vera sachlich. Herrgott, hatte diese Frau Angst davor, als lesbisch abgestempelt zu werden. Sie brauchte noch eine Phase der Begleitung, um es akzeptieren zu können.

Die Stunde war rasch vorüber. Vera wunderte sich darüber, dass sie Frau Grobbel schon wieder zur Tür begleitete. Die Zeit war wirklich wie im Flug vergangen und es hatte sie selbst noch nicht einmal emotional mitgenommen. Warum eigentlich nicht? Vera dachte darüber nach, während sie ins Therapiezimmer zurückkehrte. Warum hatte es ihr diesmal weniger ausgemacht, all die Versäumnisse und Fehler von Frau Grobbels Ehemann zu hören? Sie hatte nicht im Geringsten zornig reagiert, es hatte sie nicht aufgewühlt, noch nicht einmal sonderlich berührt. Merkwürdig. Und als Vera noch darüber nachdachte und dabei aus dem Fenster sah, zum Haus nebenan, wusste sie den Grund dafür.

Sie hatte sich ein Stück weit Frau Grobbels Anliegen verschlossen, weil sie ihr böse war. Und warum? Wegen ihrer Bemerkung, dass ihre Nachbarin ein *bisken zu füllig um die Hüften* war. Das war es gewesen! Es hatte sie geärgert. Gute Göttin! Und als müsste sie ihre Gefühle prüfen, sagte Vera leise, mit Blick nach drüben: »Es hat mich verletzt, wie sie über dich geredet hat, weil du mir sehr viel bedeutest.« Sie konnte fühlen, dass sie die Wahrheit sprach.

Es läutete. Ihr fünfter Patient kam. Vera öffnete die Tür, ließ ihn ein, schritt hinter ihm her ins Therapiezimmer. Er war Manager einer großen Firma, unumstößlicher Chef - im Büro wie auch zuhause. Frauen sah er als seine Zierde an. Und überhaupt! Was wären Frauen ohne Männer? Was würde der wohl sagen, wenn er wüsste, dass seine Therapeutin seit fünfzehn Jahren ohne einen Mann auskam und aktuell in eine

Frau verliebt war? So Vera's Gedanke mitten in der Stunde. Der Kontrast gefiel ihr. Sofort lehnte sie sich entspannt zurück und hörte ihm zu bei seinen Ausführungen, die sich ausschließlich um ihn selbst drehten. Heute widersprach sie ihm nicht. Gewähren lassen war gelegentlich auch ein Therapie-Element. Erst das nächste Mal würde sie den Kampf mit ihm aufnehmen.

Dann war es drei Uhr. Genug für heute. Vera öffnete die Fenster, schrieb noch ein paar Sätze in die Patientenakte, die sie daraufhin entschieden schloss und wegräumte. Sie stellte die Stühle hinüber zum Sofa, bildete so einen Kreis, der fünf Personen Platz zum Sitzen bot. Die Fallbesprechungen fanden hier statt, den gemütlichen Teil mit Essen und Trinken gab es erst anschließend oben in ihrem Wohnzimmer. Vera wollte keine Besprechung über die Behandlung ihrer Patienten in ihren privaten Räumen. Irgendwo musste man sich schließlich abgrenzen.

Es läutete.

Das war gewiss Anni, mit ihren Patienten war Vera durch. Sie beeilte sich zu öffnen.

Sie behielt recht. »Hallo Anni, komm rein. Jetzt habe ich Zeit.«

»Biste fertig für heute?« Sie grinste zaghaft und klang nicht mehr ganz so steif wie mittags.

»Gerade habe ich die Stühle für meine Kollegen vorbereitet, die nachher kommen. Zur Intervisionsgruppe«, Vera lächelte, »anschließend sitzen wir gemütlich oben, bei Wein und Flammkuchen. Das hat sich Bertram gewünscht. Den kennst du doch auch. Möchtest du dazukommen?«

»Ich?« Anni war überrascht. Sie überlegte. »Dann könnte ich dir helfen mit dem Flammkuchen.«

»Musst du nicht, Anni. Das war nicht der Grund, warum ich dich gefragt habe. Ich dachte einfach, vielleicht hast du Lust …«

»Ne, lass, mal! Ich helfe dir. So kann ich das wieder jut machen mit jestern Abend«, ereiferte sich Anni. Vera stellte erleichtert fest, dass sie wieder in ihren gewohnten sauerländischen Slang fiel. »Weißt de, das ist mir echt peinlich, dass ich mich so danebenbenommen habe …«

»Du hast nichts gutzumachen.«

»Nein?«

»Nein«, wiederholte Vera nachdrücklich. »Trinkst du Kaffee oder Tee?«, fragte sie und deutete die Treppe hoch. »Komm rein.«

Sie stiegen beide nach oben, nachdem Anni wieder, ohne sich zu bücken, aus ihren Schuhen geschlüpft war. »Ein Tässchen Kaffee tät ich schon nehmen, aber hast du denn überhaupt Zeit?«

»Eine schnelle Tasse Kaffee ist drin. Dann kann ich immer noch einkaufen und alles vorbereiten.«

»Das mach ich! Ich fahr einkaufen und mach den Teig, woll? Kann ich bei mir zuhause machen oder bei dir, wie du willst. Dann könnt ihr da unten sitzen und euch besprechen, ich werkel schon mal in der Küche und bis ihr kommt, ist alles fertig.« Anni hatte ihren Spaß bei dieser Vorstellung. Vera fand die Idee ungeheuer verlockend.

»Darf ich das annehmen? Du hast heute deinen freien Tag und dann stehst du nicht in der Backstube, sondern statt dessen in meiner Küche …«

»Lass mich doch. Wirklich. Ich hab da meinen Spaß dran.« Als wollte sie Vera ihre Tatkraft beweisen, nahm sie ihr das Kaffeepulver aus der Hand, schaufelte einige Löffel in den Filter, goss Wasser in die Maschine. »Du kannst ja schon mal alles auf einen Zettel schreiben, was du benötigst.« Vera erinnerte sich nicht daran, dass es jemals einen Menschen gegeben hatte, der so mit ihr sprach. In ihrem ganzen Leben nicht. Dementsprechend wusste sie nicht, wie sie mit der Situation umgehen sollte. Ablehnen oder zulassen? Gefiel es ihr sogar? Bis sie sich sicher war, was sie dabei fühlte, tat sie einfach, was ihre Nachbarin sagte.

Sie bewaffnete sich also mit Zettel und Stift, setzte sich an den Esstisch im Wohnzimmer und schrieb alles auf, was sie für den Abend und für das Frühstück am Morgen benötigte. Vera rechnete damit, dass alle ihre Kollegen über Nacht blieben. »Es wird aber eine lange Liste!«, rief sie in Richtung Küche.

»Schön«, meinte Anni nur, »wo hast du denn Tassen?«

»Im oberen Fach.«

Anni angelte zwei Tassen und zwei Untertassen heraus, fand auf Anhieb die Löffel in der Schublade, nahm eine Tüte Milch aus dem Kühlschrank und kam ins Wohnzimmer, stellte alles auf den Tisch. »Was wollt ihr machen? Ganz normalen Flammkuchen?«, erkundigte sich Anni.

»Wie normal?«

»Ja, nu, mit Zwiebeln, Speck, Kümmel oder willste noch was anderes drauf? Manche legen Cherry-Tomätchen drauf, weißt de, die janz kleenen ...«

»Ich weiß, was Cherry-Tomaten sind.«

»Ach«, Anni winkte ab, »ich mach mal sechs runde Bleche und jeder kann ihn sich selbst belegen, mit was er will. Die sind ja ruckzuck gebacken. Das würde doch gehen, oder wollt ihr gleich essen, wenn ihr hochkommt?«

»Nein, ich glaube nicht. Das mit dem Selbstbelegen es ist eine gute Idee.« Vera grinste, als sie sich ihre Kollegen in ihrer Küche vorstellte. Das Bild gefiel ihr. »Ich glaube, ich nehme meinen mit Speck und Frühlingszwiebeln.«

»Lecker! Das mach ich auch. Aber ich esse keinen Janzen.«

»Dann teilen wir uns einen.«

Anni grinste. »Trinkst du noch ne Tasse?«

Vera bejahte, obwohl sie sonst nie mehr als eine Tasse trank. Kaffee putschte sie so auf, wenn sie alleine war, bevorzugte sie Tee. Aber momentan war sie nicht in der Lage abzulehnen.

Anni legte den Stift zur Seite, mit dem sie sich ihre eigenen Notizen gemacht hatte. »Machen wir eine Schüssel Salat dazu, irgendwas Gemischtes, ja? Soll ich noch Wein mitbringen?«

»Salat gerne. Wein habe ich im Keller«, antwortete Vera mechanisch.

Anni nahm die leeren Tassen und ordnete sie in die Spülmaschine. Dann sagte sie im Vorbeigehen: »Ich bin dann mal wech. Möchtest du meine Handynummer, falls dir noch was einfällt?«

»Äh.«

Anni wartete ihre Überlegungen nicht ab, sondern schrieb sie auf einen Haftzettel, klebte ihn an die Küchentür. »Tschüssken!«

»Tschüss«, antwortete Vera wie betäubt. Sie hörte Anni hinunterlaufen. Hörte die Haustür ins Schloss fallen.

Komisch, wie unbeschwert sich das Leben plötzlich anfühlte.

Kapitel 18

Es verging beinahe eine Stunde, bis Anni wieder auftauchte. Vera begann schon unruhig zu werden. Sie hatte in der Zwischenzeit den Tisch etwas mehr ins Rauminnere gerückt, Platz für sechs Personen geschaffen, Teller und Besteck aufgedeckt, Servietten kunstvoll gefaltet. Im Kühlschrank befanden sich zwei Flaschen Weißwein, den Roten hatte sie auf den Tisch gestellt. Sie wollte gerade den Kaminofen anzünden, da war Anni zurück. Sie läutete Sturm. Hoffentlich aus purem Übermut und nicht, weil etwas passiert war. Veras Sorge verflog schnell. Sie drückte den Türöffner im Flur. Annis glückliche Stimme war schon ihm Treppenhaus zu vernehmen.

»Jott, was hab ich einjekauft!« Und als sie Vera oben an der Tür stehen sah, grinste sie begeistert. »Dat wird ein tolles Fest. Kannste dich drauf verlassen!«

Daran hätte Vera auch ohne diesen Hinweis nicht daran gezweifelt. Anni trug statt eines Einkaufkorbs einen Wäschekorb in die Küche und stellte ihn mit einem Ächzen auf die Arbeitsplatte.

»Soll ich den Teig hier machen oder bei mir drüben? Ich kann dir die Bleche mit dem Teigboden auch nachher rüberbringen.«

»Nein, bleib hier.« Vera wollte schließlich dabei sein. »Was kann ich tun?«, fragte sie und wunderte sich über sich selbst. Sie wartete auf Anweisungen.

»Ich habe sechs Bleche aus der Bäckerei geholt.« Sie räumte ein Teil ihrer Einkäufe aus dem Korb, kramte ein Blech heraus, zeigte es Vera. »Die sind doch gerade richtig von der Größe, woll?«

Vera war begeistert. Ein flaches schwarzes Blech, groß wie ein Lenkrad. Für jeden eines. Anni zeigte ihr die Zutaten: Zwiebel, Speck, natürlich vom Metzger, Kümmel, Frühlingszwiebelchen, Cherry-Tomaten, einen Sack Mehl, Bäckerhefe. Im Nu war ihre Arbeitsfläche vollgestellt.

»Ich habe Wein kühl gestellt«, bemerkte Vera, um zumindest den Anschein zu wahren, sie hätte auch etwas getan.

»Das ist jut!«, freute sich Anni, die sich nun eine Schürze umband und begann, die Schränke nach einer Backschüssel zu durchsuchen.

»Unten rechts«, half ihr Vera. Sie hatte das Gefühl, in der Küche überflüssig zu sein. »Soll ich den Kaminofen anmachen oder wird das zu warm?«, überlegte sie laut. Dann fiel ihr ein, dass man darin ja auch backen konnte. »Wir könnten die Flammkuchen sogar im Kaminofen backen«, sinnierte sie in Richtung Küche.

»Das wird janz schön heiß werden, meinste nich?« Anni trat über die Türschwelle, »ich brauch zweihunnert Grad«, gab sie zu bedenken.

»Und wir brauchen Platz für sechs Bleche. Am besten wir nehmen den Kaminofen zusätzlich zum Backofen«, sagte Vera, »wenn es zu warm wird, reißen wir die Fenster auf. Fertig.«

Anni lachte aus der Küche. »Guter Plan. Aber dann heiz ich ihn erst an, wenn ihr unten seid bei eurer Besprechung, sonst platze ich vor Hitze.«

Vera zögerte.

»Traust du mir das nicht zu?«, durchschaute Anni sie sofort.

»Doch, schon«, log Vera. Es fühlte sich merkwürdig an, Anni alles zu überlassen. Ihre Befürchtung war in der Tat, dass es nicht klappen könnte, und der Ofen nicht rechtzeitig in Betriebstemperatur wäre. Aber das war natürlich Blödsinn. Anni hatte selbst einen Ofen. Sie brauchte sich also nicht zu sorgen, dass sie nicht in der Lage wäre, ihn anzufeuern. Und backen konnte sie auch, wahrscheinlich besser als sie.

Trotzdem musste sie jetzt irgendetwas tun. Es waren *ihre* Kollegen, die sie in *ihr* Haus eingeladen hatte.

»Überlech dir doch einen Nachtisch«, schlug Anni vor und traf den Nagel damit auf den Kopf.

Das war die Idee! Nur was? Als Vera gerade zwischen Crème Brûlée oder Mousse au Chocolat abwägte, hörte sie Anni sagen: »Ich habe Obst gekauft. Ananas, Mango, Bananen,

Weintrauben. Mach doch einen Obstsalat. Oder mögen das deine Kollegen nicht?«

Wo sie recht hat, hat sie recht. Gesünder war natürlich Obst. Also gut. Nachdem der Abend bereits fest in Annis Hand war, sollte sie auch beim Nachtisch die Entscheidungsgewalt haben. Vera ging in die Küche zurück, raffte Obst, Küchenbrett und Messer zusammen.

»Gut. Obstsalat. Und ich beeil mich auch damit. Nicht, dass du mir das auch noch aus der Hand nimmst, weil dir gleich einfällt, dass du den Nachtisch lieber zwischendurch machst, während der Teig geht, der Ofen vor sich hin bollert und dir langweilig wird.«

Anni lachte herzlich. »Ach, lass mich doch!«

Vera begann die Ananas zu köpfen, zu entrinden und in kleine Stücke zu schneiden. Ob Anni das Gefühl hatte, etwas wieder gut machen zu müssen? Dann musste Vera das noch einmal thematisieren. Aber nicht heute. Heute sollte es einfach nur ein gemütlicher Abend werden. Sie zerstückelte nacheinander Mango, Äpfel, Bananen und Trauben und beträufelte alles mit dem Saft einer Zitrone. Schlagsahne dazu wäre nicht schlecht. Etwas angeröstete Mandeln das Tüpfelchen auf dem i.

»Hei, riecht das lecker. Da kann man sich ja kaum mehr zurückhalten.« Anni schaute ihr über die Schulter, als sie in einer Pfanne auf dem Herd die blättrigen Mandeln anröstete.

»Möchtest du schon probieren?«

»Ne. Ich freu mich auf später.«

Also verschloss sie die Schüssel mit einem Deckel und stellte sie in den Kühlschrank.

»Ich bin noch kurz unten, muss noch klar Schiff machen, bevor alle hier aufschlagen. Brauchst du noch was?« Eine überflüssige Frage.

Anni steckte bis zum Unterarm in der Teigschüssel und machte nicht den Eindruck, als bräuchte sie ihre Hilfe. »Ne, jeh mal ruhig. Wie spät ist es denn?«

Vera schaute auf die Uhr. »Halb fünf. Meine Kollegen kommen in einer halben Stunde.«

»Ach, das reicht ja jut«, hörte Vera noch, bevor sie die Treppe hinabstieg. Aber das würde Anni auch sagen, wenn sie in fünf Minuten kämen. Ob man diese Frau überhaupt aus dem Konzept bringen konnte?

Vera nahm fünf Gläser mit nach unten und zwei Flaschen Wasser, eine mit, eine ohne Kohlensäure. Das sollte genügen. Alles andere gab es einen Stock weiter oben. Sie hatte noch überflüssige Zeit, bis ihre Kollegen eintrudelten. Es gab nichts mehr zu tun. Der Raum war sauber, ihre Akten weggeräumt, es war gelüftet und angenehm temperiert. Von mir aus kann es losgehen, dachte Vera. Den Rest des Abends ließ sie auf sich zukommen. Irgendwie hatte sie das Gefühl, es würde für alle Beteiligten ein ereignisreicher Abend werden.

Die Filzpantoffeln!, fiel Vera ein. Sie hastete noch einmal hinauf. Sie wollte den Korb mit den

Gästefilzpantoffeln in den unteren Hausflur stellen. Oben hörte sie ein Schnäuzen aus der Küche, dann ein leises Schniefen. Vera trat in den Küchenbereich. Anni hatte ihre Tätigkeit unterbrochen. Der Teig lag vor ihr auf der Arbeitsfläche. Sie weinte. Eindeutig.

»Was hast du?«, fragte Vera bestürzt.

Anni zuckte zusammen. Sie hatte nicht mehr mit Veras Gegenwart gerechnet. Hastig fuhr sie sich mit dem Ärmel übers Gesicht, versuchte ein Lächeln. »Ach, lass mal, ist schon gut.«

Vera trat zu ihr, sah sie an. »Nichts ist gut. Sag mir, was du hast.«

Anni wollte nochmals abwehren. Vera wurde deutlicher. »Du wirst hier nicht heulend in meiner Küche stehen und für mich und meine Gäste arbeiten in diesem Zustand. Also, was ist? Wie kann ich dir helfen?«

»Du kannst mir nicht helfen!«, schniefte Anni. Sie nahm ein Stück Küchenpapier und schnäuzte sich.

»Weißt de«, begann sie zögernd, »es ist so schön mit dir, ich bin so jerne bei dir, und das mit heute freut mich riesig. Beinahe hätte ich das alles kaputt jemacht durch diese ollen Kamellen. Was muss ich dir auch davon erzählen? Was denkst du jetzt von mir?«

Vera wusste sofort, auf was sie sich bezog. Trotzdem wiederholte sie: »Olle Kamellen?« Es war eine Berufskrankheit.

»Ja, du weißt schon, die Geschichte mit meiner früheren Jugendliebe. Das habe ich dir erzählt, woll? In meinem Suff!«

»Ja. Hast du.«

»Da war nichts, weißte. Nicht, dass du denkst, ich sei … Dat is schon lange vorbei.« Ihre Hand machte eine wegwerfende Bewegung. Es tat Vera weh, als sie das sah. Und etwas in ihr sträubte sich dagegen, es zu glauben.

»Du hast es mir erzählt. Das ist richtig. Aber ich habe nicht den Eindruck, dass du mit diesem Kapitel deines Lebens abgeschlossen hast. Du hast es vielleicht verdrängt. Und gestern brach es mit aller Vehemenz wieder aus dir heraus.« Vera wusste, es war der falsche Zeitpunkt, darüber zu reden, aber sie konnte sich jetzt nicht zurückhalten. »Ausgelöst durch diese Tantra-Massage, höchstwahrscheinlich. Es tut mir leid, dass du deine Gefühle ein Leben lang unterdrückt hast, aus einem vermeintlichen Verantwortungsgefühl heraus.« Anni hörte ihr wie gebannt zu. »Deine Eltern brauchten dich, waren früh pflegebedürftig geworden. Du wolltest sie nicht vor den Kopf stoßen. Das ist ein Argument. Sicher. Du hast immer zuerst an das Wohlergehen anderer gedacht. Das macht dich einerseits sehr sympathisch, aber andererseits ist es höchste Zeit, dein Leben jetzt so zu leben, wie du es möchtest. Und wenn du Frauen liebst, dann solltest du endlich dazu stehen und es nicht verleugnen.«

Annis Mund klappte auf, als wollte sie etwas sagen. Ihre Arme hingen schlaff an ihrem Körper herab. Sie starrte Vera an, die sich entschied, ihr die Zeit zu geben, das Gehörte zu verarbeiten. Sie wandte sich mit der Bemerkung ab: »Ich bin dann mal wieder unten«, als ihr einfiel, dass sie einen für sich selbst sehr wichtigen Punkt noch nicht erwähnt hatte. »Und falls du dich entscheiden solltest, deine Veranlagung doch noch auszuleben, stehe ich dir dabei gerne zur Verfügung.«

Annis Lippen bewegten sich, aber es kam kein Ton heraus. Vera bemerkte die Mehlspuren in ihrem Gesicht. Sie unterdrückte den Impuls, die Hand auszustrecken und sie ihr zärtlich wegzuwischen.

»Das wollte ich dir nur sagen«, beendete Vera abrupt ihre Unterhaltung. Dann verließ sie die Küche, stieg wieder die Treppe nach unten.

Das Herz hämmerte in ihrem Brustkorb. Das hätte sie jetzt auch irgendwie anders sagen können. *Stehe dir gerne zur Verfügung beim Ausleben deiner Veranlagung* war eine unsinnige, wenn nicht sogar verletzende Formulierung. Aber gesagt war gesagt. Trotzdem war es eine anständige Leistung von ihr selbst. Es kostete schließlich ganz schön viel Mut, einer Frau zu sagen oder zumindest anzudeuten, dass man sich eine engere Beziehung mit ihr wünschte. Immerhin sie hatte sie das geschafft.

Sekunden später läutete es an der Tür.

Kapitel 19

»Hallo Vera!«, schallte es ihr entgegen. Drei männliche Stimmen, eine weibliche. Alle auf einmal. *Überfall*, war das Erste, was Vera dachte. Sie fasste sich rasch.

»Hallo, ihr Lieben! Hereinmarschiert. Fühlt euch wie zuhause.« Es wäre nicht nötig gewesen, es zu betonen. Alle hatten Taschen dabei und drängten herein. Sie würden wohl alle über Nacht bleiben, schätze Vera. Es folgte ein großes Hallo, Umarmungen. Taschen, Mäntel und Jacken wurden abgelegt. Einen kurzen Augenblick überlegte Vera, ob sie nicht besser gleich die Taschen aus dem Weg nach oben räumten, aber sie wollte Anni die Chance geben, sich zu fangen. Also kam dieser Part erst nach der Besprechung ihrer Fälle.

»Nehmt euch ein Paar Hausschuhe«, wies Vera die Gäste an, »dann zeige ich euch mein Therapiezimmer.«

Sie stürzten sich auf den Weidenkorb. Wie die Kinder. Spätestens jetzt erkannte Vera, wie sehr sich ihre Kollegen auf dieses Event bei ihr gefreut hatten. Es war der Auftakt zum Wochenende und alle würden bei ihr übernachten. Wie schön.

»Nein, die Orangenen sind meine«, kämpfte Frauke um ihr Paar. Gerd wollte sie sich gerade schnappen.

»Dann nehme ich eben die Grünen.«

»Die wollte ich haben«, bemerkte Heiner tödlich beleidigt. Doch Vera konnte deutlich heraushören, dass es nicht sein Ernst war.

Sie lachte und ging voraus ins Therapiezimmer. »Wenn ihr dann so weit seid, dürft ihr Platz nehmen. Ich warte auch, bis ihr alle auf einem Stuhl sitzt, auf dem ihr euch wohl fühlt, bevor ich mich setze.«

»Frauke, hast du schon einen Stammplatz?«, erkundigte sich Bertram.

»Ne, habe ich nicht. Bisher war ich nur privat hier.«

Nacheinander fand jeder einen Platz. Auf dem Tisch standen die Gläser und das Wasser. Es sah sehr nüchtern aus. Vera erklärte zunächst den Verlauf des weiteren Abends.

»Ich habe den gemütlichen Teil im Anschluss an unseren Austausch oben geplant. Flammkuchen und Wein gibt es nachher in meinem Wohnzimmer. So lange wir hier unten Meeting haben, bereitet meine Nachbarin alles vor.« Vera zweifelte nicht im Geringsten an dieser Tatsache. Ganz egal, was Anni über sie gerade denken mochte, sie würde sie nicht im Stich lassen und sich einer einmal getroffenen Vereinbarung entziehen. Wenigstens in diesem Punkt war sich Vera sicher. »Wenn wir hier fertig sind …«

»Deine Nachbarin?«, fragte Frauke und zog dabei eine Augenbraue hoch.

»So, deine Nachbarin.« Auch Bertram grinste. Gerd hob interessiert seinen Kopf, sah sie lächelnd an.

»Ja, meine Nachbarin. So nennt man eine Frau, die im Haus nebenan wohnt.« Jetzt bitte keine Anspielungen. Dies war der falsche Zeitpunkt. »Wenn wir hier fertig sind, kann sich oben jeder seinen Flammkuchen selbst belegen. Weißwein und Bier sind kaltgestellt. Rotwein gibt es natürlich auch. Eure Taschen tragt ihr am besten nachher ganz nach oben, wo ihr auch schlafen werdet. Einer muss sich bereit erklären, auf dem Sofa zu nächtigen. Wir können ja losen.«

»Nicht nötig. Ich nehme das Sofa. Das haben wir schon geklärt. Ich habe auch meinen Schlafsack dabei.« Es war Frauke.

»Du?«

»Ja. Unsere Kollegen haben das obere Stockwerk als Männerzone erklärt.« Frauke lachte.

»Ach was?« Vera blickte fragend in die Runde.

»Es macht mir nichts aus. Ich habe es sogar selbst vorgeschlagen«, beschwichtigte ihre Kollegin.

»Macht, was ihr wollt«, sagte Vera und fühlte sich wie eine strenge Mutter, die einen Schlusspunkt setzt. »Wer hat einen Fall?«

Jeder ihrer Kollegen hatte einen Fall, den er gerne ansprechen würde, außer Bertram. Demonstrativ presste er seine Lippen aufeinander. Inszenierte sein Schweigen. Vera lächelte. Seine

Leidenschaft auf Flammkuchen hatte heute wohl Priorität.

Sie kamen auch so nicht mit allen Fällen durch. Nach eineinhalb Stunden sagte Heiner völlig überraschend: »Seid ihr auch der Meinung, es reicht für heute? Ich finde, wir haben jetzt Wochenende.«

Die anderen stimmten zu.

»So sehe ich das auch. Auf zum gemütlichen Teil.« Das war Bertram.

»Gut, dann schnappt sich mal jeder seine Tasche und wir gehen nach oben.« Es war Vera ganz recht. Ihre Konzentration hatte in der letzten halben Stunde sowieso stark nachgelassen. In Gedanken war sie bei Anni, lauschte jedem Geräusch. Beinahe bereute sie, die Decke so gut isoliert zu haben, dass man keine Trittgeräusche mehr wahrnehmen konnte. Immer wieder fragte sie sich zwischendurch, was oben wohl vor sich ging. Wie lange Anni gebraucht hatte, um sich von ihrem Schock zu erholen? Und überhaupt: Wo sie wusste, dass Vera ihre Gefühle erwiderte, respektive erwidern würde, wenn sie es denn zuließe - was machte das mit ihr? Vera spürte Nervosität in sich aufkeimen. Es war aber auch wirklich das blödeste Timing, Beziehungsangelegenheiten mitten in das Treffen mit ihren Kollegen zu legen. Aber es hatte sich einfach so ergeben. Sie hatte unmöglich den Mund halten können, auch wenn das wahrscheinlich besser gewesen wäre.

Voller Selbstzweifel und nur mit halbem Herzen anwesend, wies sie ihren Kollegen den Weg zu den Gästezimmern. »Die Männer zwei Treppen hoch. Ladet ab und kommt wieder runter ins Wohnzimmer.«

»Soll ich meine Tasche auch hochtragen? Dann ist sie aus dem Weg«, fragte Frauke.

»Ne. Sie stört nicht im Wohnzimmer.«

Die Männer polterten nach oben. Vera begleitete sie nicht. Es zog sie in Richtung Küche, um nach Anni Ausschau halten. Nur einen einzigen Blick. Bitte, nur einen einzigen, unbeobachteten Blick.

Anni kam ihnen entgegen. Es war ja nicht zu überhören, dass sie nun unten fertig waren. Ihre Augen fanden sich und Anni lächelte sie auf eine Weise an, die Veras Atem stocken ließ. Dann war auch schon Frauke da.

»Anni, grüß dich. Dachte ich mir doch gleich, dass wir uns bald wiedersehen. Vera und du, ihr seid ja ein eingeschweißtes Wanderteam geworden, woll?« Die Frauen umarmten sich herzlich.

Vera war es plötzlich zu warm. Das musste an dem Kaminofen liegen, der mittlerweile kräftig vor sich hin bollerte.

Die Männer kamen lachend und scherzend die Treppe heruntergetrampelt.

»Ja, hallo, Anni! Das ist ja nett, dass du uns hier verköstigst«, gab sich Heiner galant. Bertram stimmte ihm zu, Gerd natürlich auch.

Anni winkte ab. »Schön euch alle wieder zu sehen. Ich hab mich so jefreut, als Vera mich jefragt hat, ob ich nicht auch kommen möchte. Wir haben euch ein bisschen was vorbereitet … habt ihr denn eine jute Besprechung jehabt?«

Wir, hörte Vera ganz deutlich heraus, sie hatte eindeutig *wir* gesagt!

»Aber natürlich. Vielleicht kürzer als sonst«, gab Frauke augenzwinkernd zu, »aber wir haben alle so einen Hunger.«

Vera folgte dem Gespräch wie ein außenstehender Sportreporter.

»Dann kommt in die Küche. Aber zuerst werden die Hände jewaschen«, meldete sich Anni jetzt zu Wort.

Alle stürmten ins Bad.

»Es gibt auch noch ein Gästeklo«, murmelte Vera. Es interessierte niemanden. Gedränge und Geschubse war zu vernehmen. Anni und sie wechselten einen Blick. *Sie ist so schön,* durchfuhr es Vera. Gelächter erscholl. Eine Stimme schrie auf. Jemand spritzte mit Wasser.

»Ihr werdet mir nicht mein Bad ruinieren«, mahnte Vera leise. Niemand hörte es. Außer Anni. Und diese trat nun zu ihr. Ganz dicht.

»War das dein Ernst, vorhin?«

»Ja.« Überflüssig es zu sagen. Anni wusste es. Ihre Blicke verschmolzen für einen Augenblick. Der Hauch Mehl in ihrem Gesicht war nicht mehr da. Vera hätte sie gerne geküsst, aber Bertram stolperte in die Küche herein. Freudestrahlend. Sah von einer zur anderen, rieb sich die Hände. »So, was muss ich tun?«

»Wir warten kurz, bis alle da sind.« Vera begann zu reden, als sich alle in der Küche eingefunden hatten. Sie bemühte sich um eine freundliche Mimik. Keiner sollte das Gefühl haben, jetzt unerwünscht zu sein.

»Nun nimmt sich jeder ein Blech …«

»Ein Blech für jeden?«, fragten ihre Kollegen.

»Habt ihr Hunger oder nicht?«

»Natürlich!«

»Gut. Jeder belegt sich seinen Flammkuchen, wie er es mag. Anni ist euch behilflich, wenn es um die Menge der Soße geht, die ihr drauf streichen müsst. In den kleinen Schüsseln findet ihr alle Zutaten wie Zwiebeln, Speck, Kümmel, Tomaten. Zum Backen steht uns der Backofen hier und der Kaminofen im Wohnzimmer zur Verfügung.«

»Unsrer kommt in den Kaminofen, stimmt´s Frauke?«, fragte Bertram.

»Aber sicher.« Frauke grinste. Als sie Veras fragendes Gesicht sah, meinte sie: »Tja, alles schon abgesprochen. Was glaubst du denn? Wir sind ein organisiertes Team.«

»Ihr seid der Wahnsinn.«

Dann folgte der kreative Teil. Bertrams Flammkuchen zeigte kurze Zeit später ein Gesicht mit Augen aus Cherry-Tomaten, einem Frühlingszwiebelmund und vielen Kümmel-Bartstoppeln. Heiners Kuchen blieb fast weiß, mit wenig akribisch angeordneten Speckstückchen und dem völligen Verzicht von Zwiebeln. Gerd und Frauke bedienten sich von allem und dies großzügig. Anni arbeitete mit leichter Hand, man erkannte den Profi.

»Wir teilen uns einen, wie abgemacht«, erinnerte sie Vera. »Was möchtest du draufhaben?« Ihre kleine Hand legte sich auf Veras, weich und liebevoll. Vera hätte ihre Hand für Stunden so unbeweglich liegen lassen können.

»Mach, wie du denkst. Es wird lecker werden, da bin ich mir sicher.« Sie lächelten sich an. Irgendwann musste Anni ihre Hand wegnehmen, und Vera entschied sich, einen Fotoapparat zu holen, um die Ergebnisse festzuhalten.

»Ich bin mir nicht sicher, ob deine Version überhaupt essbar ist, Bertram.«

»Das werden wir ja sehen«, gab er sich siegessicher, »meiner ist garantiert der Leckerste. Komm mir aber bloß nicht und willst ein Stück abhaben.«

»Oh, doch«, warf Frauke ein, »wir tauschen doch wohl, oder?«

An Vera gewandt fragte sie: »Soll ich den Wein aufmachen, so lange wir auf unsere Flammkuchen warten?«

»Hab ich schon!«, rief Gerd aus dem Wohnzimmer. Man vernahm ein lautes Plopp. »Wer trinkt rot?«

Alle riefen »hier«, außer Heiner. »Ich glaube, ich bevorzuge weiß, und so alles durcheinander ist nicht gut für meinen Magen. Kann ich die Weißweinflasche auch schon öffnen?«

»Sicher, du findest sie im Kühlschrank«, sagte Vera. Gerd schenkte Rotwein ein. Sie warteten auf Heiner, der gespielt gehetzt in das Wohnzimmer eilte.

Er taut immer mehr auf, dachte Vera.

Unter Gelächter stießen sie miteinander an.

»Auf Vera, und vielen Dank, dass wir hier sein dürfen«, hob Gerd an.

»Wer sitzt wo? Ihr könnt ja schon mal euren Platz einnehmen.«

Es dauerte nicht lange und ihre Kollegen saßen erwartungsvoll in trauter Runde.

»Hier könnten wir uns öfter treffen. Du hast es wirklich schön«, sagte ausgerechnet Gerd. »So anheimelnd und warm.«

»Und es riecht so gut.« Bertram schnüffelte demonstrativ in Richtung Kaminofen. Das ganze Wohnzimmer, ach was, das ganze Haus roch mittlerweile nach Zwiebeln und Speck.

»Wie lange müssen wir noch warten?«

Alle sahen zu Anni.

»Ich schätz mal zehn Minuten. Soll ich nachsehen?« Anni stand auf und warf einen Blick in den Backofen in der Küche. »Noch ein bisschen«, rief sie. Dann kontrollierte sie den Kaminofen. »Oh, ja, der ist bald so weit.«

»Gute Idee, unseren in den Kaminofen zu verfrachtet, was?«, feixte Bertram zu Frauke.

Nach ein paar Minuten holte Anni Bertrams Flammkuchen aus dem Ofen, unter seiner theatralischen Anleitung natürlich, und stellte ihn auf den Tisch.

»Oooooh«, riefen alle bewundernd, als sie sein fertiges Werk sahen.

»Er ist wunderschön geworden«, stellte er fest. Dann nahm er ein großes Messer. »Wer möchte ein Stück?«, fragte er unter Aufbietung seiner ganzen Höflichkeit.

»Nimm dir nur mal«, lehnte Gerd wohlwollend ab und Heiner ergänzte: »Wir warten auf unseren Eigenen.«

»Ich würde ein Stück probieren«, sagte Frauke.

Zu spät. »Mhm«, machte Bertram, als er abbiss. »Nimm dir«, nuschelte er mit vollem Mund und hielt Frauke das Messer hin. »Oberlecker!«, hörte man ihn noch sagen.

»Nächster ist fertig«, rief Anni, »Frauke, das ist deiner!«

»Oh, jetzt bin ich aber gespannt«, strahlte Frauke, die sich gerne von Anni bedienen ließ. Auch ihr Flammkuchen wurde mit großer Bewunderung empfangen.

»Nein, wie hübsch!«, stellte Heiner anerkennend fest.

Nach und nach war der gesamte Tisch voll mit Blechen. Es wurde geschlemmt, getrunken und gelacht, und Vera freute sich über die ausgelassene Stimmung. »Irgendwie sieht dein Kuchen aus wie mit einem Lineal arrangiert«, neckte Frauke Heiner.

Dieser begutachtete sein Werk. »Ich habe mich etwas an Linien orientiert, da könntest du recht haben. Möchtest du probieren?«

»Nein, danke, da ist mir zu wenig drauf.«

»Dann nimm doch etwas Salat dazu.« Er reichte ihr die große Schüssel mit bunt gemischtem Salat, die Anni mit Senfdressing zubereitet hatte. »Ein Gedicht.«

»Schmeckt das gut! Ich höre heute nicht mehr auf zu essen.«

»Ist das eine Drohung, Bertram? Sollen wir auslosen, wer dich nachher ins Krankenhaus fährt?«

Vera hob ihr Glas. »Auf Anni, unsere Köchin!«

»Stimmt doch gar nicht. Ihr habt das doch alle selbst gemacht.«

»Auf Anni, unsere Köchin, die uns auch noch das Gefühl vermittelt, wir hätten das alles selbst geschafft.«

»Auf Anni!«

Die Stimmung wurde immer ausgelassener. Vera ging noch einmal in den Keller, um Wein zu holen. Unerklärlich, wo die drei Flaschen abgeblieben waren. Heiner schlug irgendwann vor, ein Spiel zu spielen, worauf Frauke in ihrer ersten Assoziation an Kindergeburtstage Topfschlagen vorschlug. So kam es, dass die Kollegen nachts um zwölf mit verbundenen Augen und mit einem Holzlöffel bewaffnet auf Topfsuche gingen. Dann kam Heiner auf die Idee, dass man nun Schokoldadeauspacken spielen konnte. Das taten sie dann auch noch. Jeder würfelte, reihum. Hatte man eine Sechs, musste man sich in Windeseile Mütze, Handschuhe und Schal anziehen und mit Messer und Gabel versuchen, eine Schokolade auszupacken, die zuvor fünfmal in Zeitungspapier gewickelt worden war. Als die Tafel endlich nackt vor ihnen lag, hatte keiner mehr Hunger darauf. Alle waren pappsatt. Bis um zwei hatten sie es geschafft, auch den Rest der sechs Bleche zu vertilgen. Gerd sagte als Erster: »Ich glaube, ich muss ins Bett.«

Die anderen Männer stimmten mit ein. Sie reckten sich beim Aufstehen, rieben ihre steifen Beine.

»Oh, Gott! Ich werde alt.« Heiners Knie gab ein deutliches Knacken von sich.

»Meinst du, es wird gehen?«, fragte Vera.

»Macht euch nur lustig über mich. Ich bin schließlich der Älteste von euch.«

»Und ich der Jüngste«, log Bertram, ohne rot zu werden.

Unter Gelächter, das entsprechend der fortgeschrittenen Stunde etwas leiser geworden war, räumten sie alles Geschirr in die Küche, um den Tisch abzuwischen.

Sie wünschten sich gegenseitig eine gute Nacht und verzogen sich nach oben, bis auf Frauke.

»Ich reiß mal die Fenster auf, wenn du auf dem Sofa schlafen willst«, wandte sich Vera an sie.

»Ja, tu das. Ich verschwinde so lange ins Bad, wenn das okay ist.«

»Geh nur.«

Vera blickte sich in der Küche um. Chaos pur.

»Ich fang schon mal an, sonst krieg ich morgen früh die Krise«, sagte Vera zu Anni. Eine wichtige Frage stand jetzt im Raum. Wichtiger als eine dreckige Küche. Sie holte Luft. »Bleibst du hier?«

»Natürlich, ich helf dir, bis hier alles blitzeblank ist.« Anni lächelte noch immer, wenn auch mit deutlichen Anzeichen von Müdigkeit. Vera hatte Anni noch nie erschöpft oder müde gesehen, fiel ihr gerade auf.

»Nein, ich meine nicht hierbleiben zum Aufräumen. Ich frage dich, ob du über Nacht bleiben möchtest.«

»Bei dir? In deinem Schlafzimmer?«

»Zum Beispiel. So wie es aussieht, sind alle anderen Schlafplätze bereits belegt.«

»Vera, ich …«

»Bleib einfach«, fiel ihr Vera ins Wort. »Mehr heißt es nicht.« Sie wollte Anni nicht gehen lassen. Nicht nach so einem schönen Abend. Alles hatte sich lebendig und harmonisch angefühlt.

»Natürlich möchte ich gerne …«, zierte sich Anni, »aber ich …«

»Bitte«, sagte Vera. Dann lachte sie leise. »Ich erwarte keine großen Aktionen mehr, ich möchte dich einfach nur in meiner Nähe haben.«

»So, so«, grinste Anni endlich. Sie küsste Vera sanft die Nase. »Gut, dann bleib ich eben. Ich hatte nur gedacht, wenn ich schon etwas mehr abgenommen hätte, dann ...«

»Was dann?«, kicherte Vera unanständig.

»Ich mein ja nur …«

»Du hast Angst, mich zu erdrücken?«

Die Frage war Anni peinlich.

»Wenn du möchtest, probieren wir das gleich aus«, grinste Vera und genoss es zu sehen, wie Anni errötete.

Sie waren beide nicht mehr ganz nüchtern, aber Vera war nüchtern genug, um sich zu wundern, wie leicht es ihr fiel, Anni in ihr Bett zu bitten. Sie freute sich auf die Nähe ihres weichen Körpers, auf das kuschelige Bett, auf ein gnädiges Dunkel in Zweisamkeit, wo sie niemand mehr störte.

»Gehst du zuerst ins Bad?«, fragte Vera leise, »also ich meine, nach Frauke?« Vera hatte es längst akzeptiert, dass ausgerechnet jetzt ihr Haus voller Gäste war. Trotzdem blieben ihnen ein paar intime Stunde bis morgen früh, ehe sie für alle Frühstück zubereiteten. »Dann spüle ich die Bleche und stell den Rest in die Spülmaschine.«

»Soll ich mir kurz meine Sachen rüberholen?«, überlegte Anni laut.

»Nicht nötig. Zahnbürsten findest du in der Schublade und Handtücher sind im Regal.«

»Ich bleib also wirklich hier?«

»Natürlich! Wir brauchen dich spätestens morgen früh zum Frühstück machen«, grinste Vera unverschämt.

»Du! Du …« Anni näherte sich drohend.

»Es war ein Witz! Nur ein Witz«, beeilte sich Vera zu sagen. Sie hielten beide inne mit Spülen, sahen sich tief in die Augen.

»Übrigens eine tolle Brille, die du da aufhast. Steht dir ausgesprochen gut.« Die letzten Zentimeter zwischen ihnen schmolzen dahin.

»Bad ist frei«, rief Frauke, als sie in den Küchenbereich hereinspickte. »Oh! Sorry, ich wollte nicht stören, ihr zwei Turteltäubchen. Ich wollte nur sagen, ich kuschel mich jetzt in meinen Schlafsack und geh euch nicht länger mit meiner Anwesenheit auf den Wecker.« Sie zwinkerte den beiden überraschten Frauen zu. »Und ihr braucht euch auch nicht zu sorgen. Ich habe einen sehr tiefen Schlaf. Ich höre nichts heute Nacht, absolut nichts. Versprochen.«

»Wie nett von dir.« Vera fasste sich rasch. *Das wird nicht nötig sein,* wollte sie schon sagen.

»Gute Naaacht«, flötete Frauke.

»Gute Nacht und schlaf gut«, antwortete Anni treuherzig. »Ich geh dann mal als Nächste, woll?«

»Gute Idee«, stimmte Vera ihr zu. Als die Badezimmertür ins Schloss fiel inspizierte sie rasch ihr Schlafzimmer, nicht ohne vorher »Träum was Schönes!« ins Wohnzimmer gerufen zu haben. War wirklich alles ordentlich? Das Bett hatte sie gestern frisch überzogen, zusammen mit den Gästebetten. Als hätte sie es geahnt. Anni würde frische geblümte Bettwäsche vorfinden. Na, wenn das kein gutes Vorzeichen war.

Sie hörte die Dusche rauschen im Bad. Es klang vielversprechend. Sie würde das Gleiche tun, nahm sie sich vor, trotz der fortgeschrittenen Zeit, trotz ihrer Müdigkeit.

Anni trat nach langen Minuten ins Schlafzimmer. Vera hatte das Bett aufgeschlagen, die Nachtischleuchte angeschaltet, das Deckenlicht gelöscht.

»Bad ist frei«, machte Anni Meldung. Sie lächelte schüchtern. »Ich habe kein Nachthemd dabei.«

»Guck doch mal in meinem Schrank, ob dir ein T-Shirt von mir passt. Ansonsten darfst du dich auch so reinkuscheln.« Vera zeigte zur Badezimmertür. »Ich bin dann mal kurz weg.«

Sie spürte ihre Nervosität, als sie im Bad war. Trotz des Alkoholspiegels. Es war eine Frau, überhaupt ein Mensch, in ihrem Bett. Erstmals nach mehr als fünfzehn Jahren. Wenn das kein Grund war, nervös zu sein!

Vera beeilte sich, wollte Anni nicht lange warten lassen. Zehn Minuten später war sie geduscht, eingecremt, hatte ihre Zähne geputzt, Mund gespült. Sie freute sich auf entspannte

Zweisamkeit. Weiter ging es erst morgen früh. Und das nicht vor zehn Uhr. Sie hatte es angekündigt. Wer wollte, könne sich früher Kaffee kochen. Sie selbst stünde jedoch nicht vor neun auf.

Anni war schon unter ihre Decke gekuschelt, ließ ihr jedoch ausreichend Platz. Bei einer Matratzenbreite von einem Meter vierzig war das aber auch nicht schwierig. Vera schlüpfte so selbstverständlich zu ihr, als machte sie es seit Jahren nicht anders.

»So, Feierabend. Was für ein wunderschöner Abend, Anni. Vielen Dank!«

»Du hast nette Kollegen. So nett wie meine.« Dann öffnete sie ihre Arme. »Kommste noch ein bisschen zu mir?«

Sie zog Vera an sich. Es war ganz einfach, dem nachzugeben. Anni hatte ein T-Shirt gefunden aus Veras Schrank, das ihr passte. Fast bedauerte sie diese Tatsache. Sie roch ihr vertrautes Waschmittel, als sie sich an Anni kuschelte. Alles an ihr war schön weich. Wie sie es vermutet hatte. Sie seufzte auf.

»Das ist ja wie Heimkommen.« Genussvoll schloss sie ihre Augen, entspannte sich. »Du fühlst dich wunderschön an, Anni.«

Anni lachte leise. »Alles ganz wabbelig, woll?«

»Nö, alles ganz weich und so richtig was zum Anfassen.«

»Ach, du bist aber auch eine! Wenn das mal nicht gelogen ist. Ich weiß wohl, da müssen noch ein paar Kilos wech.«

»Lass dir Zeit damit«, wollte Vera sagen, aber da waren Annis Lippen auf ihrem Mund. Voll und einladend. Es überrumpelte sie, obwohl sie darauf gehofft hatte. Es kam so überraschend. Endlich. Und es war erschreckend intensiv. Vera spürte den Kuss am ganzen Körper. Er hinterließ ein Ziehen im Bauch und verursachte eine ganz neue, ungewohnte Regung noch tiefer. Sie waren allein, jubilierte sie insgeheim, und hatten alle Zeit der Welt. Zumindest bis morgen früh um neun.

Annis Zunge in ihrem Mund verursachte ein Gefühl der Schwäche. Auch fühlte sie sich merkwürdig leicht. Bald lag Anni auch nicht mehr neben ihr, sondern schon etwas auf ihr.

»Erdrück ich dich?«, fragte sie besorgt, obwohl sie sich abstützte. Vera merkte es wohl.

»Nö.« So leicht ist ein Mensch nicht zu erdrücken.

»Mir ist heiß«, stellte Anni fest.

»Dann zieh dich aus.« Mehr brauchte Vera nicht erklären. Natürlich wäre sie auch bereit für mehr.

Anni ließ sich nicht lange bitten. Das Shirt war sowieso zu eng und befreite nun ein Paar üppige Brüste, die auf Vera hinunterfielen. Man musste sie bloß noch auffangen, in die Hände nehmen. Was hatte sie für eine zarte Haut! Und alles war so weich und drall und lud zum Küssen ein. Veras Lippen versanken in diese Pracht.

»Oh, Jott!«, stöhnte Anni auf. Ihre kleine Hand umfasste Veras Nacken, zog sie noch näher an ihre Brüste. »Hör da nicht mehr mit auf, versprochen?«

»Mhm«, kam von Vera gedämpft. Sie hatte nicht die Absicht aufzuhören, wo sie doch gerade dabei war, sich diesem Überfluss hinzugeben.

»Ziehst du das aus?«, fragte Anni und zupfte an ihrem Nachthemd.

»Klar.« Rasch war Vera noch aus ihrem Hemd geschlüpft, warf es nachlässig auf den Boden.

»Oh, ist das schön jeworden!«

Vera brauchte eine Weile, um zu merken, dass sie von ihrem Tattoo sprach. Dann strichen auch schon Annis Finger zärtlich über die bunten Schmetterlingsflügel. Mehr, verlangte Veras innere Stimme. Als Annis Lippen es berührten und ihr Mund auch vor ihrem restlichen Oberkörper keinen Halt machte, hätte Vera Schwierigkeiten gehabt, ihre Gefühle zu beschreiben, wenn man sie danach gefragt hätte. Sie wusste nur, es war intensiv, es war mächtig, und sie wollte nicht damit aufhören. Es unterschied sich völlig von dem intimen Zusammensein mit einem Mann. Das erschien ihr im Nachhinein nicht mehr als eine pure Pflichtübung, bei dem sie sich und ihren Körper möglichst rasch in einen Zustand gebracht hatte, der ihr den Beischlaf mit ihm ermöglichte. Jetzt war es anders, sie konnte sich einlassen auf alles, was Lust bereitete. Und das war herrlich! Gute Göttin. Woher kam nur diese überschäumende Lust? Ihr Mund kostete von Annis Brüsten, die vor ihr ausgebreitet lagen, wie Kontinente, die es zu erobern galt. Sie sog an Annis Nippel und berauschte sich an deren Reaktion, am lauter werdenden Stöhnen. Für einen Augenblick dachte sie noch an Frauke, die im Wohnzimmer auf dem Sofa lag und vielleicht einige der Geräusche durch die Wand mitbekam. Aber dann verflüchtigte sich dieser Gedanke wieder. Annis Körper auf ihr war wichtiger. Sie gingen beide in einen sanften Rhythmus über. Ein Aneinanderdrängen ihrer Becken. Ein Ineinanderfließen und Zusammenatmen. Vera lachte leise auf. »Man merkt, du hast Tantra-Erfahrung.«

Anni öffnete die Augen, brauchte etwas Zeit, um Vera zu fixieren. Ihre Pupillen waren geweitet, ihre Wangen gerötet. »Oh Jott, Vera! Ich habe mich so danach jesehnt. Dat kann ich dir jarnich sagen.« Sie zögerte, schien zu überlegen, dann: »Ich hab mich oft jefracht, wie es sein könnte mit dir, weißte?«

Vera lächelte, war gerührt von ihrer Offenheit. »Dann lass uns weitermachen und es herausfinden.« Veras Hand glitt von ihrer Brust abwärts, streichelte sanft den ersten Ring ihres Bauches, dann einen darunterliegenden, einen kleineren, legte sich auf ihren gewölbten Venushügel, fühlte glatte Haut. Umwerfend, wie Anni auf sie reagierte. Ihr Atem vertiefte sich sofort. Es war der Moment, als Vera sich auf sie legte, ihre Finger zwischen die prallen, nassen Lippen glitt, sie öffnete und behutsam in sie eindrang. Anni wurde noch lauter.

»Vera!« Ihre Arme umfassen ihre Schultern.

Vera erkämpfte sich genügend Raum für ihre Hand, drang mit einem zweiten Finger in sie. Tastete, streichelte, drang tiefer, zog sich wieder zurück, nahm sich Zeit herauszufinden, wo und wie diese Rubensfrau am liebsten berührt werden wollte. Alles war ganz einfach. Veras gesamter Körper nahm den Rhythmus ihrer Hand auf. Bald begriff sie, dass Annis Erregungskurve am Gipfel angekommen war. Anni atmete kurz und keuchend, ihre Haut war von einem feuchten Film überzogen. Und alles ihretwegen! Nun weitermachen, bis sie kam. Veras Hand begann rasch taub zu werden. Ihre Muskeln schienen sich an diese Art der Bewegung erst gewöhnen zu müssen. Aber sie würde jetzt nicht aufhören. Annis Augen waren geschlossen, ihr Gesicht war pure Hingabe. Als Vera das sah, begann es zwischen ihren Schenkeln zu pochen. Ein leises Stöhnen entwich ihr. Annis Hände umklammerten sie noch fester. Dann zog sich etwas in ihr zusammen. Ein unterdrückter Schrei und dann war da ein Schwall warmer Flüssigkeit, der sich über Veras Hand ergoss.

»Oh, Jott, du bist ja …«

Vera lachte leise. »Ich weiß. Ich bin ein Sexgott. Oder besser gesagt, eine Sexgöttin.« Entspannt legte sie sich auf sie, lachte leise vor Glück und Erleichterung. »Oder noch anders gesagt, ich bin ein Tantra-Profi. Schließlich hatte ich schon zweimal eine Session gebucht.«

»Das biste. Da haste wirklich recht.« Annis Atmung normalisierte sich. Ihre Arme ließen Vera nicht mehr los. »Bleib noch so. So auf mir, ja?«

Jetzt erst bemerkte Vera, dass auch sie nassgeschwitzt war. Noch einmal duschen wäre schön, aber dann weckten sie die anderen.

»Das Leintuch ist janz nass«, Annis Hand fühlte unter sich. »Ich hab alles nass jemacht. Oh, Vera, das tut mir leid.« Anni schlug die Decke zurück. Auf dem Leintuch befand sich ein großer nasser Fleck.

»Du bist in der Lage zu ejakulieren?« Vera war beeindruckt. Sie hatte dieses Phänomen immer für eine Mär gehalten.

»Oh, Jott, ist mir das peinlich.«

»Warum das denn?«, fragte Vera zurück. »Ich geh ins Bad und hol ein Handtuch. Das legen wir drauf und gut ist. Leintuch frisch machen reicht morgen noch.« Vera schwang sich aus dem Bett, schlich leise ins Bad. Als sie zurückkam, schaute Anni immer noch verlegen. Zu zweit breiteten sie das Handtuch über die nasse Stelle.

»Kommst du einfach mehr zu mir rüber«, schlug Vera vor, als sie wieder im Bett lag. Ihre

Arme umfassten sie, zogen sie an sich. Anni gluckste auf und küsste sie. Es konnte süchtig machen. Ganz leicht. Ihr lief das Wasser im Mund zusammen, während sie sich küssten, und die Stelle zwischen ihren Beinen fing wieder zu pochen an. So deutlich hatte sich ihr Körper früher nie gemeldet. Befreiend zu bemerken, dass man auf dem richtigen Weg war. Endlich verstand sie, warum sich die ganze Welt um Sex drehte. Es machte ja wirklich Spaß. Bisher hatte sie es eher für eine Pflicht gehalten, die es zu erfüllen galt. Nicht mehr und nicht weniger. Sie seufzte auf. »Es war wohl eine meiner besten Ideen ins Sauerland umzuziehen, meinst du nicht auch?«

Anni lächelte auf eine ganz bescheidene Art. Veras Herz schmolz dahin, sie war sich augenblicklich sicher, dass sie dieses Lächeln noch viele Male sehen wollte. »Andererseits hätte ich ja auch viel früher umziehen können«, überlegte sie laut.

»Jo, hättest du das mal jemacht«, nickte Anni, »wären wir schon seit zehn Jahren zusammen, woll?«

Vera lachte. »Mindestens.« Sie schmiegte sich an die Frau in ihrem Bett. »Wir sollten schlafen. Wir haben Frühstücksdienst und spätestens um neun müssen wir aufstehen.«

»Darf ich ab jetzt öfter mit dir einschlafen?«

»Darfst du«, flüsterte ihr Vera ins Ohr. »Einmal bei mir, einmal bei dir. Wir wechseln uns ab.«

Anni kicherte.

Sie fanden zu einer gemeinsamen Seitenposition und blieben eng umschlungen liegen.

»Du riechst so gut«, war das Letzte, was Vera noch sagte, bevor sie sich der plötzlich aufkommenden Müdigkeit überließ. *Und ich bin gespannt*, dachte sie noch, *wie es sich für mich anfühlen wird, einen Höhepunkt zu bekommen. Mit einer Frau.*

Kapitel 20

Ein Geräusch weckte sie am Morgen, nicht der Wecker. Nackte Füße, die den Gang entlang tapsten. Vera öffnete die Augen. Der Platz neben ihr war leer. Das Handtuch lag zerknautscht am Fußende des Bettes. Der Fleck war noch sichtbar.

»Hab ich dich geweckt?«, fragte Anni. Es klang wieder so wunderbar besorgt. »Ich musste mal aufs Klo.«

»Wie spät ist es denn?« Sie sahen beide zum Radiowecker.

»Halb neun«, sagte Anni.

»Haben wir ja noch ein bisschen Zeit.« Vera gähnte. Sie hätte schwören können, gerade erst eingeschlafen zu sein. Und doch fühlte sie sich so voller Leben wie lange nicht mehr. »Komm doch noch mal ins Bett.«

»Und Frühstück? Soll ich nicht schon anfangen?«

»Bist du verrückt? Wir hatten gesagt, Frühstück um zehn. Das reicht noch ewig. Außerdem will Frauke sicher auch noch schlafen.«

»Wenn du meinst.« Sie redete hochdeutsch. Vera grinste. Als Anni unter die Decke schlüpfte, kuschelte sie sich an sie, umfasste ihre Taille. Die dralle Frau gab schon wieder einen Laut des Wohlbehagens von sich, der Vera lächeln ließ. »Du bist so süß«, flüsterte sie. »Lass uns noch ein halbes Stündchen im Bett bleiben, hm?«

»Ja«, stimmte Anni zu.

Das Klappern von Besteck ließ Vera zusammenschrecken. »Ach, du je! Wie spät ist es?« Ihr Blick nahm den Radiowecker ins Visier. »Zehn Uhr!«, rief sie entsetzt.

»Was?«, fuhr Anni auf, »oh, Jott!«

»Ich hätte den Wecker stellen sollen!« Vera lauschte den Geräuschen, die durch die Tür drangen. Eindeutig Geklapper von Geschirr. Jemand deckte den Frühstückstisch. Wie peinlich. Sie schlug die Decke zurück.

»Ich bin dann mal im Bad. Ich beeil mich auch.« Sie betrat den Flur, spähte ins Wohnzimmer.

Fraukes Schlafsack war leer. Bertrams Stimme war aus der Küche zu vernehmen. »Meinst du, das reicht so? Oder soll ich mehr Pulver reintun?«

Ach, du lieber Gott, ihre Kollegen hantierten an der Kaffeemaschine. Vera überlegte kurz, ob sie ihnen ungeduscht unter die Augen treten sollte, entschied sich dann doch fürs Badezimmer. »Guten Morgen! Ich bin gleich bei euch!«, rief sie lediglich zwischen Tür und Angel in Richtung Küche.

»Tut mir leid«, entschuldigte sie sich zehn Minuten später bei Frauke und Bertram, als sie mit nassen Haaren die Küche betrat.

»Hey! Guten Morgen meine Schöne. Mach dir mal keinen Stress.« Frauke war völlig entspannt, was Vera dankbar registrierte.

»Genau, schön langsam. Es ist Wochenende. Tu mal langsam.« Bertram grinste, sein Humor war wieder in Hochform. »Ich mache dir keine Vorwürfe, weil du verschlafen hast und deine Gäste sich deswegen vernachlässigt fühlen. Ich frage auch nicht nach, warum du verschlafen hast, obwohl ich dazu nur Frauke fragen müsste. Die Arme hat heute Nacht ja kein Auge zugemacht. Was bin ich froh, dass wir Männer oben schlafen durften.«

Entsetzt wandte sich Vera an Frauke. »Stimmt das wirklich? Waren wir so laut? Das war mir gar nicht bewusst. Entschuldige!«

Frauke prustete los vor Lachen. »Hey, du wirst dich doch von Bertram nicht ins Bockshorn jagen lassen.«

Aber dafür war es schon zu spät. Vera lief rot an. Ihre beiden Kollegen bemerkten es. Das machte es noch schlimmer. Bertram begann auch sofort, sie zu hänseln.

»Ich hätte gar nicht angenommen, dass ihr nach so einem langen Abend noch Energie für etwas anderes aufbringen könntet. Aber das muss ich anerkennen, liebe Kollegin, mein Respekt.«

Vera beendete das Thema, indem sie die beiden zum Tischdecken verdonnerte und der Küche verwies. »Raus jetzt! Wer trinkt Kaffee? Wer will lieber Tee? Wer möchte ein weiches Ei?«

Nun hatten sie erst mal genug zu tun und zu bereden, zumal die beiden noch fehlenden Kollegen auch auf der Bildfläche erschienen. Frischer Rasierwassergeruch drang in die Küche.

»Guten Morgen!« Gerd lugte herein, grinste. Heiner hingegen trat zu ihr, nahm sie in den Arm. »Einen wunderschönen guten Morgen, Kollegin«, sagte er galant. »Es schläft sich wunderbar in deinem Gästezimmer, und das Bad ist ja echt super gemacht, diese dreieckige Badewanne … Schade, dass ich nicht die Zeit hatte, sie zu nutzen.«

Vera lachte.

Anni erschien auf der Bildfläche, ebenfalls mit nassen Haaren. »So, hier bin ich. Was kann ich tun?«

»Du kannst eine Kanne Kaffee reinbringen. Die Eier sind auch gleich so weit.«

Alles, was sie aus dem Kühlschrank brauchten, hatte Frauke schon geplündert. Als Vera ins Wohnzimmer kam, erwartete sie ein umfangreiches Frühstücksbüffet.

»Wow. So lässt es sich leben«, bemerkte nun auch Bertram.

»Können wir weitermachen, wo wir gestern Nacht aufgehört haben, woll?«, sagte Frauke, »wer möchte Kaffee?« Sie machte Anstalten, jedem einzuschenken.

»Nö, lass mal. Können wir selbst. Gib einfach weiter.« Gerd war wie immer pragmatisch. Anni brachte noch ein Körbchen mit Dinkelstangen. Vera hatte nur die Brötchen aufgebacken und die Stangen übersehen.

»Wer soll das alles essen?«, stöhnte Heiner erfreut.

»Na ihr, oder ihr müsst den Rest mitnehmen.«

Anni stellte noch fix je eine Flasche Orangensaft und Maracujasaft auf den Tisch. Dann war alles perfekt.

»Lasst es euch schmecken«, gab Vera den Startschuss.

»Seit Vera in unserer Gruppe ist, hat der kulinarische Anteil bedeutend zugelegt«, stellte Gerd fest.

»Das stimmt«, pflichtete Frauke bei, »schon beim allerersten Mal, die Pizzaschnitten ... wisst ihr noch?«

»Die waren lecker! Anni, die waren doch auch von eurer Bäckerei? Die ist echt die Beste in der ganzen Gegend.«

»Ja? Meinste wirklich?« Anni errötete vor Freude. Vera sah es, freute sich daran. Von solch einer Mitarbeiteridentifikation konnte manch anderes Unternehmen nur träumen. Wieder bemerkte Vera, wie sehr sie Annis aufrichtige Art mochte, ihr Engagement, ihre Hingabe ... doch damit assoziierte sie noch etwas ganz anderes. Und plötzlich konnte sie es kaum erwarten. Nach dem Frühstück verschwänden wieder alle. Vera goss sich zufrieden eine zweite Tasse Kaffee ein. Frauke beobachtete sie dabei. Als sich ihre Blicke trafen, lachten ihre Augen und ein wissendes Lächeln spielte um ihre Lippen. Vera konterte es mit einer hochgezogenen Augenbraue und einem verstohlenen Grinsen.

»Möchtest du noch ein Brötchen?«, fragte sie Frauke demonstrativ freundlich und hielt ihr den Brotkorb hin. »Stärk dich mal.« *Für das, was du noch vor hast*, sagte ihr Gesicht.

»Aber gerne.« Vera hielt ihrem Blick stand.

»Du auch?« Frauke lächelte jetzt ganz offen zu Anni hinüber. »Schön, dass ihr beiden euch hier getroffen habt. Passiert nicht oft, dass man sich in seine Nachbarin verliebt, oder?«

»Ist aber überaus praktisch«, warf Bertram begeistert ein, »wenn ich daran denke, dass ich beinahe eine Stunde im Auto sitzen muss, um zu Rolf zu fahren ...« Er stöhnte leidend auf. »So eine Liaison in der Nachbarschaft ist da doch viel einfacher.«

Anni und Vera schauten sich an. *Liaison?*

»Kann ich noch etwas Käse haben«, fragte Gerd. Und dann wechselte er abrupt das Thema. »Ich hatte anfangs gar nicht geglaubt, dass du auf Frauen stehst, wenn ich das mal so sagen darf. Ich vermutete, du bist in unserer Gruppe, weil es für dich praktisch ist.«

Vera war einen Augenblick versucht, ihm recht zu geben. Es kam der Wahrheit ziemlich nahe. Sie besann sich jedoch anders.

»Bi war vielleicht etwas geschwindelt«, sie holte Luft, »denn eigentlich stand ich schon immer auf Frauen. Und zwar nur auf Frauen.«

Es fühlte sich gut an, wie sie es sagte. Richtig gut.

Alle schauten sie an.

»Ach, ja?«, ließ Bertram hören, »was für ein Verlust für die Männerwelt.«

»Haste recht, aber damit müssen sich die Männer jetzt abfinden«, lachte Anni. Ihre Hand legte sich auf Veras. »Wunderschön, dass dat so ist.«

Das Frühstück dauerte bis zum Mittag. Sie einigten sich irgendwann darauf, dass eine Flasche Sekt zu sechst völlig in Ordnung wäre. Damit konnte man gut noch nach Hause fahren. Außerdem war dieses eine Glas in einer Stunde sowieso abgebaut und sie hatten noch nicht vor, so bald wieder zu gehen.

Gerd war der Erste, der irgendwann sagte: »So langsam muss ich aufbrechen. Ich wollte mich noch bei meiner Mutter blicken lassen.«

Vera hielt ihn nicht zurück.

»Na, dann, müssen wir wohl so langsam in die Pötte kommen«, gab Frauke das Stichwort zum allgemeinen Aufbruch.

»Wenn du meinst«, sagte Bertram mit Bedauern in der Stimme. Und alle erhoben sich, begannen ihre Sachen zusammenzusuchen.

»Ich habe die Betten abgezogen oben. Wo soll ich die Wäsche hinbringen?« Heiner war wie immer bemüht.

»Lass einfach liegen. Ich kümmere mich darum. Danke.«

»Hat jemand meine Tasche gesehen?« Frauke blickte sich suchend um.

»Wo habe ich denn meine Jacke hingehängt?«

Psychologen, dachte sich Vera nur. Anni half beim Suchen und war die Erfolgreichste.

Letztendlich war es geschafft. Alle hatten ihre Päckchen zusammengeschnürt und verabschiedeten sich mit großem Aufwand unten vor dem Haus. Vera war sich sicher, die ganze Straße hatte ihre Gäste mitbekommen.

Sie und Anni winkten, bis niemand mehr zu sehen war, und stiegen glücklich aber erschöpft die Stufen zum Wohnzimmer empor. Es roch nach Brötchen, Kaffee und Rasierwasser. Über allem schwebte noch Alkoholdunst. Vera riss sofort die Fenster auf, ließ frische Luft hinein.

»Geschafft!« Sie nahm Anni an der Hand. »Mit deiner Unterstützung ist es in unvergesslicher Event geworden. Danke, Anni, du bist ein Schatz.«

»Och«, Anni wurde wieder verlegen.

Vera schmiegte sich an sie. Endlich konnten sie sich küssen wann, wo und wie sie wollten.

Veras Bein drängte sich zwischen Annis Schenkel. »Wir haben noch das ganze restliche Wochenende für uns«, raunte sie, ihre Hand in Annis Haar. »Oder hast du noch etwas vor?«

»Ne, hab ich nich. Wir können es uns jemütlich machen. Aber zuerst machen wir hier klar Schiff, woll?«

»Mhm«, stimmte Vera unwillig zu, verstrubbelte sie etwas. »Wenn du meinst. Dann leg ich am besten gleich los.« Sie sah sich um, überlegte kurz, wo sie beginnen sollte.

Anni war wie immer schneller. »Geh du mal nach oben, ich erledige das hier.«

»Aber abräumen darf ich noch, oder?«

»Nicht ohne mich.« Das Aufräumen ging ganz flott.

Zu zweit ist alles einfacher, wunderte sich Vera noch, als sie bereits in der Waschküche war und die Bettwäsche in die Maschine stopfte. Wieder eine simple, aber zutreffende Lebensweisheit. Sie könnte sich darauf einlassen, auf dieses neue, leichte Leben. Merkwürdig. Hatte sie denn ihr Singleleben zuvor als belastend empfunden? Sie blickte auf den Haufen Wäsche, der nicht mehr reingepasst hatte. Ihr eigenes Leintuch war auch dabei. Jetzt würde sie ihr Lieblingsleintuch aufspannen, sinnierte sie. Feinbiber in Blau.

»Fertig.« Beide Frauen blickten zufrieden auf ihr Werk.

Das Wohnzimmer sah tipptopp aus, nicht zeugte davon, dass es bis vor Kurzen hier das Chaos regiert hatte. Die Küche blitzte. Sogar der Korb mit den Filzpantoffeln stand wieder an seinem Platz.

»So, und nun?« Sie schauten sich an. »Pause auf dem Sofa?«, schlug Vera vor.

»Ich könnte mich auch davon überzeugen, dass du das Bett auch wirklich schön bezogen hast.«

»Ich schätze sogar, das wäre dringend notwendig.«

Anni lachte. »Komm schon!«

Ginge es nach Vera, könnten die Zärtlichkeiten endlos sein. Sie kuschelten und schmusten wie zwei Teenager, die sich zum ersten Mal entdeckten. Sogar ihr Kichern ließ diesen Vergleich zu.

»Ich bin hundemüde. Du nicht?« Vera spürte deutlich, dass sie zu wenig geschlafen hatte.

»Dann lass uns doch ein Mittagschläfchen halten.« Anni zog die Tagesdecke über sie. »Wir sind nicht mehr die Jüngsten, merkste das?«

»Ja«, stimmte Vera zu. »Aber nachher gehen wir noch ein bisschen raus, okay?«

»Können wir machen. Wenn wir wieder fit sind.«

Es wurde nichts mehr mit dem gemeinsamen Spaziergang. Nachdem sie von ihrem Mittagschlaf erwachten, hatten sie Hunger und machten einen Abstecher in die Küche. Danach gingen sie ins Bett. So richtig.

Warum um Himmels willen fiel Vera gerade dabei ihr alter Konfirmationsspruch ein?

Der HERR ist mein Hirte, mir wird nichts mangeln.
Er weidet mich auf einer grünen Aue und führet mich zum frischen Wasser.

Uralte Worte, die sie plötzlich zu verstehen glaubte. Gute Göttin! Das war der pure Überfluss. Hab Dank!

Annis Hände taten wunderbare Dinge. Vera brauchte es nur zuzulassen. Konnte diese Frau auch noch so oft erzählen, dass sie noch keine Frau im Bett gehabt hatte, das war eindeutig geschwindelt. Und außerdem kam es nicht auf die Länge der Finger an. Völliger Blödsinn. Es kam darauf an, sie am richtigen Ort richtig zu bewegen. Und da hatte Anni Erfahrung.

Kapitel 21

Montagabend.

Frauke rief an, bedankte sich noch einmal für das Wochenende.

»War wahnsinnig schön bei dir. Erstaunlich, wie wir alle unser inneres Kind herausgelassen haben.«

»Es hat Spaß gemacht.« Vera grinste. »Gut, dass unsere Patienten nicht wissen, wie wir manchmal ticken.« Frauke gab ihr lachend recht.

Ihre restlichen Kollegen meldeten sich alle per E-Mail im Laufe des Tages und schwärmten dankbar von dem zauberhaften Abend bei ihr. Vera war gerührt, als sie die verschiedenen Nachrichten las.

»Sag mal, das mit deiner Nachbarin ist ja der Hammer. Das hat ja ganz schön eingeschlagen bei euch beiden, oder?«

»Ja, hat es.«

»Hätte ich dir gar nicht zugetraut«, lachte Frauke, »du bist ja richtig berührbar geworden.«

»Ja, es wundert mich selbst.« Vera dachte über ihre Worte nach. *Berührbar?* War sie das vorher nicht? Nicht unbedingt. »Es liegt an Annies offener, herzlicher Art«, sagte sie dann, »der kann man sich gar nicht verschließen.« Nun musste auch sie lachen. Aber es war die Wahrheit.

»Ich freu mich so für dich!«, sagte Frauke. Tränen stiegen Vera in die Augen. Gut, dass Frauke nur am Telefon war und es nicht sehen konnte.

»Danke dir«, antwortete sie so kurz wie möglich, um ihr inneres Beben nicht zu verraten. Sie wechselten noch ein paar nette Worte, wünschten sich eine schöne Woche, verabschiedeten sich voneinander.

Vera seufzte auf, streckte sich auf ihrem Sofa aus und ertappte sich dabei, dass sie wartete. Auf Anni. Seit sie ihr einen Hausschlüssel gegeben hatte, sehnte sie sich nach dem Geräusch der sich öffnenden Haustüre, nach Annis Schritten im Flur. Vera musste nicht allzu lange warten. Es läutete und unmittelbar danach hörte sie Annis Stimme von unten: »Ich bin´s!« Es tat so gut, sie hier zu wissen. Gespannt blieb sie sitzen, kostete es aus, Anni wie selbstverständlich heimkommen zu sehen.

»Hallo, meine Liebe!«, rief sie ihr entgegen.

Vera lachte. Eine Begrüßung, als wären sie schon seit Jahren ein Paar. Anni trat zu ihr, nahm sie in die Arme.

»Ich habe schon auf dich gewartet«, gestand Vera.

»Echt? Haben wir eine Uhrzeit ausgemacht?«

»Nein. Aber ich wartete trotzdem.«

Anni lachte auf. »Ach du!«, winkte sie ab, kam aber bereitwillig zu ihr aufs Sofa.

Dort blieben sie sehr lange Zeit. Zumindest so lange, bis es ihnen zu eng wurde und sie dem gewebten Schurwollteppich dem Vorzug gaben.

»Da haste ja wirklich schon sehnsüchtig auf mich jewartet«, flüsterte Anni später erschöpft.

»Sag ich doch«, antwortete Vera knapp. Ihre Lippen waren immer noch mit Annis weicher Haut beschäftigt, wanderten gerade das Schlüsselbein entlang zu ihren üppigen Brüsten. Sie konnte gar nicht genug bekommen von ihr, wunderte sich über ihre heutige Dominanz. So ist es also. Ein Leben zu zweit. Ein gegenseitiges Geben und Nehmen. Ein Wachsen und Werden in einem liebevollen, geborgenen Rahmen. So fühlte sich also eine erfüllte Beziehung an. Vera hätte zerfließen können vor Glück.

Es war Dienstagabend. Vera verabschiedete ihren letzten Patienten und ging in den oberen Stock, steuerte zielgerichtet in ihr Bad, nahm etwas aus dem Erste-Hilfe Kasten. Sie war gerade dabei ihre wunden Knie mit Heilsalbe einzucremen, als das Signal von Skype ertönte. Rasch zog sie die Hose hoch nahm das Gespräch entgegen.

»Mum!«, erklang eine auffällig erfreute Stimme, »Mum! Ich muss dir unbedingt etwas sagen. Ich mache es offiziell: Gestern hatte ich zum ersten Mal Sex mit einer Frau.«

Marie. Ohne Einleitung. Klare Information. Das traf.

Die sexuelle Veranlagung ist doch vererbbar!, war Veras erster Gedanke. Manchmal hatte sie daran gezweifelt und es eher der Sozialisation zugeschrieben.

»Mum?«

»Ja, ja, ich habe dich verstanden. Ich bin verblüfft, muss ich zugeben.« Das war eindeutig untertrieben, Vera war geschockt. Bisher hatte Marie ausschließlich von jungen Männern erzählt, die sie auf ihren Reisen getroffen hatte. »Irgendwie hat sich das nicht abgezeichnet. Oder habe ich da etwas verpasst?«

Marie gluckste. »Ich habe dir nur nichts davon erzählt. Aber die Vermutung habe ich schon einige Zeit. Wenn mich eine Frau berührt, geht mir das schon immer viel tiefer.« Ihren schwärmerischen Tonfall registrierte Vera nur am Rande.

Sie hatte ihr nichts davon erzählt? Das gab es ja noch nie!

»Du wirst sie bald kennenlernen. Ich bin so verliebt!«

»Bist du nun bi oder lesbisch? Oder kannst du es nicht sagen?«, fragte die Psychologin in ihr, die sofort von mütterlicher Neugier verdrängt wurde. »War es denn schöner als mit einem Mann?«

»Oh, ja! Also nicht, dass es mit den Männern keinen Spaß gemacht hätte … das nicht. Aber mit einer Frau ist es ganz anders.« Ihr Tonfall klang schwärmerisch.

»Ja, das stimmt«, sagte Vera.

»Kannst du mir das nachempfinden?« Marie blickte hoffnungsvoll in die Kamera.

»Ja, natürlich. Ich …«, Vera überlegte einen Moment, dann redete sie weiter, »ich bin auch seit Kurzem mit einer Frau zusammen. Mit meiner Nachbarin. Ich denke, du solltest es wissen, bevor du mich besuchen kommst. Ja, es ist umwerfend mit einer Frau im Bett, da kann ich dir voll und ganz zustimmen. Und ehe du jetzt anfängst, mir wieder zu unterstellen, ich hätte dir etwas nachgemacht, muss ich dir mitteilen: Ich habe mit meiner Nachbarin bereits einen Tag früher geschlafen. Zum ersten Mal.« Und als sie das gesagt hatte, prustete Vera los vor Lachen und genoss den Ausdruck ihrer Tochter. Marie starrte Vera sprachlos an, ehe sie stotterte: »Äh, Mutschi, das … das … äh, ist nicht dein Ernst, oder?«

»Doch, mein Kind. Von irgendjemandem musst du das ja geerbt haben! Ich habe nur wesentlich länger gebraucht, um es zu merken.« Und dann lachte Vera wieder und konnte sich gar nicht mehr beruhigen, denn das Gesicht ihrer Tochter glich immer noch einer Maske des Entsetzens.

»Nimm es nicht so tragisch, es gibt noch genügend Dinge, in denen du dich von deiner Mutter unterscheiden kannst. Du bist jung, dir steht die Welt offen. Und weißt du was? Ich beneide dich darum, dass du deine Präferenz zum weiblichen Geschlecht bereits als junge Frau entdeckst, und nicht erst in fortgeschrittenem Alter wie ich.«

Marie nickte schweigend. Es schien sie zu beruhigen. »Sobald mein Umzug unter Dach und Fach ist, komme ich dich besuchen, ja?«

»Mach, das, und jetzt erzähl mir schon, was ist das für eine Frau? Wohnt sie in Kanada, oder arbeitet sie auch bei *work und travel*? Was macht sie so? Wie sieht sie aus?«

Endlich entspannten sich Maries Züge und sie fing an, in ihrer gewohnten Art zu erzählen. Nein, die junge Frau stamme nicht aus Kanada, sondern aus Holland und arbeite auf der Nachbarfarm. Sie hatten sich auf einem Familienfest dort kennengelernt. Sie studiere Umweltschutztechnik und bliebe noch ein Vierteljahr länger als sie. Aber das mache nichts, die Zeit würden sie überstehen. Außerdem ist Holland vom Sauerland nicht weit entfernt.

»Du könntest sie einladen, Mutschi. Dann treffen wir uns bei dir. Tolle Idee, oder?«

»Tolle Idee, wirklich.« Vera wusste spätestens jetzt, beide Kinder hatten ihr Häuschen im Sauerland als neuen Heimathafen akzeptiert. Sie würden bald kommen. Und Anni kennenlernen.

Vera konnte es kaum erwarten. Sie verabschiedeten sich, als wäre es eines ihrer ganz normalen Gespräche gewesen.

Dass es für ihre Tochter doch keines gewesen war, das sie ohne Weiteres wegsteckte, wusste Vera Stunden später, als das Telefon bei ihr klingelte. Sie hatte die Nummer erkannt.

»Hi, Mum«, erklang die tiefe, ruhige Stimme ihres Sohnes. »Wie geht es dir? Gibt's was Neues?« Er klang auffallend sanft. Zu ihrer eigenen Überraschung fühlte sie sich erleichtert.

»Äh«, suchte sie nach Worte. Was sollte sie auch sagen? Er wusste es bereits. Marie hatte ihn also umgehend angerufen!

»Wir würden dich gerne besuchen kommen, Mum, übernächstes Wochenende. Was hältst du davon?«

»Großartige Idee! Es freut mich unheimlich.«

»Marie kommt ja auch. Leider noch ohne ihre … Freundin.«

»Ja.«

»Lerne ich dann deine Nachbarin kennen?«

Vera spürte ihr Herz schlagen. »Natürlich. Wir können euch vom Bahnhof abholen. Sie heißt Anni.«

»Es freut mich Mum, ... echt.«

»Danke, mein Sohn.« Ein Kloß bildete sich in ihrem Hals.

»Ich würde gerne jemanden mitbringen. Geht das in Ordnung? Meine Freundin.«

Vera kam es so vor, als betone er die letzte Silbe besonders deutlich.« FreundIN.

»Bring sie mit. Und keine Sorge, wir diskriminieren keine Heteros.« Kaum war es gesagt, bereute sie es bereits. Würde ihr Sohn mit ihrem trockenen Humor umgehen können? Sollte sie nicht vorsichtiger sein? Die neue Information über seine Mutter hatte ihn sicher geschockt.

Aber er lachte nur. Wenn auch nur kurz und trocken. »Da bin ich aber erleichtert.« Er war es tatsächlich. Seine Stimme verriet ihn.

»Ich freu mich auf euch«, wiederholte Vera.

»Wir mailen dir alles Weitere, wann wir ankommen und so, ja?«

»Ja. Tu das.«

»Tschüss, Mum, und bis dann.«

»Tschüss, mein Sohn.« Sie musste auflegen. Rasch. Tränen begannen aus ihren Augen zu quellen, ließen sich nicht zurückhalten. Sie schluchzte auf, wusste selbst nicht genau warum.

Heulend auf dem Sofa sitzend hörte Vera, wie sich die Haustüre öffnete. Anni! Die Schritte kamen näher. Anni war schon auf der Treppe nach oben. Rasch versuchte sie ihre Tränen abzuwischen. Es gelang ihr nicht.

»Oh, Jott, Vera! Was is denn passiert?«

»Keine Sorge«, winkte Vera ab, nahm ein neues Taschentuch, schnäuzte sich. »Ich bin einfach nur glücklich. Das ist alles. Blöd was?«

Anni umarmte sie ganz fest. »Bin ich auch, Vera. Mein Jott, dat bin ich auch.«

»Meine Kinder kommen das übernächste Wochenende, mein Sohn bringt seine Freundin mit, und meine Tochter hat mir angekündigt, dass ich ihre Freundin auch bald kennenlernen werde«, schluchzte Vera auf.

Anni stutzte einen Augenblick, sah Vera an, um sich zu vergewissern, ob sie das richtig verstanden hatte. Hatte sie.

»Ah«, meinte Anni. »Maries feste Freundin ist also noch nicht mit dabei. Aber ich werde deine Kinder kennenlernen ... Und dein Sohn hat kein Problem mit uns? Wie gut. Wir werden was Schönes unternehmen, was Leckeres kochen … oh, ich weiß schon, was ich euch mache.« Anni wurde wieder ganz eifrig.

Vera lächelte.

»Und dann«, legte Anni nach und ihre Mimik veränderte sich, »werde ich mit deiner Tochter über dein Tattoo reden. Das sieht nämlich toll aus, und wir sind noch lange nicht zu alt für so was Schönes, woll?«

»Wir sind noch lange nicht zu alt«, wiederholte Vera entschieden, »wir fangen doch gerade erst an zu leben.«

Anni küsste sie stürmisch auf den Mund und Vera empfand es als sehr vielversprechend.

»Ich muss dir noch etwas sagen«, erinnerte sich Vera und ließ von ihr ab. Anni hielt überrascht inne. »Kannst du dich noch an meine verunglückte Formulierung erinnern …« Anni war anzusehen, dass sie Vera nicht gerne weiterreden lassen wollte. Das machte es nicht einfacher. Aber Vera wollte den Ausrutscher endlich ausbügeln: »Ich hatte gesagt, dass ich dir zur Verfügung stehe beim Ausleben deiner Veranlagung. Dumm. Ganz dumm. Ich war wohl etwas überfordert dir zu sagen was du mir bedeutest.«

Anni nickte entgegenkommend. »Ich hab dich schon verstanden. Und es hat mich richtig umgehauen, das von dir zu hören.« Sie holte Luft und atmete danach betont aus: »Auch wenn es vielleicht ein bisschen trocken formuliert war.«

Beide Frauen prusteten los. Vera wurde rasch wieder ernst. »Was ich Dir eigentlich sagen wollte …« Unter Annis Blick versiegten ihre Worte.

»Oh, Jott, Vera! Das ist … du bist so …« Aber auch sie redete nicht zu Ende.

Beide Frauen entschieden sich dafür etwas anders zu tun.

Sie redeten kaum die nächste Stunde, und wenn doch, dann nur vereinzelte Worte.

»Sex ist doch etwas unheimlich Tolles und pure Lebensfreude«, stellte Vera viele Stunden später fest, als sie aufwachte, nachdem sie zwischendurch vor Erschöpfung eingeschlafen waren. »Eigentlich schlimm, eines der schönsten Dinge im Leben erst jetzt zu entdecken. Mit fünfundvierzig. Das Beste wird sein, ich rede mit niemandem darüber.«

»Hm«, seufzte Anni, die mehr schlief, als wach war. »Ich sach es auch keinem«, nuschelte sie in ihr Kissen.

Vera lachte. »Aber es hat einen Vorteil: Wenn man erst nach dem Auszug der Kinder damit beginnt sein Sexualleben zu entfalten, stört einen niemand mehr dabei. Wir können uns ganz auf uns konzentrieren. Auf dich und mich. Uns steht das ganze Haus zur Verfügung. Wir können tun was uns Spaß macht.«

»Dat stimmt«, grinste Anni, die nun interessiert zu ihr herübersah. »Wir können uns überall austoben: in deinem Bett, in den Gästebetten, auf dem Sofa …«

«Auf dem Schurwollteppich«, schob Vera dazwischen.

«Im Badezimmer, in der Garage, im Garten …«, fielen Anni noch mehr mögliche Orte ein. »Und wenn wir je wieder Lust auf Tantra haben, dann buchen wir uns eine Paarmassage, woll?«

»Ja, das machen wir. Oder wir lassen uns von Maren an Ringe und Stangen knoten und schauen mal, was das mit uns macht.«

Anni sah sie mit einer Mischung aus Entsetzen und Begeisterung an. »Meinste im Ernst?«

Und so wie sie es fragte, klang sie durchaus interessiert.

ENDE

Danksagungen

Meinen herzlichen Dank an meine Frau und meine Kinder, für so manchen Dialog, den ich aus unserem Familienleben übernehmen durfte.

Ein ausdrückliches Dankeschön an ***Kristina Marlen*** *(http://www.marlen.me/de/) für die freundliche Überlassung ihrer Wortschöpfung Session Erde, als Titel dieses Buches.*

Eine Herzensumarmung für meine Tantra-Masseurin ***Angela.*** *Die Begegnung mit ihr war so intensiv wie lehrreich.*

Mein besonderer Dank an ***Andrea Bentzien****, meine wichtigste Testleserin. Niemand kritisiert mich so zärtlich wie sie.*

Sanne Hipp *(der Name ist ein Pseudonym) wohnt mit ihrer Regenbogenfamilie im Süden Deutschlands. Seitdem ihre Kinder nur noch ab und zu zuhause sind, weil sie im Norden studieren, hat sie sich gemeinsam mit ihrer Frau Gedanken über ein neues Hobby gemacht. Ihre Frau hat das Fotografieren für sich entdeckt, Sanne das Schreiben. Ihr Genre ist und bleibt der unbeschwerte lesbisch-romantische Liebesroman, je nach Art der Protagonist*innen mit mehr oder weniger erotischen Szenen.*

Weitere Veröffentlichung:

2013 – Die nächste Frau
2013 – Steine tun nicht weh
2015 – Die Quereinsteigerin
2016 - Kurzessays in Mein lesbisches Auge 16, Konkursbuchverlag